당신의
이직을
바랍니다

평생 먹고살 수 있는 나만의 필드를 찾아서

당신의
이직을
바랍니다

앨리스 전 지음

중앙books

Why

왜 해야 하는가

How

어떻게 하는가

What

무엇을 얻는가

인생에서 가장 중요한 것에 대한 이야기

Contents

PROLOGUE   불안한 시대에 '멋지게' 살아남는 법

PART 1   원더랜드는 어디에

01 원더랜드로 가는 길 19

02 원더랜드는 어디에 27

03 한계를 느낄 때 선택의 순간에서 35

Alice's Global Survival Toolkit 1
싱가포르 출국 실전 준비 40

PART 2   커리어 디자인

01 당신의 이직을 바랍니다 47

02 이직의 결론, 커넥팅 닷 52

03 당신만의 업무 철학이 있습니까? 69

04 비즈니스는 결국 세일즈 76

05 아무도 말해주지 않은 내 성향 파악하기 79

06 직원의 사기를 높이는 법 85

07 결국 승리자로 만드는 건 당신의 강점 91

08 다양성은 지켜줘야 해 95

09 '진짜' 직업 안정성이란 100

Alice's Global Survival Toolkit 2
싱가포르 생존 전략 106

PART 3   커뮤니케이션

01 영어는 어떻게 극복했나요? III

02 내향적이어도 괜찮아요 117

03 오늘 만난 이 사람은 나를 어디로 데려가줄까 121

04 모르는 사람을 설득하는 글쓰기 4원칙 132

05 내가 만드는 커넥션 140

Alice's Global Survival Toolkit 3
링크드인 100배 활용하기 150

PART 4   너 자신을 알라

01 나는 누구인가 159

02 구루의 단 하나의 가르침 164

03 내 안의 목소리는 근육과 같다 170

04 행복은 당신의 감각에 집중하는 것 175

05 당신이 젊다면 나이 많은 친구를 사귀어라 178

06 왜 한국에서는 다양한 삶을 살지 못했어? 185

Alice's Global Survival Toolkit 4
구루의 명상법 188

PART 5　　　세상을 바라보는 관점

01 저물어가는 산업에는 가지 마라 _____ 191

02 반드시 지켜야 할 단 하나의 가치 _____ 199

03 직업이 없어지고 있다 _____ 206

04 원하는 것을 얻을 수 있는 특별한 방법 _____ 209

05 성공 레시피를 알고 있는 사람들 _____ 213

06 힘이 있는 사람과 힘을 갖고 싶은 사람 _____ 217

07 나만은 나에게 예스라고 말하기 _____ 222

Alice's Global Survival Toolkit 5

연봉 협상 실전 노하우 _____ 228

PART 6　　　당신의 취업을 위한 A부터 Z

01 앨리스의 해외 취업 분투기 _____ 233

02 연차별 해외 취업법 _____ 241

03 채용이 되는 이력서 작성의 비밀 _____ 252

04 인터뷰에 대한 발상의 전환 _____ 265

05 드림 잡을 찾기 위해서 _____ 273

Alice's Global Survival Toolkit 6

10년 경력 이직, 사우디 아람코 엔지니어와의 인터뷰 _____ 276

EPILOGUE　　　누구도 당신의 삶이 잘못됐다고 말하게 하지 마세요

불안한 시대에 '멋지게' 살아남는 법

미래에 대한 불안과 현재의 불만족 사이에서 고민하고 있나요? 더 열심히 한다고 달라질 것 같지 않을 때, 우리는 무엇을 해야 할까요? 저는 개인적으로 무작정 더 열심히 일해서 문제를 해결하려는 접근법을 좋아하지 않습니다. 자신을 괴롭히는 지나친 노력이 자연스럽게 삶의 여유를 갉아먹기 때문입니다. 그렇다면 어떻게 이 시대에 궁극적으로, 그것도 '멋지게' 살아남을 수 있을까요.

당신이 이길 수 있는 배틀필드는 어디인가요?

지는 싸움 좋아하세요? 누가 지는 싸움을 하고 싶겠어요? 하지만 대부분 경쟁이 많은 사회에서 질 게 뻔한 싸움을 하고 있어요. 싸우지 않으면 대안이 없으니 보상이 작다는 걸 알면서도 경쟁에 참여할 수밖에 없습니다.

매일 공부만 해 10킬로그램이나 살이 쪘던 여고 시절, 하라는 대로 열심히 공부했지만 그에 비해 얻은 건 거의 없어요. 반짝거리며 총명했던 6년을 기술가정 교과서에 나와 있는 '닭강정 레시피'를 외우느라 낭비했죠. 치열하게 낭비했어요. 그렇게 열심히 공부해서 대학 가려니 '유학생 전형'이 있더군요. 물론 그들도 할 말이 있겠지만, 뭔가 억울했어요. 시간이 지나 취업을 하려니 이번엔 '해외 우수 인재 전형'이 있네요. 고등학교 때처럼 답답한 기분을 느꼈습니다. 이후 저는 두 번 다시 남들보다 열심히 살라는 말에 속지 않기로 했어요. 다른 사람에게는 어떨지 몰라도 제겐 한국에서 무작정 열심히 사는 것은 지는 싸움이라는 걸 알게 된 거예요.

제조업 기반의 한국은 지금까지 '패스트 팔로어[1]'로서 좋은 제품을 저렴하게 파는 전략으로 발전해왔어요. 그다음 단계는 고품질의 물건을 더 큰 시장에 좋은 값으로 파는 거예요. 그렇게 되면 외국 경험이 많은 사람이 필요하겠죠. 이 사실이 눈앞에 보이는데 또 지는 싸움을 열심히 하고 있을 수는 없었습니다. 그래서 저는 미래를 위해 제 삶의 '배틀필드 battlefield'를 한국에서 세계로 넓히는 용감한 베팅을 했어요.

[1] 패스트 팔로어 fast follower 새로운 제품, 기술을 빠르게 쫓아가는 전략 또는 그 기업

손자병법에서 전쟁의 고수란 일단 전쟁을 피하는 사람이라고 했습니다. 전쟁은 해봤자 좋을 게 없으니까요. 진짜 고수는 경쟁을 안 합니다. 만약 전쟁을 꼭 해야 할 상황이 온다면, 그들은 반드시 이기는 전쟁만 합니다.

자신의 위치에서 냉정하게 미래를 생각해보세요. 굳이 외국이 아니더라도 상관없어요. 이대로 열심히 싸우면 이길 수 있는 전쟁을 하고 있나요? 장기적으로 이기는 일을 하고 있다면 그것도 좋습니다.

여러분은 어디로 가고 있나요? 이대로 괜찮은가요? 어디인지도 모르는 판에서 일하고 있다면 다른 곳을 찾으려는 노력을 시작해야 해요. 어떤 배틀

필드가 당신이 이길 수 있는 판인가요?

어디서든 먹고살 수 있는 밥그릇 스킬을 연마하라

인생을 걸어볼 만한 배틀필드를 발견했다면 이제는 행동으로 옮겨서 과감하게 방향을 선회해야 합니다. 이제는 '밥그릇 스킬', 즉 내가 밥벌이를 할 수 있는 기술을 찾아봐야죠. 쉽게 대체될 기술보다는 오직 나만이 잘할 수 있는 것들이 있어요. 그걸 잘 선택해야 해요. 직무기술이 아니더라도 살면서 밥그릇이 비지 않도록 도와주는 역량들이 있습니다. 어디에서도 살아남는 궁극의 자유로움을 얻을 수 있는 열쇠죠. 저는 이를 '밥그릇 스킬'이라고 부릅니다. 만일 나만의 밥그릇 스킬을 찾을 수 없다면 언제 쓸지도 모를 자격증 공부 따위는 접어두고 차라리 그 시간을 즐기며 자기 자신에게 집중하세요. 그 편이 가능성과 기회를 발견하는 데 오히려 도움이 됩니다.

스스로도 놀라운 점은 밥그릇 스킬을 찾아가는 과정이 어렵거나 힘들지만은 않았다는 겁니다. 무엇보다 전쟁의 전리품으로 얻은 저만의 삶이 무척 만족스러워요. 단순히 어딜 가든 살아남을 수 있다는 차원을 넘어 '멋지게' 잘살 수 있다는 자신감을 갖고 나니 삶을 더 즐기게 되었어요.

처음부터 자신감이 넘치는 사람은 없습니다. 자신감은 객관적인 증거와 확신이 없더라도 끝까지 밀고나가 해낼 때 생겨요. 자신감 있는 사람이 일을 해내는 것이 아니라, 일을 해낸 사람이 자신감을 얻는 거죠.

처음 외국에 나가기로 결심했을 때 많은 사람이 밖은 여기보다 더 힘들다며 만류했어요. 이 책은 모두가 말렸는데도 자유롭게 살고 싶다고 해외로 떠났던 평범한 사람이 어떻게 살아남았고 무엇을 발견했는지에 대한 기록입니다.

'이것 봐, 세상은 이렇게 넓다고!'

두려운 마음으로 떠났던 가파른 세상에서 '나는 잘 살아 있다'는 시그널을 보내고 싶어요. 더 많은 사람이 용기를 내어 탐험 길에 오를 수 있도록.

시작합니다. 이 탐험의 기록이 더 신나는 삶을 살아가는 데 도움이 되길 바랍니다.

앨리스가 물었다.

"여기서 어느 길로 가야 하는지 가르쳐줄래?"

고양이가 대답했다.

"그건 네가 어디로 가고 싶은지에 달려 있겠지."

"난 어디든 상관없어."

고양이가 말했다.

"그렇다면 어느 길로 가도 상관없겠네."

앨리스가 설명을 덧붙였다.

"어디든 도착만 한다면…."

고양이가 말했다.

"넌 틀림없이 도착하게 되어 있어. 계속 걷다 보면

어디든 닿게 되거든."

"혹시 나는 갈 곳이 없는 건 아닐까?"

그러자 벽이 말했다.

"지도만 보면 뭐해? 남이 만들어 놓은 지도에

네가 가고 싶은 곳이 있을 것 같니?"

"그럼 내가 가고 싶은 곳은 어디 나와 있는데?"

"넌 너만의 지도를 만들어야지."

- 이상한 나라의 앨리스 中

Part
I

원더랜드는 어디에

Where is
wonderland

원더랜드로 가는 길

진짜 재밌는 걸 보려면 밖으로 나가야 돼

"오후 세 시에 손님 오시니까 준비해줘. 세계에서 두 번째로 큰 풍력 회사와 미팅할 거야."

사회생활을 시작하여 처음 가진 비즈니스 미팅이었습니다. 저는 10년 후 유망 산업이라는 말에 설득돼 신재생 에너지팀에서 일하고 있었어요. 당시 한 지인이 제게 커리어를 결정할 땐 크게 미시적과 거시적인 두 관점에서 생각할 수 있다고 조언을 했습니다.

"미시적으로는 내가 원하는 것에 집중하는 거야. 그런데 대부분은 자기가 무엇을 원하는지 모른단 말이지. 이때 거시적인 시각이 필요해. 사회의 큰 틀은 갑자기 변하지 않기 때문에 어느 정도는 예측이 가능하거든. 장기적으로 유망한 영역에 핵심 역할을 하는 직무로 가는 것도 좋은 방법이지. 그러면 산업이 크면서 네 커리어도 같이 성장하거든."

저는 한국을 먹여살릴 신재생 에너지 산업의 길목에 서 있다가 10년 후 이 산업이 성장하면, 내 커리어도 같이 떠오를 거란 원대한 비전을 갖고 있었어요.

그런데 마침 그날 미팅에 풍력회사 임원들이 참석한다는 소식을 듣게 되어 잔뜩 기대가 생겼습니다. 사회 초년생인 제게 외국에서 온 클라이언트는 굉장히 중요하고 높은 사람처럼 보였어요. 그들이 하는 말을 놓치지 않으려고 하나하나 귀를 기울였습니다.

아, 안 들렸어요. 모든 집중력을 동원했지만 영어를 알아듣지 못해서 백지 상태로 미팅룸을 나올 수밖에 없었습니다. 나중에 선배에게 물어보니 이런 대화를 했다고 합니다.

'신재생 에너지는 크게 성장할 분야인데도 기술 발전 속도가 터무니없이 느리다. 반면 IT 기술은 지난 수십 년간 엄청난 속도로 발전해왔다. 스타트업[1]과 벤처 캐피털[2]의 생태계 덕분이다. 스타트업이 새로운 기술을 개발하면 벤처 캐피털이 자금을 지원해서 성장할 수 있었던 것이다. 에너지 대기업도 벤처 캐피털을 만들어서 신재생 에너지 기술에 투자를 하자.'

1 스타트업 start-up
미국 실리콘밸리에서 생겨난 용어로 설립한 지 오래되지 않은 신생 벤처기업을 뜻한다.

2 벤처 캐피털 venture capital
벤처기업에 주식투자 형식으로 투자하는 기업 또는 기업의 자본

아찔했어요. 제가 하고 싶은 일이었거든요. 에너지의 미래를 바꾸는 것. 하지만 제 영어 실력은 눈앞에서 오가는 얘기 하나 들어내지 못했어요. 그 순간 제 세상이 작고 초라하게 느껴졌어요. 세상에서 일어나고 있는 멋진 일들에 참여하지 못한 채, 얼마나 많은 걸 놓치고 있는 걸까. 앞으로는 또 얼마나 많은 기회를 놓치게 될까.

열심히 한국에서 역량을 키우면 언젠가 외국에서 살 기회가 올 거라고 생각했어요. 그런데 이날 현실을 마주 본 거예요. 그러곤 깨달았죠. 가만히 있

으면 '그때'는 영원히 오지 않고 나는 여기에 적응해버릴지 모른다고.

잠깐이나마 한국 회사를 다니면서 앞으로 어떤 삶을 살게 될지 그려졌습니다. 남들처럼 사원에서 대리가 되고, 대리에서 과장, 정말 운이 좋다면 임원까지 될 수 있겠죠. 일이 잘 풀렸을 때의 얘기예요. 이토록 힘든 경쟁 끝이 내가 원하던 미래가 아니라는 것을 깨달았어요. 힘들게 얻은 정규직을 포기하는 것이 큰일이 아니라는 생각이 들었습니다. 오히려 별로 원하지도 않는 현 상태를 유지하느라 놓치는 기회들이 아까웠죠. 그럴 바에는 살고 싶은 미래가 있는 가능성을 택하자고 결심했습니다.

이상한 나라의 앨리스처럼 모험을 할 거야

돌이켜 생각해보면 싱가포르에 무작정 오기로 한 건 정말 무모했어요. 단순한 아르바이트를 해도 좋다며 왔지만 이곳에서조차도 절 고용할 이유가 전혀 없었거든요. 저보다 저렴한 노동력을 제공하려는 외국인도 충분히 많으니까요. 하지만 무작정 여기에 온 것은 외국에서 일할 수 있는 가능성을 높이는 가장 확실한 방법이었어요. 제겐 현지에서 직업을 찾는 것이 가장 확실하고 승산이 높았습니다.

한국에서는 싱가포르에 취직하고 싶은 저보다 커리어가 좋고 영어가 능통한 사람들이 넘쳐나겠죠. 저는 그들과 비교했을 때 아무런 경쟁 우위가 없었어요. 말도 잘 못하는 영어 실력으로 한국에 있으면서 해외 취업을 하기란 불가능했습니다. 싱가포르의 회사에게 제 지원서는 스쳐가는 이력서 중 하나일 뿐이었습니다. 어떻게 하면 제 이력서가 특별해질 수 있을까요? 스스로에게 몇 번씩 물었어요. 결국 찾은 답은 싱가포르행이었어요.

  - 싱가포르 회사에 네트워킹해서 이력서 제출 전에 나를
    미리 알리기
  - 싱가포르에서 직업을 구한다고 소문내서 소개받기

위처럼 행동하는 것과 한국에서 지원하는 것, 어느 쪽이 더 머리에 남을지는 명확하죠. 진심을 보여주지 않으면 다른 사람들의 도움을 기대하기 어렵습니다. 이렇게 생각하니 다음으로 해야 할 일이 명확해졌어요. 일단 가자.

저는 많은 사람의 반대를 무릅쓰고 소신대로 인생의 큰 결정을 내렸을 때 전혀 다른 인생이 펼쳐진다는 걸 깨달았어요. 지금까지는 내게 주어진 선택지 안에서 골라서 살아왔어요. 점수에 맞춰 대학을 갔고, 50개가 넘는 회사를 지원해서 나를 선택한 회사를 갔죠.

싱가포르행은 제가 통제권을 가지고 행한 전적으로 저다운 결정이었습니다. 스스로에게 정체성을 주고 싶었어요. 지금부터는 제 삶을 제 뜻대로 디자인할 거니까요. 그래서 '앨리스'가 되기로 했어요. 이상한 나라의 앨리스처럼 이상한 나라를 모험하며 살고 싶었습니다.

그러니까 왜 꼭 외국에 가야 하는데?

"난 이걸 하고 싶어"라고 말하면 다들 왜냐고 물어봐요. 이런 질문을 받으면 머리가 새하얘지고 말문이 막혀요. 그런데 어느 순간 저는 '왜'라는 질문에 답변하기 위해 스스로를 얼마나 억눌렀는지 깨닫게 됐어요. 항상 사람들은 제게 외국에 가고 싶어 하는 이유를 물었어요. 당연한 질문이었죠. 저도 늘 제가 외국을 나가도 괜찮을지 그들에게 물어봤으니까요. 예상대로 워킹홀리데이도 아니고 무작정 해외에서 직업을 찾겠다는 제 생각은 많은 반대에 부딪혔고 불안한 마음에 수차례 울기도 했어요.

여러 반대로부터 제 의견을 지키기 위해 꼭 해외여야 하는 합리적인 이유를 많이 생각했습니다. 깊은 고민 끝에 결국 저만의 이유와 사례를 멋들어지게 설명할 수 있게 되었지요. 그런데 시간이 지나면서 모범 답안은 없으며 가장 중요한 것은 간절히 원하는 마음 자체임을 알게 됐습니다.

많은 사람이 하고 싶은 일을 당당히 선택해도 되는 합당한 이유를 찾기 위해 고군분투합니다. 그 과정에서 원하는 것을 할 기회를 놓치고 좌절하지요. 그러다가 결국엔 그냥 모두가 인정해줄 만한 일을 하게 됩니다. 이게 무서운 거예요. 왜냐면 모두 "네가 하고 싶은 일을 해"라고 하는데, 내가 하고 싶은 일은 아주 작은 목소리에서 알 수 있기 때문이에요. 처음에는 목소리가 작아서 거의 들리지 않아요. 그때 다른 사람이 큰 목소리로 "왜, 왜, 왜 그걸 하고 싶은데? 안정적이고 입증된 길이 있는데"라고 한다면, 그 작은 목소리는 금세 줄어들고 묻힙니다.

제가 외국에서 살고 싶었던 가장 근본적인 이유는 해외 생활이 좋아

나만의 원더랜드를 찾아서

보였고 궁금했기 때문이에요. 이제 막 일을 시작한 제가 국내 기업의 해외 진출과 가능성에 대해 얼마나 잘 알았겠어요. 그런데 모르니까 가지 말아야 한다? 아니죠. 알기 위해 더 가야죠. 저는 그저 가끔 다른 나라로 여행 갔을 때 너무 즐거웠고, 새로운 사람과 낯선 언어를 말하고 듣는 것이 재밌었어요. 외국에 사는 느낌은 어떤 건지 막연한 동경만 있었죠.

그럼 동경만으로 충분할까요? 전 이 동경을 놓치지 않는 것이 중요하다고 생각합니다. 무언가를 동경하는 것은 젊음의 특권이에요. 나이가 들수록 동경할 만한 것이 줄어들거든요. 책임이 많아지면서 동경하는 삶을 살기 어려워져요. 평생의 아쉬움으로 남게 되죠. 지금 자신이 무엇을 원하는지 솔직하게 마주 봐야 합니다. 원하는 것을 가져다줄 수 있는 사람은 나 자신밖에 없거든요.

싱가포르에 정착하고 나서 가장 많이 들었던 질문이에요.

"저는 어릴 때부터 외국에서 살고 싶었고, 이런 사람이고, 이런 상황에 있는데요. 경험자가 보기에 제가 외국에서 살아야 할까요?"

저 또한 예전에 다른 사람들에게 이 질문을 100번도 넘게 물어봤어요. 이럴 때 저는 늘 "당신은 결국엔 외국으로 가야 한다"라고 대답합니다. 스스로 벌써 답을 말했잖아요? 너무 외국으로 가고 싶다고. 항상 자신은 이미 답을 알고 있습니다. 다른 사람들의 응원과 확신이 필요할 뿐인 거죠. 만약 당신이 그렇게 물어본다면 주변 사람은 대개 만류할 거예요. 하지만 역설적이게도 사람들의 응원과 인정을 얻는 가장 확실한 방법은 실제로 행동에 옮기는 것뿐이죠.

인생에서 가장 정확한 나침반은 내 마음입니다. 만약 내 마음이 작은 목소리를 내고 있다면, 그걸 마무리 짓고 성장한 후에 다음 단계로 넘어갈 수 있습니다.

전 세상이 궁금했고 쭉 동경해왔어요. 그것만으로 충분했습니다. 싱가포르행 비행기표를 사고 회사에 사표를 내니 내 안의 모든 고민과 반대의 소리가 줄어들었어요. 행동으로 옮긴 순간 걱정이 끝난 거예요. 고민에 집중하던 생각을 온전히 실행에 집중하니 오히려 긍정의 힘이 솟기 시작했어요. 그래서 결심했어요.

'그냥 일단 가보는 거야. 가보면 알 거야. 내가 옳았는지 틀렸는지. 최악의 경우 몇 개월 시간 낭비하다가 한국으로 돌아와서 취업 준비 한 번 더 하는 거지. 잘된다면 난 진짜 세상을 볼 수 있을 거야.'

02   원더랜드는 어디에

갈라파고스화 되는 나의 나라

멘토이자 친구인 M과 점심을 먹을 때였어요. 네덜란드 은행 APAC CEO인 M은 최근 미얀마, 인도네시아 등 신흥시장의 성장으로 지사를 확장할 계획을 가지고 있다고 말하던 중이었죠.

저는 문득 한국 지사는 어떻게 운영되고 있는지 궁금해서 그에게 물어봤습니다. 그러자 그는 "우리는 몇 년 전에 한국에서 철수했어요"라고 말하며 식탁 위 접시들을 이용해 설명했습니다.

"하얀 접시가 한국이라고 생각해보세요. 딸기는 한국의 은행 A입니다. 사과와 바나나가 한국의 다른 경쟁사들이죠. 한국 은행들은 1차로 자기 회사를 보고, 2차로는 한국에 있는 경쟁사를 봐요. 은행 A는 이 접시에만 집중하는 겁니다. 접시 밖 즉, 한국 밖으로는 관심이 없습니다. 그저 한국에서 1등이 되는 게 중요하지요. 처음에는 한국에 있는 우리 클라이언트에게 서비스를 제공하기 위해 한국 지사를 열고 운영했습니다. 시간이 지나자 어느 시점부터 다른 은행들이 경쟁적으로 서비스 수수료를 낮추기 시작했어요. 초반에는 같이 낮췄지만 나중에는 결국 제 살 깎아먹기 경쟁이 되더군요. 그토록 낮은 수수료를 받으면서

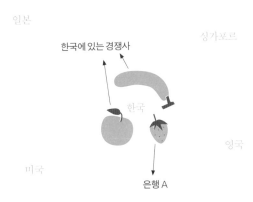

일본

싱가포르

한국에 있는 경쟁사

한국

영국

미국

은행 A

운영할 바에야 좀 더 수익성이 좋은 다른 시장에 투자하는 게 현명한 선택이었습니다. 한국 회사들은 한국에만 목숨 걸지만 우리는 한국이 아니더라도 훨씬 많은 시장 옵션이 있거든요. 한마디로 한국은 글로벌 서비스 회사들에게 투자 대비 수익이 나오기 힘든 시장입니다."

그의 말처럼 한국 회사들이 자국에서 경쟁력이 있다는 것은 긍정적입니다. 문제는 국내에서'만' 경쟁하는 회사들은 훨씬 큰 성장의 기회를 놓치게 된다는 점입니다. 그뿐만 아니라 능력 있는 직원들조차 고립시키고 있어 더 큰 문제입니다. 비슷한 이유로 많은 다국적 회사가 한국에서 짐 싸서 나갔고 처음에는 그게 자랑스러웠어요. 그러나 가만히 생각해보면 꼭 좋은 것만은 아닙니다.

외국에서 일하면서 한국 회사들과 경쟁을 하다 보면 한국 회사의 부지런하고 민첩한 작은 혁신들에 놀라게 됩니다. 하지만 한편으로는 왜 훌륭한 서비스와 물건을 적극적으로 해외에 팔지 않고 국내에서만 취급하는지 궁금해집니다. 때론 장기적으로 괜찮을지 의문도 들어요. 단기적인 성장과 매출에 너무 집중해서 지속가능한 성장은 크게 관심 없어 보이거든요. 또한 한국 회사들을 이끌어가고 있는 경쟁력의 기반이 무엇인지 생각해보면 눈물 나는 얘기입니다. 그 원동력은 바로 초과 근무도 마다하지 않는 근로자들이죠.

제조업으로 대표되는 한국 회사들은 이제 선도적인 위치가 되었습니다. 다음 단계인 서비스·고부가가치 산업으로 넘어가려면 단순히 선진사들을 빠르게 따라잡는 걸로는 안 됩니다. 지금은 회사만의 비전과 전략이 필요한 시점이에요. 그런데 아직도 한국 회사의 경쟁력은 전략적 우수성, 프로세스의 선진화, 자원 등이 아닌 직원들의 부지런함에 기반을 둔 '빠른 실행력execution edge' 에서 나옵니다. 제조업이 원래 힘든 분야인데 한국 제조업 회사에서 일하는 것은 유독 더 힘들 수밖에 없습니다.

그동안 우리나라가 가야 할 방향으로 자주 언급된 분야는 제3차 산업에 해당하는 서비스업과 소프트웨어 산업입니다. 앞으로 한국에 글로벌 서비스와 소프트웨어 회사들이 더 많이 나와야 한다고요.

왜 하드웨어 강국인 한국은 유독 소프트웨어 산업에서 뒤처질까요? 다양한 이유가 있겠지만 그중 하나는 글로벌 시스템과 호환이 안 되기 때문입니다. 예를 들어 링크드인은 인재를 검색하고, 최초 콘텍트 포

링크드인 LinkedIn
2003년 미국에서 설립된 기업으로 비즈니스 인맥에 집중한 소셜 서비스를 제공한다. 주인 구직 서비스에 약간 기능을 합친 것이 특징이다.

3

인트를 제공하는 대표적인 SaaS[4] 회사입니다. 사용자가 링크드인으로 인재를 찾으려고 하면 지원자들을 '관리' 하는 다른 소프트웨어가 필요합니다. 링크드인이 이 '지원자 관리 솔루션'도 만들 수 있지만, 최초 콘텍트 포인트를 제공하는 데 집중했어요. 대신 지원자 관리 시스템 소프트웨어를 만드는 회사들과 협업합니다. 그 덕분에 괜한 인력 낭비 없이 효율적으로 관리 시스템을 운영할 수 있죠.

4 SaaS Soft as a Service 소프트웨어의 기능 중 유저가 필요로 하는 것만을 서비스로 배포해 이용이 가능하도록 한 소프트웨어의 배포 형태. 서비스형 소프트웨어로도 불린다.

한국 회사들은 사정이 다릅니다. 대부분의 대기업들이 '자체 인재 관리 소프트웨어'를 직접 제작해 쓰거든요. 언뜻 생각해보면 회사에 역량이 충분하니 인력 소프트웨어를 만드는 게 좋아 보일 수 있습니다. 그런데 그렇게 하면 글로벌 서비스와 시스템 호환이 잘 안 됩니다. '회사 상황에 제일 잘 맞는 프로그램을 싸게 쓰는 것'이 목적이기 때문에 자체 소프트웨어를 키워서 해외로 수출하려는 생각은 안 하게 돼요. 주력 사업도 아니면서 소프트웨어를 관리하는 데 시간과 노력을 낭비하는 겁니다. 글로벌에서 호환이 되는 소프트웨어를 쓰면서 같은 코드로 일을 해야 그보다 더 좋은 소프트웨어를 개발할 수 있는 건데요. 이렇게 되면 수출도 가능하니 일석이조입니다.

고립된 상황이 누적되면 국내 소프트웨어의 경쟁력이 약화됩니다. 또 다른 방법으로 역량 있는 작은 회사가 '글로벌 스탠더드' 기준으로 소프트웨어를 개발할 수 있도록 환경을 마련해주는 것도 있습니다. 동시에 대기업은 자신의 핵심 사업을 다듬어서 세계 시장에 선보이면 되고요.

그런데 대기업이 '국내에서' 돈 벌 수 있는 만만하고 작은 분야 모두 사업을 하고 있으면 국내 소프트웨어 회사들은 무엇을 기반으로 성장할까요.

한국 시장은 국내 1위가 되겠다고 목숨 걸고 일하는 부지런한 한국 기업들의 경쟁으로 포화 상태입니다. 그래서 더 적극적이고 과감하게 해외 시장으로 진출해야 합니다. 한국이 경제적으로 계속 성장하려면 더 많은 제품과 서비스에 부가가치를 붙여서 해외로 팔아야 합니다. 글로벌 스탠더드에 맞춰 운영하는 건 필수지요.

지금까지 한국은 잘해왔고 최선을 다했습니다. 이제 다음 국면을 준비할 때입니다. 빠른 성장이 더 이상 가능하지 않은 요즘, 글로벌화와 질적인 성장은 젊은 세대의 몫이라고 생각합니다. 한국의 갈라파고스화와 무의미한 무한 경쟁을 멈추기 위해선 기업이든 개인이든 눈을 밖으로 돌려야 합니다. 그곳에 경쟁력이 있어요. 우린 위기와 변화에 강하니까 빠르게 변화할 거라고 믿어요.

원더랜드에서 헤매며 얻은 것

외국에 나와서 한국 회사들이 더욱 글로벌해져야 경쟁력을 확보할 수 있다는 결론을 직접 확인했습니다. 그렇다면 회사가 아닌 개인이 글로벌 라이프를 실현한 후에 얻게 되는 것은 뭘까요? 저는 영어, 자신감, 세상을 보는 시각, 현명한 사람과의 만남 등 싱가포르에서 많은 것을 얻었지만, 그중 가장 큰 것은 '자유'와 '나에 대한 이해'라고 생각해요.

그렇습니다. 싱가포르에 와서 저는 자유를 얻었습니다.

'자유.'

가장 정확한 표현이에요. 실로 중요한 것은 해외 취업이 아니었습니다. 직업은 살고 싶은 삶에 포함되어 있는 일부일 뿐이었어요. 중요한 것은 경험과 삶 그 자체였습니다. 주어진 환경을 떠나 낯선 나라에서 혼자 살아가는 경험은 마치 다시 태어난 것과 같은 경험이었어요. 제가 '이상한 나라의 앨리스'처럼 모험을 하면서 살고 싶었기 때문에 그에 어울리는 이름을 선택한 것처럼요.

미국 뉴올리언스의 여행길에서 거리의 시인들을 만났어요. 그들은 즉석에서 원하는 제목의 시를 지어주고 의뢰인이 시에 만족한 만큼 돈을 받습니다.

"어떤 시를 원해요?

"앨리스의 삶이오!"

"앨리스의 삶은 어떤데요?"

"앨리스의 삶은 사랑과 모험으로 가득 차 있어요!"

그는 저와 몇 마디 나누고는 이런 시를 지어줬어요.

앨리스의 삶

앨리스의 삶은 거대하고 놀라워서

한 사람이 담아내기에는 너무 많은 마법이 가득해요.

그 마법들로 앨리스는 계속 모험을 해나갈 수 있으며,

세상은 새들이 노래하는 것처럼 놀랍고,

점점 더 달콤해져요.

앨리스가 깨어날 때 물방울들이 올라오는데

뉴올리언스 거리의 시인들

그건 마치 공기 중에 순수한 가능성들이 피어나는 것과 같아요.
왜냐하면 앨리스는 자유롭고,
세상은 그녀의 굴이기 때문이죠!

'세상은 그녀의 굴이기 때문이죠The world is her oyster'라는 뜻을 몰랐는데도 맥락을 보니까 이해할 수 있었어요. 직역하면 '세상은 너의 굴이다'이지만, 사실 '세상에 못할 것이 없다', '무한한 기회가 열려 있다'라는 뜻이라고 합니다.

세상은 정말로 그저 즐기기만 하면 되는 곳이에요. 한국에서 주어진 것이 자유롭게 하지 않는다면 당신의 세계를 넓히면 돼요. 여행을 통해 얻는 단기적인 해방감과는 조금 달라요. 집으로 돌아가는 길이 암담했던 여행은 단지 현실로부터 도피였을 뿐이에요. 현실을 바꾸지 않는 한 근본적인 자유를 얻을 수가 없어요. 이때 가장 중요한 건 경제적으로 독립하는 수단을 바꾸는 겁니다. 내가 살고 싶은 방식으로 살려면 경제적으로 어떻게 독립하는지가 제일 중요하기 때문입니다.

물론 저도 무엇이든 마음대로 할 수 있는 자유는 없어요. 하지만 예전에 비해 삶의 선택지가 많아졌어요. 좀 덜 참고 사는 게 가능해졌죠. 내게 집중하고 하고 싶은 것을 추구하며 살 수 있어요. 내가 옳다고 믿는 것을 해도 잘 먹고 잘살 수 있다는 자신감이 있습니다. 가고 싶은 곳에 가고, 말하고 싶은 사람들과 토론하고, 베풀고 싶은 사람들에게 무언가를 줄 수 있는 이 자유가 전 정말 좋아요. 언젠가는 당신도 그 자유를 얻기 바라요.

한계를 느낄 때 선택의 순간에서

생각보다 특이한 사람이 많다

얼마 전 모르는 노르웨이 사람에게서 메일을 받았습니다. 어느 엔지니어가 저를 좋은 헤드헌터라고 소개했다면서 싱가포르에 방문할 일이 있으니한 번 만나자고요. 당시 저는 싱가포르에서의 첫 직업인 헤드헌터로 일하고 있었습니다. 헤드헌터는 구직자와 회사를 연결해주는 HR 직군이죠. 당시 외국 생활에서 서로 자연스럽게 친구가 되는 문화에 감화됐던지라, 그의 제안을 바로 승낙했습니다.

메일에서 노르웨이식 이름이었으니 당연히 서양인이라고 생각했는데, 만나 보니 의외로 동양인이었습니다. 그는 자신을 오일&가스 업계를 고객으로 하는 헤드헌팅 회사 대표라고 소개했습니다. 나름 규모 있는 회사였어요. 당연히 아시아 쪽에서 직업을 찾는 엔지니어로 예상했었는데 아니었습니다. 잠시이야기를 나눠보니 왜 보자고 했는지 감이 오더라고요.

'아하, 나를 스카우트하려고 만나자고 한 거였군.'

당시 저는 헤드헌팅에서 배울 만큼 배웠으니 다음에는 다른 일을 하려 했던 때였어요. 아쉬웠지만 정중하게 그의 제안을 거절했습니다. 서로의 의사를 타진하고 우리는 드디어 좀 더 흥미로운 이야기를 시작했어요.

바로 인생 얘기예요. 제가 가장 사랑하는 주제입니다. 외모가 어쩐지 낯설지 않다 했더니, 그는 세 살에 한국에서 노르웨이로 입양된 사람이었습니다. 그래서 동양인 외모로 노르웨이 이름과 성을 가지고 있었던 거예요. 노르웨이 시골에서 자란 그는 돈을 벌기 위해 고등학교를 중퇴합니다. 그는 고등학교 때부터 작은 회사에서 일을 시작해 사업을 개발하는 데 타고난 재능을 보였대요. 직원 세 명으로 시작한 회사에서 130명이 될 때까지 키우고 나오기도 했고, IT 산업을 위주로 이직을 하며 경력을 쌓았다고 합니다. 어느 정도 경력과 성과가 쌓였다는 생각이 들 무렵 더 큰 그림을 보고 싶어서, 영국과 노르웨이의 큰 IT 회사, 통신사에 지원을 합니다. 연락이 없어서 HR에 직접 문의해보면 하나같이 "죄송하지만, 자격 조건이 충족되지 않습니다"라는 말만 했대요. 그가 고등학교를 중퇴했기 때문이었죠.

이후 그는 전혀 다른 산업이었던 오일&가스 헤드헌팅을 시작하게 됩니다. HR과 관련된 헤드헌팅 사업을 시작한 것은, 자격 조건만 보고 사람을 뽑는 회사에 대한 반항심 때문이었어요.

처음엔 셸Shell이나 이엔아이ENI 같은 오일 매니저 회사에 무작정 전화를 걸었습니다. 물론 그런다고 신생 회사와 계약하는 회사는 물론 없었습니다. 그렇지만 그는 담당자가 만나줄 때까지 두 시간 넘는 거리의 클라이언트 회사를 매일 방문했고, 2개월 만에 일거리를 얻어냅니다. 어차피 헤드헌팅은 후불제라 적임자를 찾아오지 못해도 회사 입장에서는 손해가 없거든요.

기회라는 건 이상한 속성을 가지고 있어요. 어떤 기회는 '기회'처럼 생기지 않았는데 갑자기 다가오고, 어떤 기회는 잡힐 때까지 물고 늘어져야 잡힙니다. 그는 첫 번째로 받은 일거리를 마지막처럼 최선을 다했습니다. 이후 8년 동안 4개 회사를 성공적으로 운영했고, 지금은 IT 회사와 헤드헌팅 회사 2개를 운영 중이라고 합니다. 아직 서른 살밖에 안 됐는데요.

저는 그보다는 덜 드라마틱하지만 제 나름의 싱가포르 모험담을 공유했어요. 외국에 살고 싶어 무작정 싱가포르로 왔다고 하니 그는 제게 '용감하다brave'고 했습니다. 고등학교 중퇴하고 일하는 결정을 한 것이 더 용감한 거 아니냐고 되물으니, 그건 멍청한stupid 거래요. 용감하고 멍청한 건 한 끝 차이라며 서로 웃었습니다.

어떤 선택을 해야 할 순간이 왔을 때

계속해서 거절을 당할 때

남들이 다 가는 그 평범한 길을 나는 못 가는 것 같을 때

내 삶이 너무 시시하다는 생각이 들 때

이대로 살면 너무 평범해질 것 같다는 두려움이 엄습할 때

뭔가 하고 싶은 것이 생겼을 때

변해야 한다고 느낄 때에는 한 번쯤 남이 하지 않는 바보 같은 선택을 하기를 권하고 싶어요. 끈질기게 잡고 늘어져서 해내는 겁니다. 멍청한 선택이 인생의 한 방, 신의 한 수처럼 반전을 불러오거든요. 멍청한 선택이 없다면 재밌는 이야기가 나오지 않습니다. 점진적으로 나아지기를 바라는 마음에서 누구나

예상 가능한 계획을 하면 또 다른 경쟁의 함정에서 벗어나지 못할 수 있습니다.

너무 재미없잖아요. 언제까지 더 나은 상태 혹은 다른 사람 눈에 더 좋아 보이기를 바라며 지금을 참고 견뎌야 하는지. 이것이 실수는 아닐까, 멍청한 선택은 아닐까, 틀리면 어떡하지 같은 고민할 필요도 없어요. 틀린 선택을 해야 인생의 쳇바퀴에서 벗어날 수 있고, 시선을 의식하지 않음으로써 자유를 얻을 수 있거든요. 선택한 뒤 보란 듯 해내면 됩니다.

남다른 선택을 해도 우리는 어떻게든 살아낼 것이고 그런 선택을 한 사람이 많다는 것을 알게 될 거예요. 생각보다 그들이 편하고 재밌게 잘살고 있다는 것도 보일 겁니다. 시간이 지날수록 주변에 이상한 사람들이 모일 거예요. 이 부분이 제일 신나는 점입니다.

'이상한 사람을 많이 만나고 알게 되는 것.'

어느새 싱가포르에 온 지 5년이 되어갑니다. 싱가포르 모험도 거의 일상이 되었어요. 저는 쭉 다른 모험을 계속하려 합니다. 아직 만나지 않은 멋진 사람이 더 많고, 가슴을 뛰게 할 내가 모르는 이야기도 많을 테니까요. 지구는 둥그니까 자꾸 걸어나가서 온 세상 이상한 사람, 지혜로운 사람, 용감한 사람 그 모두를 만나려고 합니다. 평생을 다시 오지 않을 스물다섯처럼 사는 거예요.

창밖으로 보이는 싱가포르 전경

싱가포르 출국 실전 준비 1

싱가포르에 올 때부터 함께한 노트입니다. 제가 싱가포르에 오기까지의 과정이 담겨 있어요. 뭘 준비했는지, 사람들에게 어떤 조언을 들었는지, 책에서 읽은 좋은 내용은 무엇인지 시시때때로 기록했죠. 세월이 한참 지난 지금 이 노트를 보니 웃음이 납니다.

전 자기 자신에 대한 이해가 낮았어요. 뭐 하고 싶은 지도 모르겠고, 사람들은 매번 목적이 뭔지 물어보는데, 목적을 생각하며 의식의 흐름을 거슬러 올라가다 보면 '난 왜 살지, 나는 누구지'까지 생각하다가 무너지곤 했죠. 계획을 잘 세우는 사람들을 동경하곤 했어요. 그래서 저도 생산적으로 알차게 계획을 세우고 차근차근 준비해서 싱가포르로 가려고 스케줄 도표까지 만들어봤지만 결국 출국 당일까지 체계적으로 살지 못했습니다. 보통 "철저하게 준비해서 일을 하라"라고 하는데, 저는 그런 사람은 못되었네요.

하지만 물 흐르듯 자연스럽게 가도 괜찮았어요. 왜냐면 계획적이지 않지만 저는 저만의 강점이 있거든요.

싱가포르에 있는 동안 저에게 계속 힘이 되어주었던 부분이 노트에 있어요.

저는 자기 이해가 낮은 사람이었기 때문에 주변 사람들의 도움을 요청했습니다. 나와 일했거나, 나를 잘 아는 친구들에게 저의 강점 3가지와 약점 3가지를 물어 보고 다녔어요. 그러면 공통적인 강점들과 약점들이 나와요. 오랜 시간이 지나 돌아본 지금 사람들이 말해준 제 강점들이 엄청 강화된 것을 느낄 수 있습니다.

사람들이 공통적으로 말했던 제 강점들은 아래 4가지였어요.

다른 관점에서 사물을 보는 능력
커뮤니케이션
하겠다고 한 것은 반드시 해내는 것, 행동력
누구에게나 접근해서 말 걸고 친해질 수 있는 뻔뻔함, 사교성

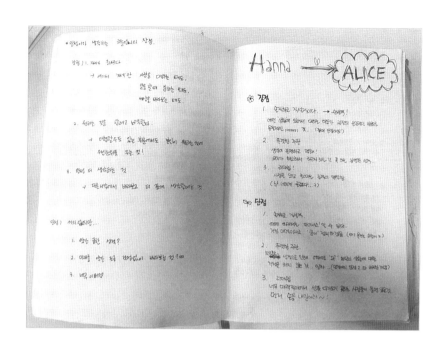

　4가지 능력은 제가 싱가포르에서 서바이벌을 할 때 가장 빈번하게 사용한 능력이기도 해요. 이게 왜 중요하냐면, 인간은 어려움에 닥쳤을 때 가장 자신 있는 무기, 자기의 강점을 이용해서 그 시련을 헤쳐 나가거든요. 만약 제가 계획성 있는 사람이었다면 조사와 계획으로 문제를 풀었을 거예요. 그렇지만 저는 서바이벌 상황에서 저만의 강점을 활용했고 그 과정에서 제 강점이 더 단련되었어요. 사실 제 약점에 대해서는 크게 개의치 않았습니다.

　결국 나를 승리로 이끄는 것은 내 강점이에요. 일상적이지 않은 상황은 이 강점을 단련시키는 데 도움을 주었고, 그 과정에서 저는 스스로를 더 잘 이해할 수 있게 되었죠.

　우리는 방황하고 고민하는 과정에서 가장 스스로를 잘 이해하게 되고, 자신의 강점과 성장 기회를 발견할 수 있어요. 자신을 잘 알고 싶다면, 자신에게 방황할 기회를 줘야 해요.

싱가포르 출국 실전 준비 2

싱가포르로 출국하기 전 떠나기 위해 준비했던 몇 가지를 공유합니다.

❶ 현금

돈이 있으면 어디에서든 굶어 죽지 않죠. 그동안 모은 쌈짓돈, 3개월 일하면서 번 돈을 모두 합해 약 500만 원을 가져갔습니다.

❷ 당분간 묵을 집

집을 어떻게 렌트하는지도 잘 몰라서 교환학생 때 만났던 싱가포르 친구의 집에 임시로 묵기로 했어요. 일주일 만에 나가야 하는 예상치 못했던 상황이 벌어지긴 했지만요.

❸ 간단한 여행 준비물

여권을 비롯해 옷, 약, 신발, 외장하드, 노트북, 가서 읽을 책 등 필수품을 챙깁니다.

❹ 비자

싱가포르에서는 직업, 연봉, 용도에 따라 비자가 달라집니다. 싱가포르에는 사전에 신청할 수 있는 비자는 없고 워킹 비자는 대부분 둘 중 하나입니다.

> EP(Employment Pass) 월 3,600SGD 이상 버는 외국인 프로페셔널
> S Pass 월 2,200SGD 이상을 버는 외국인들

이 비자는 나를 고용할 회사가 정부에 신청하는 것이기 때문에 저처럼 고용이 되지 않은 채 직업을 찾으려고 하는 경우는 90일 동안 머무를 수 있는 관광비자로 싱가포르에 입국합니다. 만약 고용 결정이 나면 회사가 워킹 비자를 신청해줍니다. 저는 일단 관광비자로 입국했습니다.

[외국에서 마케팅하고 싶어]

• 인행력이 바른 합리적인 회사에서 일하고 싶어.
  → 내 창의성과 행동력을 인정해주고 support해 주었으면 좋겠어.
• 한국에 나중에 1인 지사를 들어오는 것도 나쁘지 않아.
• 여기 삶이 가족과 친구가 있고, 안정도 있으며 정말 재밌을지도 몰라.
  그래도 가야만 하는 이유는 뭐니?
  → 내 Edge를 갖고 싶어? 목적이 뭔데?
• 나는 왜 살지? 나는 누구?
       ↓   → 관계속에서 정의되는 '내', '나'의 본질...?
    몰라... 이제 알아버리면 안될까...
• 어떻게 살건이니.... TT....
• 목적이 머야...
• 여기 가는 목적만...
    ① 영어. ② 외국에서 일할거야 ★ (정보의 비대칭성?)

❺ 비행기표

저는 아직도 이때 샀던 비행기표 영수증을 가지고 있습니다. 반드시 싱가포르에 정착하리라는 각오를 보여주고자 편도행을 샀습니다. 그런데 절대 편도만 사지 마세요. 공항에서 출발 안 시켜줍니다.

**PART
2**

커리어 디자인

**Career
Design**

당신의 이직을 바랍니다

한국의 직장인들이 더 행복해지려면

'저는 다양성과 다른 사고 방식에서 영감을 얻는 것, 한국
을 더 나은 곳으로 만드는 것에 열광합니다.'

제 링크드인 프로필입니다. 한국을 더 나은 곳으로 만들기 위한 저만
의 방법은 이직을 장려하는 것입니다. 저는 한국에 건전한 이직 문화를 전파하
고 싶습니다. 이때 '이직'은 동종 업계뿐만 아니라 산업을 넘나드는 것을 포함합
니다. 어떻게 이직이 한국을 더 나은 곳으로 만들 수 있을까요?

저녁이 없는 삶은 누가 만든 걸까요? 헤드헌팅을 시작할 무렵, 제 주
요 업무는 한국 회사에 고급 외국 인력을 찾아주는 일이었습니다. 한국 회사에
서 왜 외국 인력이 필요한지 알아보던 중, 국내 대기업에서 외국인 임원들을 뽑
아서 혁신을 시도하려 했던 사례에 대한 기사를 읽게 되었어요.

기사에는 왜 혁신에 실패했는지 다양한 추측이 있었습니다. 흔히 우
리가 예상할 수 있는 이유였습니다. 저는 외국인 임원들이 이 사태를 어떻게 바
라봤고 평가했는지가 가장 궁금했지만, 기사에서는 찾아볼 수 없었습니다.

얼마 후 우연히 링크드인에서 해당 기업에 몸담았던 외국인 임원의

프로필을 보게 되었고, 그가 싱가포르에 있다는 것을 발견했습니다. 호기심이 앞섰던 저는 그에게 실제 현장에서 있었던 담당자의 의견을 듣고 싶다는 메시지를 보냈습니다. 그분, 하고 싶은 말이 아주 많았던 모양입니다. 당일 저녁에 바로 답변이 와서 그 주에 만나 식사를 하게 되었지요. 그는 외국인인데도 한국 문화, 한국 회사가 발전해온 역사에 대한 이해가 상당히 깊었습니다. 그가 한국에서 진행하던 프로젝트 이야기 중 인상적인 부분이 있습니다.

"한국 회사는 로열티를 중시합니다. 그런데 정작 한국 회사가 직원을 대하는 태도는 마치 크리넥스 화장지를 뽑아 쓰고 버리는 것과 같죠. 직원에게 감당할 수 없을 만큼의 일을 시키고, 견뎌내면 더 많은 일을 시킵니다. 만약 견디지 못하고 나간다면, 언젠가는 떠났을 충성심 없는 직원으로 치부합니다."

회사가 직원을 존중하지 않는 이유는 한마디로 직원을 잃을까 봐 두려워하지 않아서입니다. 회사가 직원을 존중하게 하는 방안은 딱 하나입니다. 우수한 인재들이 회사의 경쟁력을 위해 필요하다고 회사 스스로 느끼게 하는 것.

저는 연봉 협상에 대해서 배우지 못했습니다. 낮은 연봉으로 헤드헌팅 회사에 입사해서 좋은 성과들을 내고 있을 때도 연봉 협상을 할 생각을 하지 못했고요. 그런데 프랑스인 동료가 그래선 안 된다고 조언해주더군요. 사실 그 친구가 처음 이야기했을 때만 해도 추가적인 연봉 협상을 할 생각이 없었습니다. 그런데 뒤에 붙인 말이 저를 연봉 협상 자리에 앉게 했습니다.

"앨리스, 나중에 리더가 되고 싶다고 하지 않았어요? 리더가 되려면 후배들의 권리를 대변해줘야 하는 거예요. 자신만을 위해서가 아니라 같이 일하는 동료들을 위해서라도 권리를 찾고 지켜야 해요."

회사가 합리적으로 직원을 대하지 않는다면 주저 말고 박차고 나가야 합니다. 능력 있는 인재가 그만둬야 회사가 직원을 잡기 위해 변할 테니까요. 저도 한국 회사의 시스템을 겪어봐서 쉽지 않다는 것을 잘 압니다. 그렇지만 직원들이 자꾸 떠나서 운영이 어렵게 되면 조금이라도 변화와 혁신을 고민해보지 않을까요?

예전에 한국 회사와 외국 회사의 차이에 대해서 멘토와 얘기한 적이 있습니다. 멘토가 기가 막힌 비유를 들었어요.

"빵 공장을 예로 들면 쉽게 이해할 수 있어. 한국 회사들을 장인이 있는 빵 공장이라고 하자. 이곳에서 견습생이 장인의 어깨너머로 빵 굽는 법을 배우고 있어. 견습생은 3년은 물을 길어야 하고, 4년쯤 되면 그제야 반죽할 수 있는 기회를 얻을 수 있어. 조금 더 인내를 가지고 9년 차가 되면 드디어 빵 굽는 걸 시작해. 그렇게 어깨너머로 20년 동안 배운 뒤에야 빵 전체를 만들 수 있게 되는 거야. 반면 외국 회사는 시스템으로 운영되는 빵 공장이라고 할 수 있지. 빵 만드는 과정이 세분화되어 있어. 반죽하는 사람은 반죽만 하고, 빵 굽는 사람은 굽기만 해. 한국 회사들은 조직이 일을 하는 구조고 그 조직 체계를 알아야 일을 잘할 수 있는 경우가 많아. 그래서 한국 회사들을 다니면 이직이 쉽지 않은 거야. 내가 배운이 장인의 빵 스타일이 다른 회사 갔을 때는 전혀 안 맞을 때가 많거든."

제아무리 장인정신으로 똘똘 뭉쳐 있는 빵 공장이라도 이처럼 직원들이 자꾸 떠나서 운영이 어려우면, 빵 공장도 구조를 바꾸든 조직을 바꾸든 뭔가 할 겁니다.

헤드헌터로 활동할 때 해외 전문가만 한국으로 추천하지 않고, 한국 전문가도 해외 진출을 할 수 있도록 시도한 적이 있습니다. 그런데 크게 2가지 이유로 어려워 진행하지 못했습니다.

첫 번째는 '전문성'입니다. 한국에서 경력이 오래되면 부장general manager이 됩니다. 그러나 외국 회사들이 대개 찾는 것은 스페셜리스트[1]입니다. 조직을 관리할 사람보다는 전문성 있는 사람들을 찾는데 한국에서는 전문성을 확실히 키우면서 승진하기가 쉽지 않은 듯했습니다.

[1] 스페셜리스트 specialist 각각의 업무에 있어서 상당한 커리어를 가진 전문가를 일컫는 말. 상반되는 개념으로 제너럴리스트 (generalist)가 있다.

두 번째는 '문화'입니다. 한국 회사는 한 조직에 오래 있는 직원을 사랑합니다. 그러나 외국 회사의 경우 별로 선호하지 않습니다. 이때 '오래'는 약 20년 가까이 한 회사에서 근무했던 사람을 말합니다. 변화가 많은 조직에 융화될 수 있을지에 대한 확신이 없기 때문이죠. 오히려 언어 문제는 생각보다 큰 이슈가 아니었습니다. 어차피 비즈니스 언어라는 게 특정 산업에서 사용하는 용어, 맥락에서 대부분 의사소통이 가능하기 때문이죠.

세계적으로 경험이 많은 엔지니어들은 은퇴 후 컨설턴트처럼 활동합니다. 나라를 옮겨 다니면서 산업의 성숙도 차이를 이용해 컨설팅을 하고 있습니다. 저는 한국에서 은퇴하게 될 사람들이 걱정입니다. 100세까지 사는데 60세도 안 되서 은퇴하면, 자기 전문성으로 먹고살 수 있는 사람이 얼마나 될까요.

여기에 미래가 없다, 내가 충분히 배우지 못하고 있다는 생각이 들면 참지 마세요. 아무리 참아도 그곳에서는 미래가 있기 힘듭니다. 그럴 바에는 불확실한 가능성을 선택하세요. 저는 이직을 장려합니다. 미래는 확실하지 않으니 결국 준비할 수 있는 최고의 무기는 적응력adaptability 아닐까요? 아, 물론 현재의 일이 만족하는 사람이라면 꾸준히 그 일에 충실하면 됩니다.

취업 준비생의 경우에는 어떨까요? 많은 졸업생이 취업에 큰 부담을 느끼는 이유는 첫 직업이 평생 커리어를 결정한다는 생각 때문입니다. 신입사원 공채는 사실 일본, 한국 같은 나라에만 있는 다소 특이한 제도입니다. 첫 직업은 물론 중요하지만 결코 내 커리어 전반을 결정해서는 안 되고, 실제로도 그렇지 않습니다. 첫 직업의 중요성은 우리 사회가 가지고 있는 잘못된 상식이라고 생각합니다. 대학생활과 직장생활은 완전히 다릅니다. 직장에서의 성과는 대학생활처럼 그저 열심히 한다고 나오는 것이 아닙니다. 자신의 강점들을 활용해 조금씩 더 잘하는 영역으로 발전해 가면서 쌓입니다. 즉 목표를 향해 빠르게 돌진하는 것이 아니고, 간신히 한걸음씩 진화해가는 것이 커리어거든요.

머뭇거리지 않고 일을 빨리 시작해 더 많은 일을 경험하는 게 멀리 나아가는 방법일 수 있습니다. 첫 직업이 내 인생 커리어를 결정하지 않는다면 취업 준비생들이 그토록 고통을 받지 않을 텐데요. 걱정 마세요. 첫 커리어는 당신의 커리어에서 아주 미미한 부분만을 차지할 것입니다.

이직의 결론, 커넥팅 닷

'내 삶을 꾸려가는 방법'을 위한 커리어

지난 5년간 한국의 대기업 한 곳과 싱가포르에 있는 3개 회사에서 서로 다른 직무로 일했습니다. 저는 회사를 옮기면서 직무를 바꾸는 것이 마치 '커넥팅 닷connecting dot' 같다고 생각했습니다.

커넥팅 닷은 애플 창업자 스티브 잡스의 유명한 말입니다. '연결된 점'이라는 뜻이죠. 그가 어렸을 때부터 했던 다양한 경험들이 당시에는 무작위 점처럼 서로 관련이 없어 보였지만, 중요한 시점에 연결되어 결정적인 역할을 했다는 거예요.

저는 대학교 2학년 때부터 줄곧 2가지 직업을 진지하게 생각했어요. 하나는 다들 한 번쯤은 꿈꾸는 경영 컨설턴트였고, 나머지는 글로벌 마케터였습니다. 경영 컨설턴트는 떨어질 게 분명하다며 지원조차 해보지 않았고, 글로벌 마케터 또한 늘 영어에서 막혔습니다.

대학 시절 도전했던 홍콩 아시아 본사 근무의 '랠프로렌 매니지먼트 트레이니Ralph Lauren Management Trainee' 프로그램의 3차 영어 인터뷰에서 스스로 탈락을 읽었고, 'P&G 마케팅 여름인턴 프로그램'의 영어 자기소개에서도 불합격을 보았습니다. 도무지 노력으로 영어를 극복할 수 있을 것 같지 않았어요.

이렇게 영어 앞에서 늘 좌절했던 저는 오늘, 링크드인을 거쳐 싱가포르의 P&G 아시아 본사의 어시스턴트 브랜드 매니저[2]로 근무하고 있어요. 그런데 좋은 회사에 다니고 있다는 사실보다 더 짜릿한 건 '밥그릇 스킬'에 대한 확신을 쟁취했기 때문입니다. 어떤 환경과 상황에서 먹고살 수 있는 역량을 저는 '밥그릇 스킬'이라고 불러요. 저는 지금 브랜딩과 마케팅 외에도 IT 산업의 세일즈, 헤드헌팅 또는 이와 관련한 사업도 할 수 있다는 자신감이 있습니다. 대학 졸업과 동시에 당시 원하는 곳에서 일했다면 평생 갖지 못했을 자신감을 얻은 셈이죠.

지금까지 각각의 점들을 찍었을 때, 이 점이 어떤 식으로든 연결될 거라고는 생각하지 못했습니다. 하지만 매 순간 제게 닥친 상황에 집중하고 노력하다 보니 연결된 점들이 보였어요. 제 인생의 점들은 이렇게 시작되었어요.

Dot 1 STX 에너지에 신입사원으로 입사

졸업 후, 수많은 탈락 끝에 대기업 신입사원으로 입사했지만 싱가포르로 무작정 가기 위해 3개월 만에 그만두었어요.

2 어시스턴트 브랜드 매니저
Assistant Brand Manager
브랜드와 관련한 모든 업무를
총괄적으로 관리하는 사람.
브랜드의 기획, 이벤트, 홍보, 광고,
마케팅 등을 담당한다.

Dot 2 싱가포르 주재 영국계 헤드헌팅 회사 입사

이곳에서 저는 한국의 오일&가스 산업 회사를 상대로 외국인 전문가를 추천하는 헤드헌팅 업무를 했습니다.

한국 회사와 커넥션을 가지고 싶었던 헤드헌팅 회사에서 한국인인 저를 '싼값'에 고용했던 거예요. 3개월이지만 한국의 이름 있는 에너지 회사에서 일한 경력이 있었고, 무엇보다 한국 문화를 잘 이해하고 있었기 때문입니다. 회사 입장에서는 앨리스가 잘하면 좋은 거고, 못해도 크게 잃을 게 없는 결정이었죠.

Dot 3 헤드헌팅 회사에서 오일&가스 업계의 호황과 함께 짧은 시간 안에 성과를 올림

업계 호황으로 제 성과도 짧은 시간 안에 탁월하게 올랐어요. 그 결과 싱가포르 지사 대표로 영국 본사에 매니저 트레이닝을 다녀오게 되었습니다. 그럼에도 배움에 목말랐던 저는 헤드헌팅보다 좀 더 글로벌한 혁신적인 경험을 원했습니다. 고민하던 차에 매일 활용하는 플랫폼 링크드인 입사를 준비합니다.

Dot 4 링크드인 기업고객 서비스 포지션 지원과 합격

기존의 HR 직군에서 벗어나 다른 일을 해보고 싶었어요.

헤드헌터와 제가 링크드인에 지원한 직무는 '클라이언트'를 다룬다는 공통점이 있었어요. 그래서 그 점을 어필해 인터뷰한 뒤 합격했습니다. '기업고객 서비스Enterprise Service'는 기업고객을 전략적으로 지원하는 포지션인데, 막상 일을 해보니 잘 맞지 않았어요. 6개월 동안 일한 뒤, 담당 매니저와 직무에 대해 상담을 했습니다.

Dot 5   링크드인 '커스터머 석세스 매니저'로 포지션 변경

매니저와의 상담 끝에 한국에는 아직 없는 세일즈 직군인 '커스터머 석세스 매니저Customer Success Manager 이하 CSM'로 포지션을 변경했습니다. 헤드헌팅에서의 좋은 성과를 바탕으로 포지션 변경을 설득할 수 있었어요.

Dot 6   링크드인에서 2년 동안 근무

링크드인에서 근무하면서 IT 산업을 큰 틀에서 이해하고 이상적인 회사 문화를 많이 배웠지만, 이미 습득한 역량을 사용해서 현 업무를 반복해서 하는 제 모습을 발견했습니다. 새로운 역량을 습득할 수 없었기에 다른 직무를 고민하기 시작했죠.

직무 고민 끝에 오랜 꿈이었던 P&G의 글로벌 마케팅 직군에 지원했어요. 싱가포르에서의 4년간 경력과 경험을 활용해 모든 인터뷰를 통과한 뒤, P&G 아시아 본사의 어시스턴트 브랜드 매니저가 되었습니다. 만약 계속 한국과 연관된 일만 했다면 P&G 마케팅 전략을 펼칠 만한 영어 실력을 갖출 수 없었을 것입니다. 다양한 사람과의 협업도 어려웠을 것이고요.

결국 지금까지 제게 헛된 경험은 없는 셈입니다. 링크드인 입사를 목적으로 헤드헌팅을 하지 않았고, P&G의 마케팅 전략 직군에 가려고 링크드인으로 이직하지 않았거든요. 물론 싱가포르로 무작정 떠날 때, 이 모든 걸 계획하지 못했죠.

첫 직업과 회사가 꿈꿔왔던 곳이 아니라도 괜찮아요. 그건 진짜 내 꿈이 아닐 확률이 높아요. 대학을 나와서 시작한 '꿈의 직업'은 마치 슈퍼마켓에서 제일 잘 팔리는 물건을 고르는 것과 같아요. '남들이 좋다고 하면 좋은 거겠지' 하는 마음으로 선택한 것일 뿐, 써본 적이 없고 아는 것도 별로 없으니까요. 뭘 알아야 꿈도 꿀 수 있거든요. 대학교에서 공부하고 잠깐 일한 경험만으론 찾을 수 없어요. 보통 "네가 좋아하는 것을 해"라고 하죠. 내가 좋아하는 게 뭔지 몰라서 괴로웠다면 아무 걱정하지 마세요. 좋아하는 것을 찾아가는 진짜 여행은 졸업 후에 시작되니까요. 커리어 세계에서 시작은 반이 아니에요. 시작은 그냥 하나의 첫 점dot에 불과해요. 우리는 앞으로의 커리어에서 많은 점을 찍어나갈 거예요. 모든 점에는 나름의 배움과 의미가 있어요. 당장 원하는 것을 얻고 싶어도 커리어는 '내 삶을 어떻게 꾸려나갈지'의 측면에서 장기적으로 바라보며 접근해야 합니다.

좋은 기업을 생각하다

링크드인에서는 매달 하루를 '인데이Inday'라고 합니다. 인데이는 회사 내에서 지역사회에 기여하는 프로그램을 열거나 각자 원하는 일을 마음껏 시도하는 날입니다. 이달 인데이 콘셉트는 지구의 날 기념으로 파머스 마켓Farmers Market이었어요. 10여 개의 환경단체, 유기농 푸드 스타트업, 환경보호 스타트업 등에서 자신들을 소개하고 자사 제품을 판매했습니다. 많은 직원이 소개도 듣고, 유기농 야채도 받아가고, 시식도 하고, 맥주도 마시고, 정기 후원까지 했어요.

참가 업체 중 한 곳에서 잘생긴 청년이 '수직 농업vertical farming'으로 재배한 케일을 팔고 있었습니다. 수직 농업이란 층층의 선반에 작물을 쌓아서 재배하는 방식을 말합니다. 싱가포르처럼 땅이 좁은 곳에서는 공간 효율성을 높이고 전기 소모를 줄여 경쟁력을 확보해야 합니다. 케일은 이런 조건에 딱 맞는 작물이었어요.

그는 어쩌다 케일을 팔게 되었을까요? 회계사로 커리어를 시작한 그는 금융회사 JP 모건에 2년 동안 근무하면서, 인류가 직면한 3가지 문제에 주목하게 되었습니다. 에너지, 물, 식량 문제입니다. 에너지와 물은 개인적으로 풀기

링크드인 인데이 파머스 마켓의 활발한 모습

어려운 문제라서 그는 자신이 해결할 수 있는 식량 문제에 집중했어요.

저는 왜 하필 그중에서 케일을 팔게 되었냐고 물어봤어요. 그는 케일이 다른 작물에 비해 영양소가 많고, 도시에서 키울 수 있어 운송이 필요 없는 효율적인 식물이기 때문에 택했다고 답했습니다. 제가 받은 케일은 바로 어제 수확한 작물이었죠. 파머스 마켓에서 자신의 비전을 향해 열정을 가진 사람을 만나며 좋은 회사란 무엇인지 생각하게 되었습니다.

링크드인의 CEO 제프 와이너Jeff Weiner가 함께 일하면서 좋았던 사람의 3가지 공통점을 말한 적이 있어요.

- 큰 꿈을 가진 사람 Dream Big
- 할 건 하는 사람 Get Shit Done
- 즐길 줄 아는 사람 Know How to Have Fun

오너의 이상향을 대변이라도 하듯 링크드인에서 일하는 건 이 3가지 조건에 부합합니다.

큰 꿈을 가진 기업

링크드인 직원들은 전문가를 연결해주면서 그들에게 경제적 이익과 기회를 얻게 합니다. 동시에 자신과 전문가들이 각자의 영역에서 프로페셔널 지도를 함께 그린다는 비전에 매료된 사람들입니다. 이 안에서 서로의 꿈은 상

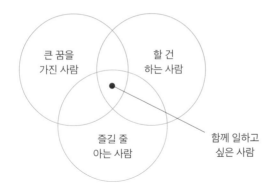

큰 꿈을
가진 사람

할 건
하는 사람

즐길 줄
아는 사람

함께 일하고
싶은 사람

상력을 발휘하면서 채워나갈 수 있죠. 회사는 큰 꿈의 바탕을 만들어줍니다. 그래서 함께 커가는 거죠.

할 건 해내는 기업

링크드인은 성과 평가가 굉장히 명확합니다. 측정 가능한 수치를 핵심성과지표 KPI로 잡고 정확히 평가하죠. 만약 업무 범위 외에도 회사의 이익이 되는 일을 한다면 추가로 평가받을 수 있도록 매년 말에 성과 평가가 이뤄집니다. 열심히 일한 사람에게 보상을 확실히 주고자 하는 제도입니다.

즐길 줄 아는 기업

파머스 마켓, 다양한 액티비티 지원, 전 세계 대규모 단합

대회 등 다양한 이벤트로 가득한 회사입니다.

　　냉정히 말해 2년 동안 링크드인에서 업무적으로 배운 것은 많지 않습니다. 회사의 비전에 매료되어 입사했지만, 아무래도 큰 기업에서는 역량을 충분히 펼칠 수 없거든요. 거대해진 IT 기업들은 업무와 과정을 촘촘히 세분화해서 역량이 넘치는 over-qualified 인재들을 충분히 활용하지 못합니다. 그럼에도 저는 링크드인에서 다른 어디서도 경험하지 못했을 중요한 가치를 배웠습니다. 원대하고 선한 비전의 중요성, 강력한 비즈니스 모델의 위대함, 놀라운 기업문화입니다.

　　지금까지 경영학에서는 '기업의 목적은 이윤 창출과 주주의 이익'이라는 명제를 성경 구절처럼 떠받들어 왔어요. 최근 기업의 패러다임이 바뀌고 있습니다. 기업의 목적은 아직도 이윤 창출이 맞습니다. 하지만 충분하지 않습니다. 기업은 더 이상 수익 창출만 하는 이기적인 기관이 아니고, 그래서도 안 됩니다. 기업의 역할과 영향력이 굉장히 커졌을 뿐만 아니라 소비자가 현명해졌기 때문이에요.

　　얼마 전 방콕에서 테러가 발생했을 때, 링크드인의 APAC 지부 책임자 Managing Director 는 사건 발생 두 시간 만에 출장 간 직원들의 안전을 파악해 전사 공지 메일을 보냈습니다. 우선순위로 가장 빠른 시간 내 싱가포르로 귀국시킨다는 내용이었죠. 각국 정부보다 발 빠른 대처를 보면서 이 시대 기업의 영향력을 느낄 수 있었습니다. 이전에는 기업문화란 생산성 증가가 절대 목표라고 바라보았다면, 링크드인에서 일하면서 기업이 훌륭한 사회 구성원을 기르는 단

링크드인 싱가포르 사무실의 내 자리(위)
직원들에게 제공되는 사무 용품(아래)

계로 발전한 모습을 보았습니다.

사실 링크드인은 인터넷 소프트웨어 서비스 회사이고 채용 솔루션을 제공하며 B2B[3]로 돈을 버는데 하루를 이벤트로 낭비하면 생산성에 무슨 도움이 되겠어요. 그러나 링크드인은 다양한 이벤트를 열어 직원들이 좋은 사람이 되면 장기적으로 클라이언트와 사회에도 긍정적인 영향을 끼칠 거라고 생각합니다. 링크드인의 원대한 비전은 직원을 통해 세상과 소통이 되니까요. 즐거운 업무 환경은 우수한 사람들을 더 오래 근무하게도 하고요.

3 B2B Business to Business 기업과 기업 사이에 이뤄지는 전자상거래를 일컫는 경제 용어. 인터넷을 기반으로 한다.

기업이 이윤 추구에만 집중해 임직원을 쥐어짜는 기업문화를 가지고 있다면, 단순히 직원뿐만 아니라 사회에도 해롭습니다. 좋은 기업은 직원들이 더 좋은 부모, 더 좋은 자식, 더 좋은 사람이 되는 것을 권장하고 도와줍니다.

덕분에 전 오늘 많은 야채를 얻고 페스토를 사고, 환경단체의 정기 후원자가 되었습니다. 회사는 '더 나은 세상'을 만든다는 비전을 제시했어요. 그를 위한 첫걸음은 임직원을 '더 나은 사람'으로 만드는 것입니다. 링크드인에 입사했을 때 인상적인 말을 들었습니다.

"우리는 당신이 링크드인에서 평생 일할 거라고 생각하지 않습니다. 단지 링크드인에서 더욱 전문적인 커리어와 능력을 얻어가길 바랍니다."

회사 차원에서 직원들의 다음 직업을 '넥스트 플레이next play'라고 부르며, 이에 대해 생각하도록 권장하고 돕는 것이 링크드인의 독특한 문화입니다.

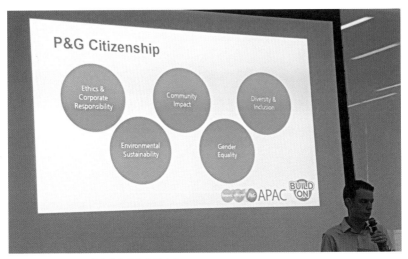

P&G 시민권에 대한 사내 강연

　　SKII, 질레트, 다우니 등 수많은 인기 브랜드를 보유한 180년 전통의
소비재 제조업 강자 P&G에서도 비슷한 움직임을 찾아볼 수 있어요. P&G에는
'P&G 시민권P&G citizenship'이라는 용어가 있습니다. 단순히 회사의 직원이 아닌
사회의 시민으로서의 의무를 다해야 한다는 개념입니다.

- 윤리와 기업의 사회적 책임 Ethics & Corporate Responsibility

- 환경의 지속가능성 Environmental Sustainability

- 지역사회에 기여 Community Impact

- 남녀평등 Gender Equality

- 다양성과 포용 Diversity & Inclusion

실제로 근무하다 보면 회사 차원에서 이를 실천하는 모습을 확인할 수 있습니다. P&G에서는 최소 근무기간 5년이 지나면 유니세프에 교환 직원으로 갈 수 있습니다. 5년 이상을 근무한 역량 있는 직원이 자신의 전문성을 사회에 기여할 수 있도록 3~6개월 파견 근무를 보내주는 프로그램입니다. 이때 회사에서 교통, 숙소, 생활비 등 각종 비용을 지불해줍니다. 도대체 왜 기업들이 이런 일을 하고 있을까요? 바로 시대가, 소비자가, 직원들이 원하기 때문입니다.

이제는 제품을 기술로 차별화하는 데 한계가 왔습니다. 특정 회사의 제품이 압도적으로 좋았을 때가 있었죠. 그런데 생산 효율의 증가 및 소재의 발전으로 제품 간에 차이가 줄어드면서 고객의 선호도가 중요하게 되었습니다. 가치가 그렇게 변한 거죠. 브랜딩도 이와 함께 진보합니다.

오늘날은 한 단계 더 나아갔어요. 크고 잘나가는 기업이 선하다고 여겨질 때가 있었어요. 세계적인 기업이 국가 경쟁력 자체처럼 느껴질 때도 있었고요. 하지만 요즘 소비자들은 거대 기업을 불신합니다. 도덕적이지 않고, 탐욕스럽고, 돈을 위해서는 무슨 일이든 한다고요. 돈이 돈을 버는 신자유주의 이후로 그렇게 변해왔습니다.

예전처럼 '기업에게 선은 곧 돈 버는 것이다'라고 하기엔 충분하지 않습니다. 소비자는 매일 엄청나게 많은 선택을 합니다. 이제 소비자들은 어떤 선택을 할까요? 앞으로 물건과 서비스를 잘 팔기 위해서는 선한 기업, 사회 혹은 인류에 도움이 되는 기업이 되어야 합니다. 소비자에게 신뢰와 호감이 없으면 해당 회사는 곧 외면받고 말 겁니다.

사회적으로 좋은 기업의 시작은 직원에게 좋은 회사가 되면서부터 시작합니다. P&G는 소비재 마케팅에서 유명한 회사인 만큼 모든 마케팅을 소비자를 중심으로 전개해요. P&G만의 마케팅 용어와 개념이 많은데, 그중 하나가 '진실의 순간The Moment of Truth[4]' 입니다. 소비자와 제품이 만나는 여러 접점을 일컫습니다. P&G는 모든 접점에서 소비자의 경험을 디자인하는 데 많은 노력을 기울입니다.

P&G 진실의 순간
ZMOT Zero Moment of Truth
소비자가 물건을 사기 전에 제품을
어떻게 인지하고 있는가.

FMOT First Moment of Truth
판매 진열장. 패키지 디자인 등에서
소비자가 제품을 처음 만났을 때
어떤 인상을 받을 것인가.

SMOT Second Moment of Truth
패키지를 열어 개별적인 상품을
사용하며 어떤 인상을 받을 것인가.

이외에도 회사가 아주 중요하게 생각하는 다른 종류의 진실의 순간이 있어요. 바로 'EMOT Employee Moment of Truth'입니다. 직원들의 진실의 순간이라는 뜻인데요. '직원들은 우리 회사에 대해 어떻게 생각하고 있을 것인가'를 말합니다. 소비자에게로 가는 모든 시작은 직원이 회사에서 하는 경험, 즉 직원의 손끝에서 시작되니까요.

물론 예를 든 회사들이 모두 완벽하게 정의로운 건 아니에요. 회사의 정치는 어디에나 있고 불합리한 점도 많이 보이거든요. 사람들은 완벽하지 않고 회사가 개개인의 행동을 모두 통제할 수는 없습니다.

그렇지만 회사가 큰 방향에서 '좋은 기업'을 추구하는 것은 아주 중요해요. 직원들의 행동 강령, HR의 법규들이 이 원칙을 기반으로 만들어지니까요. 또한 이는 기업이 강력한 비즈니스 모델로 운영되기 때문에 누릴 수 있는 사치이기도 합니다. 기업의 진짜 역량이죠. 단순히 선하기만 해서는 살아남을 수 없어요.

직원 복지를 위해 운영되는 사내 운동 프로그램

이것이 바로 제가 찾아 헤맨 좋은 기업에 대한 답입니다. 사회에 도움이 되는 비즈니스를 하되 경쟁력이 있으며 직원부터 행복하게 해주는 회사. 너무 이상적으로 보이지만 분명 이런 회사는 존재합니다.

선한 비전을 가지고도 잘될 수 있어요. 또한 이런 회사들이 앞으로도 더 잘될 가능성이 많습니다.

당신만의 업무 철학이 있습니까?

한국에 없는 IT에서 핫한 직업

서비스업이 중심인 싱가포르에 있으면서 제조업 중심의 한국과는 다른 직무들을 만날 수 있었습니다. 그중 하나가 B2B 솔루션을 제공하는 IT 소프트웨어 회사에서 유망한 '커스터머 석세스 매니저Customer Success Manager'입니다. 링크드인에서의 제 포지션이기도 해요. 이는 새로운 산업의 출몰과 함께 새롭게 생겨난 직업 중 하나예요. 줄여서 CSM이라고도 합니다. 이 장에서는 CSM을 예로 들어 한국에 없는 직군의 가능성과 일에 대해 본격적인 이야기를 할게요.

구글 검색 통계에서 '커스터머 석세스Customer Success'라는 단어와 '커스터머 석세스 매니저'는 2009년을 기준으로 급상승한 것을 볼 수 있어요. 사람들의 관심이 많고 자주 회자된다는 의미죠. 빠르게 떠오르고 있는 '커스터머 석세스' 분야는 회사의 성공에 아주 중요한 역할을 하고 있습니다. 특히 소프트웨어 서비스 회사에서 중요한 역할이에요. '커스터머 석세스'는 '고객 성공'이란 말 그대로 고객의 성공적인 소프트웨어 사용을 돕는 매니저입니다.

이 직업에 대해서 객관적인 지식보다는 제 경험을 바탕으로 이야기를 해볼게요. 앞서 언급한 것처럼 'CSM'은 고객이 구입한 소프트웨어를 목적에

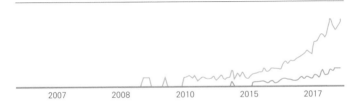

2007년부터 현재까지 구글 검색어 추이

맞게 성공적으로 이용할 수 있도록 컨설팅, 교육, 기술 지원을 포함한 모든 일을 다 합니다. 왜 기업은 고객의 목표 달성을 중시할까요? CSM이 중요한 회사는 주로 B2B 소프트웨어 솔루션을 제공하는 사업 모델인 경우가 많습니다. 소프트웨어를 한 번 팔고 끝이 아니라 매년 '구독subscription'의 형태로 판매합니다. 고객은 이 회사의 솔루션을 1년간 써보고, 성과가 좋으면 계약 연장 및 추가 구매를 합니다. 그러나 별 성과가 없으면 계약을 중단하게 되죠. 업계 용어로는 '고객 이탈churn'이라고 합니다. 고객이 계약을 중단할 경우 회사로서는 잃는 게 굉장히 많습니다. 단순히 고객 하나의 1년 치 매출을 잃는 게 아니라, 이 고객이 추가적으로 가져올 안정적인 매출을 보장받지 못하게 됩니다. 더군다나 나쁜 입소문으로 신규 고객 유치에도 악영향을 미치게 되지요. 그래서 고객의 성공적인 소프트웨어 활용을 도울 커스터머 석세스 매니저, 즉 CSM이 필요한 겁니다.

링크드인의 수익 모델을 프리미엄 멤버십 서비스로 오해하는 사람이 많은데 사실 링크드인은 소프트웨어 서비스로 수익을 냅니다. 여러 솔루션 중 가장 유명한 것이 '탤런트 솔루션Talent Solution'인데요. 회사가 임직원을 채용할 수 있도록 도와주는 소프트웨어입니다. 기업의 채용 업무를 '대신'해주는 것이 아니라, HR 담당자의 편리한 도구가 되어줍니다.

링크드인의 솔루션을 이용하면 정확한 타깃에 맞는 콘텐츠로 맞춤 광고를 하는 것 같은 효과를 볼 수 있습니다. 찾으려는 인재들에게 맞춤형 메시지를 전달할 수 있지요. 사실 이 솔루션을 구매한 후 성공 여부는 클라이언트 쪽의 HR 담당자에게 달려 있습니다. 문제는 적합한 후보 검색부터 그를 '설득'하는 일까지가 기존의 HR 담당자에게는 새로운 업무라는 거예요. 항상 지원자들이 나를 뽑아 달라고 설득하지 HR 담당자가 이직 생각이 없는 사람을 지원하라고 설득하는 업무는 거의 하지 않거든요. 그래서 많은 클라이언트가 링크드인 채용 솔루션을 구매하면 이 모든 과정이 자동으로 작동한다고 생각합니다. 하지만 클라이언트 쪽의 사용자가 소프트웨어를 적절하게 사용하지 않으면 아무 성과도 일어나지 않습니다. 결국 이 클라이언트는 링크드인 솔루션을 재계약하지 않겠죠. 이때 CSM이 투입됩니다.

세일즈 부서에서 링크드인 솔루션을 팔고 나면, CSM은 클라이언트의 현황을 파악합니다. 클라이언트의 성향, 기존 채용 과정의 이슈, 구입 목적 등을 이해하면서 목표와 일정을 함께 세우고 달성할 수 있도록 돕습니다. 흥미로운 점은 소프트웨어 사용의 방해 요소가 클라이언트 내부에 있는 경우가 많다는 것입니다. 특히 솔루션을 구매한 사람이 사용법을 모르는 고위 간부이고, 실무 사용자가 아랫사람이면 더욱 힘듭니다. 대부분의 상사는 사용자가 솔루션을 파악하는 데 필요한 시간과 노력을 인정하지 않고, 솔루션을 구매만 하면 모든 것이 다 잘될 거라고 생각하니까요.

사용자의 시간과 노력을 회사 내부에서 인정해주지 않으면 솔루션 정착이 안 되는 경우가 많아서, CSM에겐 클라이언트 쪽의 변화를 이끌어낼 수 있는 역량도 필요합니다. 고객이 우리 솔루션을 통해 성공할 수 있도록 다방면으로 돕는 직업이라니 괜찮지 않나요?

최근 어떤 사람에게 "당신만의 고객 성공 Customer Success 철학이 있습니까?"라는 질문을 받은 적이 있습니다. 제 믿음은 고객에 관한 모든 문제는 전부 서로 다르다는 것입니다. 언뜻 고객의 문제가 다른 고객과 비슷하게 들리더라도 더 깊게 파고들어야 하고, 서로 다른 솔루션이 나와야 한다는 것입니다. 모든 문제의 답은 보통 고객 내부에 있고 그들도 이미 알고 있습니다. 이때 빠르게 문제를 알아챈 뒤 그에 적합한 제안을 하는 것이 중요합니다.

CSM은 조언을 해주는 사람이 아닌, 들어주는 사람이라고 생각합니다. 클라이언트는 "가장 좋은 방법이 뭐예요?"라고 물어보지만, 사실 그들은 다른 큰 회사가 이 솔루션을 어떻게 사용하고 있는지보다 자신에게 딱 맞는 솔루션을 궁금해합니다. 정확한 문제 진단과 솔루션을 주면 클라이언트가 더 실행할 확률이 높아집니다. 해결책보다 올바른 진단이 더 중요하거든요. 올바른 진단은 경청과 관찰로부터 오니까요.

이 철학을 바탕으로 한 업무 방법을 두고 매니저와 의견 충돌을 겪기도 했어요. 매니저는 '규모 있는 접근'을 원했습니다. 제 업무 과정을 자동화시켜 두 배의 클라이언트를 대하는 효율성을 원했던 거죠. 인터넷에서 클라이언트가 동영상을 보며 학습할 수 있도록 유도하고요.

사실 저는 동영상 강의보다는 클라이언트의 이슈를 잘 듣고 맞춤형

회사 내의 링크드인 로고

으로 짜주는 것을 선호합니다. 클라이언트가 목표를 달성하는 데 더 효과적이라고 생각하기 때문이에요. 클라이언트의 목표 달성에는 링크드인 솔루션의 단순 기능 학습이 아니라 채용 과정의 변화를 받아들일 마인드셋mindset이 필요합니다. 전통적인 방식을 넘어서 링크드인이 안내하는 새로운 시대의 채용 프로세스죠. 저는 그걸 안내할 의무가 있습니다. 만약 제시해준 대로 일하다가 성과가 줄면 매니저가 책임지지는 않잖아요. 결국 결과는 제 책임이죠.

링크드인처럼 수평적인 조직에서는 회사와 내가 방향이 맞지 않을 때, 고객의 성공을 위해 스스로 옳다고 믿는 것을 행할 수 있습니다. 결국 고객에게 무엇이 필요한지 가장 잘 아는 사람은 고객을 직접적으로 만나는 사람이니까요. 저는 링크드인이 모든 사람에게 익숙한 미국이라면 몰라도 제 고객들을 대상으로 프로그램을 자동화하는 것은 어렵다고 판단했습니다. 매주 한 시간의 매니저 대면 시간에 계속 제 의견을 어필했고 결국에는 소규모 그룹 세션을 진행하는 걸로 절충점을 찾아냈죠. 조직의 전략적 방향보다 현장이 중요하다고 생각했어요. 그걸 가장 잘 아는 직원에게 권한 위임을 해주는 것이 빠르게 변화하는 비즈니스 환경에 정말 중요합니다.

저는 대학 시절 미용실 프랜차이즈 스타트업에서 마케팅 인턴을 하면서 이와 같은 세일즈 철학을 갖게 됐습니다. 당시 미용실 대표는 우리 미용실만의 특별한 서비스를 고안하라는 미션을 던져주었어요. 저는 이 미션을 완수하기 위해 저렴한 곳부터 비싼 곳까지 다양한 미용실을 돌아다니며 서비스를 비교했지요. 그때 저는 '내 앞머리를 자르는 게 예쁠까?'라는 고민을 하고 있었습니다. 적당히 유명한 미용실에 가서 이 고민을 말하니 헤어 디자이너는 이렇게 조언했어요.

"앞머리가 있으면 귀엽고 없으면 여성스러워요. 고객님이 원하는 걸로 하세요."

저는 선뜻 결정할 수가 없어 일단 자르지 말아 달라고 했습니다. 이후 다른 고급스러운 미용실에 방문해서 똑같은 질문을 했어요. 그때 그 헤어 디자이너는 이렇게 대답했습니다.

"고객님의 얼굴형이 약간 긴 편이고 눈이 아몬드형으로 예뻐서 앞머리가 있는 편이 잘 어울려요. 단점을 가리고 장점을 살릴 수 있죠."

저는 단번에 설득되어 기분 좋게 앞머리를 잘랐습니다. 이 두 사람의 차이는 어디서 왔을까요? 헤어 디자이너는 전문가입니다. 그 사람들은 '헤어 디자인'이라는 프로덕트를 다루죠. 첫 번째 헤어 디자이너는 '앞머리'라는 프로덕트에 집중을 했습니다. 앞머리가 있는 디자인은 귀여운 스타일, 없는 건 여성스러운 스타일이라고 조언했죠. 두 번째 헤어 디자이너는 '앞머리로 고민하는' 고객의 문제에 집중했습니다. 그 문제를 짚어주고 맞춤 프로덕트를 제안한 거예요. 물론 제안을 위해서는 '탁월한 안목'이라는 전문성이 필요합니다. 그런데 그 안목도 사실 대화를 좀 더 나누다 보면 고객의 말에 숨겨진 경우가 많아요. 고객은 보통 자신을 객관적으로 보기 힘들기 때문에 전문가의 조언이 필요하거든요.

저는 기술에 대해 잘 알지는 못하지만 사람에 집중해 IT 산업에서 먹고살 수 있었어요. 공대생은 취업이 쉽고 인문계는 어렵다고 하잖아요. 이공계에게 기술이 있다면 인문계에게는 사람이 있습니다. 사람에 집중하면 우리는 언제 어디서든 먹고살 수 있어요.

비즈니스는 결국 세일즈

스토리텔링 강국 미국의 세일즈

미국이 얼마나 스토리텔링 강국인지 다양한 칼럼을 통해서 많이 들어봤을 겁니다. 저도 어떤 분야든 스토리텔링이 중요하고 미국이 굉장히 잘한다는 것을 알고 있었죠. 하지만 경험하기 전까진 그 진가를 몰랐습니다.

2015년 1월, 미국 LA에서 진행되었던 링크드인 세일즈 트레이닝에 2주 동안 참여했어요. 링크드인 솔루션 이용 기업들과 미팅하는 역할극 시간이 있었어요. 아주 중요하고 바쁜 손님들이 링크드인을 위해 시간을 내준 것으로 상황이 설정되었습니다. 아시아에서 온 우리는 바로 본론으로 들어가야 한다는 부담감을 갖고 시작했어요. 본론이란 바로 숫자죠. 바쁜 사람들의 시간을 낭비하면 안 되니까요. 우리 팀은 투자 금액, 이익 내용 등 실무적인 이야기를 빠르게 설명했습니다. 숫자로 가득한 표들이 이어졌고 꽤 논리적이었어요.

그런데 미국 팀은 달랐습니다. "저도 당신과 비슷한 상황이었어요" 혹은 "상상해보세요!"라고 말하며, 청중과 클라이언트를 자신들의 이야기로 집중시켰습니다. 시종일관 클라이언트와 눈을 마주치는 건 당연하고요.

전형적인 아시아 클라이언트를 생각하면 "그래서 결론은 무엇입니까?"라는 반응이 나올 법도 한데 이곳에서는 스토리텔링을 훨씬 높게 평가하는 분위기였습니다. 결국 가장 높은 평가를 받은 팀은 역시 스토리텔링을 잘한 미국 팀이었습니다. 많은 자료와 정보를 준비한 팀일수록 따분해지고 집중력을 잃게 되어 클라이언트의 야유를 받았습니다.

스토리텔링에서 확실히 아시아인들의 약점이 드러났어요. 매니저도 크게 공감하며 싱가포르로 돌아가면 꼭 향상시켜야 할 능력이 스토리텔링이라고 하더라고요. 사실 한국에서 이런 스토리텔링이 얼마나 통할지 잘 모르겠어요. 하지만 글로벌에서, 특히 미국은 개인의 특별한 스토리텔링을 중시하고 높게 평가한다는 걸 이번 기회에 확실히 알게 됐습니다.

왜 미국은 스토리텔링을 중요하게 여길까요? 그 답은 세일즈에 있어요. 세일즈에서 스토리텔링은 특별한 이야기를 구성해 제품과 서비스를 더 높은 가격에 파는 것이 목적입니다. 이때 중요한 건 매력적인 이야기를 만들어낼 수 있는 역량입니다. 미국의 진짜 힘은 할리우드에서 나와요.

한국 회사에서도 자신만의 스토리가 중요하다고 늘 강조하고 있습니다. 입사 자기소개서에 자신만의 스토리를 제출하는 게 필수일 정도니까요. 그렇지만 정작 스토리로 가치를 부여해 제품을 비싸게 팔고 있는 회사는 드뭅니다. 우리나라가 제조업 위주라는 산업 구조 영향도 있을 겁니다. 그렇지만 부가가치가 중요한 3차 산업에서 글로벌 시장을 점령하려면 회사에서 스토리텔링을 잘하는 세일즈맨들의 역량을 키워야겠죠.

직원을 뽑는 기준에서도 스토리텔링을 중요시하는 회사의 방침을 알 수 있습니다. 링크드인에는 대학교 안 나온 직원, 처음 듣는 이력이 있는 직원

등 다양한 경력을 가진 사람이 수두룩합니다. 학벌, 나이, 외모보다는 채용 인터뷰에서 자신을 얼마나 잘 파는지를 봅니다. 스스로에 대해 이야기할 재료가 있는지, 얼마나 재미있고 감동적으로 이야기를 풀어내는지가 중점입니다.

한 가지 더 미국문화에 대해 충격을 받았던 것이 있습니다. 바로 직원들의 태도입니다. 트레이닝 기간 동안, 아침 일찍 교육을 받고 저녁에는 죽도록 놀거든요. 그러면 정말 피곤합니다. 동양인들은 주로 지쳐 있는데 미국인들은 항상 에너지가 넘치더라고요.

보통 아시아문화는 '죽도록 열심히 일한다'입니다. 실제로 장기간 일하기도 하지만 자신의 행복을 과시하면 눈치 없는 사람으로 취급받죠. 회사에서도 너무 행복한 척하면 "일이 없어서 그렇구나, 일을 더 줘야지"라고 하기도 하고요. 그러나 미국에서는 타인에게 정말 내 삶이 행복하다는 것을 보여줘야 합니다. 두 문화권은 서로 다른 생존방식을 갖고 있죠. 미국인들이 정말 행복해서 그럴까요?

엄청난 스케줄에 지쳐 호텔에 돌아온 저는 〈퀸카로 살아남는 법〉이라는 미국 틴에이저 영화를 보며 깨달았습니다. 이것이 미국문화구나. 미국은 수학 천재가 성공하는 나라가 아니라 더 쿨하게 보이는 사람이 성공하는 나라입니다. 회사에서 열심히 일하는 사람이 돋보이는 나라가 아니라 재미있고, 활발하고, 인기 있는 사람이 돋보이는 나라입니다. 미국 사회에서는 아무리 힘들어도 '요즘 사는 게 너무 싫다'라고 티를 내면 안 됩니다. 그런 사람 옆에 있으면 좋지 않다는 걸 모두가 알고 있으니까요.

05　아무도 말해주지 않은 내 성향 파악하기

당신은 사냥꾼 타입인가요? 농부 타입인가요?

　당신은 사냥꾼^{hunter} 타입인가요? 농부^{farmer} 타입인가요? 이 질문은 서양의 세일즈 직군에서 꽤 흔히 오가는 질문입니다. 한국에서는 딱 한 명이 제가 어려운 결정을 앞두고 있을 때 비슷한 내용을 말해준 적이 있어요.

　"싸움을 잘하는 사람 중에서도 여러 타입이 있어. 앨리스는 잘 다듬어진 태권도 사범보다는, 길에서 싸우는 스트리트파이터^{street fighter} 같아. 구조가 엄격하게 짜인 큰 회사 안에서는 답답함을 느끼고 능력을 발휘하기가 어려울지도 몰라. 하지만 실제 싸움판으로 가면 역량을 잘 발휘할 수 있을 거야. 무엇이든 네가 원하는 대로 하고 싶은 일을 해도 괜찮아."

　사람을 사냥꾼과 농부 타입으로 나누는 것은 특수교육 심리학에 뿌리가 있습니다. 이는 주의력결핍장애^{ADHD}의 원인을 설명하는 이론 중 하나였어요. 인간은 몇만 년을 유목민 사냥꾼으로 살아왔습니다. 이때는 주변 환경의 변화에 기민하게 대처하는 민첩성이 중요했습니다. 그런데 농경사회로 넘어가면서 모든 사람이 농부로 길러지고 적응하며 여태까지 살아왔어요. 그래서 사냥꾼 DNA가 뿌리 깊게 박힌 사람들은 오늘날 통제가 안 되는 사람이라고 낙인 찍히

05 아무도 말해주지 않은 내 성향 파악하기

게 되는 거죠.

이 이론을 어른에게 적용시킨 것이 HR과 세일즈 분야였습니다. HR
과 세일즈 직군은 근본적으로 '생존하기 위해 어떤 특성이 더 필요한지'에 대해
항상 답을 찾고 있거든요.

농부 타입은 매일 아침 비슷한 시간에 일어나서 점진적으로 꾸준히 발
전시키는 업무를 잘 수행하는 사람입니다. 대부분의 교육기관은 농부 타입의 사
람을 길러내도록 디자인되어 있어요. 특히 우리나라의 학교와 회사는 농부 특성
을 장려하고 있죠. 그러나 불확실한 환경에서 임무를 달성하고 살아남는 것이 점
차 중요해지면서 글로벌 회사는 사냥꾼 타입의 사람을 눈여겨보는 추세입니다.

사냥꾼은 가족에게 음식을 가져오기 위해 급변하는 환경, 예측할 수
없는 정글로 갑니다. 매일이 반복되지 않아서 어디에서든 변화가 발생할 수 있습
니다. 환경에 극도의 예민성을 갖추고 고도의 집중력을 발휘해야 살아남습니다.
그래서 사냥꾼 타입은 자기가 하는 일에 창의적이에요. 매뉴얼은 급변하는 환경
에서는 의미가 없으니까요. 이런 사냥꾼 타입은 예측할 수 없는 업무 환경에서
진가를 발휘합니다. 기업가, 예술가, 세일즈 직군입니다. 농부들에 의해, 농부들
을 위해 디자인된 조직과 사회에서 살다 보면 사냥꾼 타입의 사람은 자기 역량을
제대로 발휘하지 못해서 낮은 자존감으로 고통받을 확률이 높다고 합니다.

링크드인에 처음 입사했을 때 저는 전형적인 농부 역할을 했습니다.
제가 잘할 수 있는 일도 아니고 성과도 좋지 않아 정말 힘들었습니다. 한 달도 안
돼서 매니저와 상담을 했더니 그는 저를 타이르면서 이렇게 말했습니다.

"지금 하는 일을 아주 잘해내면 좋은 평가를 받고 원하는 부서로 갈

사냥꾼 타입	농부 타입
– 회복력 있다. – 낙관적이다. – 자기 동기부여가 뛰어나다. – 적합한 타깃을 설정하는 데 능하다. – 커뮤니케이션 기술이 발달했다. – 2가지 이상의 업무를 동시에 할 수 있다. – 기회를 잘 찾는다.	– 세심하다. – 팀워크에 능하다. – 섬세하다. – 침착하다. – 한 번에 한 가지 작업을 잘한다. – 완벽주의자다. – 믿을 수 있다.

수 있지 않겠어요? 현재 부서에서 스스로를 입증하지 못하는데 어떻게 다른 부서에 어필할 수 있겠어요."

논리적으로 맞는 말처럼 들렸지만 저는 이렇게 반박했어요.

"당신 말도 일리는 있어요. 하지만 이렇게 비유를 해볼게요. 저는 검을 정말 잘 쓰는 검술 마스터인데, 지금 이 부서는 제게 검을 쓰지 말고 맨손으로 싸우라고 하고 있어요. 검을 잡으면 잘할 수 있는데 맨손으로 싸우면 저는 보통 싸움꾼밖에 안 돼요. 회사는 저를 가장 잘 싸울 수 있는 위치에 배치하지 못한 거예요."

면담을 마치고 6개월 후, 저는 직무를 바꿀 수 있었어요. 스스로 성향을 잘 알고 있었던 덕택에요. 제 성향을 파악한 건, 싱가포르에 와서 헤드헌팅을 하면서였어요. 헤드헌터는 '클라이언트'인 회사에게, '제품·서비스'인 후보자를 파는 세일즈맨이거든요. 막 입사했을 때는 제게 하나의 클라이언트도 주어지지 않았습니다. '네가 알아서' 한국 회사를 클라이언트로 데려오라는 요구를 받았지요.

처음에는 누구나 다 하는 방식으로 접근했습니다. 각 회사의 HR 담당자에게 이메일로 영업을 했어요. 한 장의 깔끔한 제안서를 쓴 뒤, 각 회사의 상황별로 정성스레 작성해 이메일을 보냈습니다. 일주일을 기다려도 답변이 오지 않았어요. 기다리다 못해 전화를 해도 아무 성과가 없었습니다. 한국 지사도 없고 한 번도 들어본 적 없는 영국계 회사의 제안을 받아줄 이유가 없었던 거죠.

'어떻게 하면 HR 담당자가 우리를 고려하게 할 수 있을까?'

고민 끝에 내부 사람을 통해 접근하는 게 좋겠다는 결론에 이르렀습니다. 매니저가 알려준 한국 엔지니어인 스탠리 님에게 무작정 전화를 했어요. 스탠리 님은 사냥꾼 타입으로 삼성중공업에서 엔지니어로 근무했던 분인데, 생면부지의 저를 많이 가르쳐주고 도와줬습니다.

"삼성에서 내 예전 상사였던 분이 지금 상무님인데, 플래닝 엔지니어 **Planning Engineer**를 급하게 찾는다고 하더라고요. 연락해보세요."

저는 프랑스에 출장 가 계신 상무님을 새벽 세 시에 깨워 헤드헌팅 요청을 받고, 두 명의 후보에게 오퍼[5]를 주는 첫 거래를 끌어낼 수 있었죠. 그제야 한국의 HR 담당자와 연결할 수 있게 되었습니다. 시장 특성상 '한국은 톱다운 top-down으로 해야 된다'라는 점을 공략할 수밖에 없었던 거죠. 톱다운은 회사 내부뿐만 아니라 회사 간에도 작용합니다. 한국에서 '삼성'을 먼저 클라이언트로 만들면 다른 회사들과도 일하기 쉬워집니다.

5 오퍼 offer
HR에서 '오퍼'는 채용에 대한 의뢰를 말한다. 이 경우 연봉, 복지 등을 포함한 조건을 채용 후보자에게 전달한 것이다.

아무도 이러한 방법을 가르쳐준 적이 없는데, 결국 방법을 찾아 결과를 이끌어냈습니다. 저는 상황에 따라 빠르게 적응하는 사냥꾼 타입이니까요.

변화가 극심한 환경에서는 조직이 사냥꾼 타입의 사람들을 격려하고 도와줘야 합니다. 사냥꾼 타입의 재능은 그 사람이 어떤 역할에 있느냐, 어떤 조직에 있느냐에 따라 많은 영향을 받을 수밖에 없거든요.

한국의 직장인들을 만나 보면 역량이 굉장히 뛰어난데 회사의 조직문화에 눌려 능력을 제대로 발휘하지 못하는 사람이 무수하게 많습니다. 많은 사냥꾼 타입의 사람들이 부지런함과 성실함만을 미덕으로 삼는 농경사회 조직에서 고통받고 있을 거예요. 무서운 건 제아무리 재능과 역량이 있는 사냥꾼이라도, 계속 농경사회의 구조에서 평가받고 길들여지면 동물적 본능을 잃어버리고 중간짜리 농부가 된다는 것이지요. 지금 많은 조직은 불확실성의 시대에 미래를 보여줄 수 있는 훌륭한 사냥꾼들을 잃고 있을 가능성이 높습니다.

인간의 적응력이 얼마나 무서운지 아세요? 얼마 전 비행기에서 어떤 멕시코인과 국경 지역의 마약 범죄 조직에 대해 대화한 적이 있습니다. 길거리에 목이 잘린 시체 다섯 구가 걸려 있는 게 매일 아침의 풍경이라고 합니다. 정치인과 경찰이 범죄 조직에게 수시로 살해당하는 무시무시한 곳이라고요. 저는 의아한 마음이 들어서 물어봤어요.

"삶의 위협을 느끼면서도 왜 사람들은 아직도 그곳에 살고 있죠?"

그는 당연하다는 듯 말했어요.

"사람들은 일상에 적응하거든요. 이미 익숙해진 거예요. 위험을 피할 수 있는 나름의 노하우들을 가지고 일상을 살아가죠."

이렇게 사냥꾼 타입의 사람들은 자신의 성향을 죽인 채 적응하며 살아가고 있는지도 모릅니다. 농부의 시대는 가고 사냥꾼의 시대가 다시 오고 있습니다. 비록 느리게 변하는 조직일지라도 당신 안의 사냥꾼 재능을 그대로 묻히게 두지 않길 바라요.

출근하라고 월급 주는 건데 출근을 안 하면 어떡해?

"앨리스, 난 알다시피 집에서도 일할 뿐만 아니라 내 일을 잘하고 있어. 지난 3년간 단 한 쿼터밖에 타깃을 놓친 적이 없잖아. 회사와 나는 매년 정해진 만큼의 타깃을 성취하기로 계약했고, 회사는 그 돈을 주는 거지. 내 시간을 산 건 아니야. 왜 그렇게 흥분해?"

그날 아침, 늦게 일어나서 집에서 일하겠다는 남자친구 필립에게 작정하고 한마디를 했습니다. 함께 링크드인에 다닐 때 우리는 여유로운 워크&라이프 밸런스[6]를 누리고 있었어요. 오전 열 시 혹은 이후에 같이 출근하고 여섯 시 전에 퇴근을 했습니다. 특별한 일이 없으면 서둘러 출근할 필요가 없었죠. 전 이 정도의 자율성에도 회사에 감사했는데 필립은 한 달에 4~5번은 집에서 또는 휴가지에서 일하는 겁니다.

저는 규율대로 하지 않는 남자친구 모습에 계속 언짢았습니다. 당시 그가 회사에 가끔 안 나가는 게 왜 그렇게 화가 났는지 스스로도 이해하지 못했

6 워크 & 라이프 밸런스
Work & Life Balance
일과 생활의 균형을 맞춘다는 뜻으로 삶의 질을 중요하게 생각하는 청년들 사이에서 많이 쓰인다.

어요. 이후 몇 사람에게 그 이유에 대해 조언을 구했어요. 그들은 제게 그에 대한 질투가 화의 근원이라고 말해줬어요. 노예 정신이 깊이 각인된 나와 달리 자유로운 남자친구에게 질투가 났고 그걸 받아들이기 싫었던 거죠.

링크드인의 부사장이 싱가포르 지사를 방문했을 때 이런 말을 했어요.

"저는 아이들을 매일 학교에 데려다주고, 오전 열 시에 출근합니다. 집중해서 일한 뒤 오후 네 시에는 아이들을 데리러 가기 위해 회사에서 나갑니다. 그리고 가족과 저녁시간을 보낸 뒤 아이들이 잠이 들면 좀 더 일하고 하루를 마칩니다. 제 일상이에요. 할 일만 제대로 한다면 언제 일하든 얼마나 오래 일하든 상관하지 않습니다. 이것이 링크드인의 문화입니다. 만약 잘 지켜지지 않는다면 매니저에게 상담 요청을 하세요. 만약 매니저가 그 문제의 주범이라면 더 높은 매니저에게 말하세요."

시간의 자율성을 직원에게 맡기는 회사에 다니면서도 다년간 세뇌된 자율성 제로의 한국문화 덕분에 너무 어색했던 거예요. 신중하게 사람을 뽑고 일단 뽑으면 믿고 맡기는 것, 좋지 않나요? 그것이 제가 경험했던 성공적인 '직원에게 권한 부여하기empowering employee'였어요. 책임을 주려면 달성 방법에 대한 자율권도 주는 것입니다. 이때 상과 벌은 꼭 있어야 합니다. 당연히 벌보다 상에 더 집중해서요. 일하지 말라고 해도 열심히 하는 열정적인 사람들을 뽑았고, 달성해야 할 목표를 명확하게 주었으니, 일과 시간 분배는 자율에 맡깁니다. 대신 목표를 미달하면 인정사정없죠.

물론 싱가포르의 모든 회사가 링크드인 같은 것은 아닙니다. 제조업에서는 의사 결정 비용 때문에 직원에게 많은 자율권을 주기가 어려워요. 공장에 시설을 늘리는 걸 하위 직원이 마음대로 결정할 수는 없으니까요. 그렇지만 서비스업, IT 산업에서는 회사가 직원에게 많은 자율권을 부여하는 것을 볼 수 있어요.

한국 회사와 외국 회사의 채용에 대한 관점 차이는 명확합니다. 한국 회사에서 채용은 인사팀과 임원이 주관합니다. 그러다 보니 나이, 외모, 성별 등 업무와 상관없는 기준이 앞서고, 학벌 위주의 문화를 탈피하기 어렵습니다. 현업 담당자의 의견이 적게 반영되기 때문이죠. 그러나 외국 회사 인사팀은 한국에서만큼 힘 있는 조직이 아닙니다. 채용 인터뷰에서는 함께 일할 부서원들의 의견이 중요하므로 인사팀은 절차 지원만 하고 채용 판단과 권한은 전적으로 현업 종사자에게 있어요. 현업 담당자가 '해당 업무를 잘해낼 수 있겠다'고 판단하면 학위와 크게 상관없이 인터뷰어interviewer의 판단을 믿고 채용합니다.

사실 자율성이란 말은 매우 좋지만 그럴 수만은 없는 게 현실입니다. 권한 부여와 자율성이 효과적이려면 크게 2가지가 중요합니다. 하나는 직원들의 역할과 책임R&R, Role&Responsibility을 명확히 하고 성과 측정 기준이 있어야 합니다. 세일즈처럼 타깃이 확실한 직무에서는 측정이 간단합니다. 할당된 타깃이 있고, 달성하면 기본 이상을 한 것입니다. 타깃을 넘기면 더 많은 성과급이 주어지는 간단한 구조니까요. 그러나 업무가 불명확한 직군은 성과 측정이 모호할 수 있습니다. 그럼에도 훌륭한 시스템을 만들면 이를 보완할 수 있어요. 회사의 시스템이 좋을수록 성과가 불명확한 회색지대grey area가 줄어듭니다. 동시에 성과를 잘 낸 '개인'이 주목받고 인정받을 수 있습니다. '일이 잘되었을 때는 모든 사람의 공, 일이 잘못되었을 때는 책임자의 잘못'이라는 개념이 아닙니다. 일이 잘

되었을 때는 담당자의 공, 일이 잘못 되었을 때는 면밀하게 프로세스를 살펴보고 개선 방향을 찾습니다.

두 번째는 회사 문화입니다. 대부분의 훌륭한 기업은 원칙과 가치 중심으로 운영되는데 링크드인도 마찬가지입니다. 직원들은 매일 크고 작은 결정을 내려요. 업무 중 많은 부분은 직원 스스로 책임지고 결정합니다. 그때 회사의 원칙은 직원들이 매일 내리는 결정에 기준이 되어줍니다. 링크드인의 원칙은 6가지예요.

- 관계가 중요하다 Relationships Matter
- 회사의 주인처럼 행동하라 Act Like an Owner
- 멤버·유저를 우선하라 Member First
- 현명하게 리스크를 선택하라 Take Intelligent Risks
- 열린 마음으로, 솔직하고, 건설적이어야 한다 Be Open, Honest and Constructive
- 완벽함을 추구하라 Demand Excellence

가장 중요한 가치는 너무 많을 수 없어요. 정말 핵심적으로 회사가 믿는 가치를 직원에게 끊임없이 전달하고 공유합니다. 결국 직원이 가치를 기준으로 의사 결정을 내렸을 때, 회사는 많은 비효율을 줄일 수 있게 되죠. 링크드인에서는 매년 위의 6가지 원칙을 주제로 글로벌 직원들이 모두 모여 큰 콘퍼런스를 엽니다. 즐겁게 춤추고 웃고 배우며 기업문화를 체득하는 거죠. 그 어떤 회사 차원의 교육보다 효과가 있습니다.

매년 링크드인 6원칙 중 하나의 주제로 진행하는 파티

반면 원칙과 가치 중심으로 운영되지 않는 회사는 규칙 기반으로 운영됩니다. 이 회사들의 대표적 특징은 하면 안 되는 것들의 목록이 있다는 것입니다. 또한 직원을 마치 어린아이 다루듯 합니다. 많은 중국 회사가 규칙 기반으로 운영된다고 들었습니다. 직원의 판단력 혹은 윤리의식을 믿지 않아서인지 모르겠지만 규제를 명확히 하는 거예요.

창조적이고 선도적인 기업에서는, 특히 서비스업에서는 직원들에게 결정 권한이 없으면 조직이 신속하게 움직이지 못해서 경쟁력을 확보하기 어렵습니다. 아직도 '권한 부여'의 중요성을 깨닫지 못하고, 직원을 통제하려고 하는 회사의 미래는 어둡습니다. 훌륭한 인재들도 자율권이 적은 회사에 오래 다니려고 하지 않을 테니까요.

결국 승리자로 만드는 건 당신의 강점

같은 사람에 대한 정반대의 피드백

P&G에서는 일주일에 한 번 매니저와 일대일 미팅 시간이 있습니다. 업무 관련 질문, 개인적인 이야기, 특별히 힘든 점 등을 자유롭게 말할 수 있죠. 중요한 업무가 있더라도 이 시간은 밀리지 않도록 미리 달력에 표시를 해둡니다.

그날의 미팅은 좀 특별했습니다. 매니저가 6개월간의 수습기간probation period을 마무리하며 그동안 성과를 점검해보자고 했거든요. 입사 후 전반적인 업무에 대한 종합적인 피드백은 처음이었습니다. 긴장된 마음을 누르고 애써 태연한 표정을 짓고 있는데, 매니저가 입을 열었어요.

"앨리스, 정말 좋아요! 전반적으로 잘해줬어요. 특별히 좋았던 건 이 부분이었고, 일을 이렇게 접근하는 모습이 좋았어요. 앨리스의 강점은 어디에 있냐면…."

시작이 좋아 일단 한시름 놓았습니다. 곧 약점 파트에서 두들겨 맞을 것을 각오하며 칭찬들을 적어나갔습니다. 매니저가 말을 마치고 잠시 정적이 흘렀습니다. 비판적인 피드백을 기다렸지만 아무 말이 없었어요. 매니저에게 물었습니다.

"고마워요. 도움이 되고 있다니 다행입니다. 혹시 개선할 점은 어떤 게 있을까요?"

매니저가 답했습니다.

"P&G에서 개선점은 보통 2가지로 나눕니다. 하나는 업무에 지장을 주는 치명적이고 명백한 약점, 또 하나는 특정 성격에서 반대급부로 나오는 약점이에요. 앨리스에게 아직까진 그런 약점은 발견하지 못했어요. 그런데 굳이 개선할 점을 물어본다면 앨리스는 일을 받으면 바로 뛰어드는 경향이 있어요. 맥락을 한 번 더 생각해본다면 두 번 일하는 걸 방지할 수 있어요. 이것은 치명적인 단점이라기보다는 앨리스의 특성이라고 생각해요. 행동이 빠른 사람은 나름대로의 장점을 가지고 있으니까요. 고치기 위해 장점까지 망가뜨리기보다는 보완할 점이라고 생각하면 될 것 같아요. 약점을 보완하는 것보다 강점을 강화하는 게 옳은 방향이라고 믿거든요. 결국 게임에서는 강점을 강화할 때 이겨요. 그래서 강점을 위주로 말해준 겁니다. 그나저나 제 피드백은 어때요? 어떻게 하면 앨리스가 업무를 더 잘하도록 도와줄 수 있을까요?"

예상 밖의 대답이었습니다. '약점에 매몰되기보다는 강점을 강화한다'라니, 결국 나를 승리자로 만드는 건 약점이 아니라 강점이라는 겁니다. 한국 회사에서 근무할 때도 비슷하게 피드백을 받은 적이 있어요. 그때의 피드백을 종이에 적어놔서 잘 기억하고 있습니다.

- 밝은 성격은 좋지만 땅에서 발을 떼지 않아야 한다.
- 감정의 표출이 직접적이다. 사업하는 사람들에게는 매

나는 그대로인데 나를 바라보는 관점은 정반대로 다르다

우 위험하다. 모든 감정 표출은 철저히 계산돼야 한다.
사회생활에서 감정의 기복은 사지로 몰아넣는 칼이다.
－ 고통을 길게 받아본 경험이 부족한 듯하다.
－ 뾰족한 산 같다. 사회생활을 잘하고 높게 올라가려면
호수처럼 돼야 한다.

정반대의 피드백이죠. 둘 중에 무엇이 옳고 그른지 말할 수는 없습니다. 두 조언 모두 해당 조직에서 잘하고 살아남기 위한 팁이니까요. 어떤 조직에서는 특정 개인의 강점이나 개성이 돋보여야 인정을 받고, 또 다른 조직에서는 모나지 않고 약점을 보이지 않아야 살아남을 수 있습니다. 조직은 각자의 방식으로 발전해왔고, 조직의 생리는 지금까지처럼 유지가 될 거예요. 그러니 개인이 해당 조직에서 살아남고 싶다면 개인의 성향을 조직에 맞춰야 합니다.

다만 제 선택은 개성을 포용하는 회사였어요. 지난 30년간 갈고닦은 개성과 강점이 제가 회사에 줄 수 있는 최고의 기여라고 생각하거든요. 저는 여전히 뾰족한 산이고 감정과 의견을 표현하는 데 거침없는 사람straight talker이지만 이런 저를 품어주고 존중해주는 조직 안에서 잘 지내고 있습니다. 이곳에서는 비즈니스에서 풀어야 할 문제들을 다양한 사람들의 강점으로 해결할 수 있어서 다행입니다. 저에게 맞는 둥지를 찾은 거죠.

앨리스, 채식주의자라면서요?

제가 다녔던 헤드헌팅 회사는 영국에 본사가 있는 기업으로 전 세계에 150명 안팎의 직원을 두고 있습니다. 아시아 본부인 싱가포르에는 50명 정도밖에 없죠. 이 작은 집단에서조차 다양한 국적과 인종이 섞여 일하고 그걸 존중하는 문화가 당연한 듯 형성되어 있습니다.

2012년 12월, 크리스마스 파티를 하기 위해 총무 역할까지 다 하는 비서인 레아가 레스토랑을 빌리고, 직원들에게 메뉴를 물어봤어요. 그때 레아는 제게 와서 "앨리스, 채식주의자라고 들었어요. 메인 메뉴에는 채식이 없는데 어떤 걸 주문하면 될까요?"라고 물었습니다. 당시 저는 힌두교와 불교에 꽂혀서 채식을 하고 있었거든요. 레아는 다른 이슬람 동료들에게도 비슷한 질문을 했습니다. 무슬림들 역시 고기 먹는 데 제한적이기 때문에 그에 맞춰 메뉴를 조율해야 했죠.

저는 이때 감동을 받았어요. 레아는 직원들의 음식 취향을 일일이 확인한 뒤, 메뉴를 주문하는 수고를 기꺼이 했습니다. 크리스마스 파티라고는 하지만 밥 한 끼 먹는 회식에 불과한데도 모든 사람의 다양한 종교와 취향을 신경 써주는 거예요.

이는 링크드인과 P&G처럼 큰 규모의 회사에서도 느낄 수 있었습니다. 특히 링크드인에서는 회사에서 제공하는 뷔페에서도 항상 무슬림을 배려했고, 채식주의자를 위한 음식이 따로 마련되었습니다. 무슬림이 단식하는 라마단 기간 때는 본사에서 높은 사람이 오는 회식이라도 무슬림들은 집으로 돌아갔습니다. 한국에서 임원들과 출장을 갔을 때 호텔에 미리 들어가서 컵라면과 슬리퍼까지 세팅을 완료해야 하는 의전을 생각하면 있을 수 없는 일이죠.

다양성은 창의성의 기반이고 호기심의 원천입니다. 다양성이 보장될 때 혁신이 나올 수 있어요. 소수는 지켜주지 않으면 무시당하고 묵살되기 쉽기 때문에 의식적으로 다양성을 존중해야 합니다. 그렇지 않으면 조직이든 사람이든 획일화되기 쉽습니다.

회사는 다양성을 지켜주는 방향으로 가야 합니다. 난센스란 이런 것이죠. 직원들의 다양성을 지지하지 않으면서 뭔가 새로운 제품이 나올 것을 기대하는 것, 비슷한 직원만 뽑으면서 글로벌해지자고 주장하는 것, 직원들의 워크&라이프 밸런스를 무시하면서 라이프스타일 판매를 요구하는 것이요.

글로벌 기업에는 기업문화의 다양성을 책임지는 임원들이 따로 있을 정도입니다. 최고다양성책임자[7]도 그중 하나예요. 〈포춘Fortune〉이 선정한 미국 500대 기업 중 63퍼센트가 최고다양성책임자를 두고 있다고 합니다. 요즘 기업엔 많은 인재가 섞여서 일하고 있어요. 세대와 성별, 인종과 국가, 성적 취향 등이 모두 서로 다릅니다. 이들이 조화를 이루면서 성과를 내도록 하는

7 최고다양성책임자
CDO, Chief Diversity Officer
개방적이고 포용력 있는
기업문화를 조성하기 위해 다양한
정책을 펼치는 업무의 최고 책임자.
페이스북, 링크드인, 구글 등 글로벌
IT 업계에서 선도하는 직군이다.

다양한 문화가 어우러진 싱가포르

일을 하는 게 바로 최고다양성책임자입니다.

링크드인에 다닐 때 제 매니저는 게이였어요. 한 달에 한 번 있는 임원 미팅에서 "저와 제 파트너는 잘 지내고 있어요"라고 말할 정도로 그의 성정체성은 회사생활에 전혀 지장을 주지 않았습니다. 다양성을 보호하는 건 사실 성가신 일이에요. 레아가 모두의 취향을 고려해서 레스토랑 메뉴를 예약해야 했던 것처럼 다양한 언어를 쓰는 사람들이 모이면 아무래도 업무 효율이 떨어지죠. 한국 회사와 외국인 담당자가 함께 일할 때 서로 답답해하는 사태도 자주 발생합니다. 그만큼 언어 이상의 사회·문화에서 소통에 불협화음이 생기기 마련입니다. 다국적 회사의 미팅에서는 섣불리 모두 알아들었을 거라는 가정을 절대 해서는 안 됩니다.

그럼에도 함께 일하는 사람과의 불협화음은 소비자와의 불협화음에 비하면 음악 선율 수준이에요. 제가 다니는 P&G에서는 다양한 국적의 소비자를 조사하는데 그 차이를 보면 정말 놀랍습니다. 예를 들면 생리대 사용 중 생리혈이 샜을 때 "생리대 품질이 너무 안 좋아요"라고 불평하며 한국 소비자들은 생리대를 탓합니다. 그런데 필리핀 소비자들은 자신들이 잘못 사용했기 때문이라며 본인들을 탓합니다. 한국 여성들은 호불호가 굉장히 확실합니다. 반면 필리핀 여성들은 "어머, 예뻐요. 좋아요" 하면 싫다는 얘기고, 적어도 방방 뛰면서 돌아다녀야 그 제품에 만족한다고 볼 수 있습니다. 이를 이해하기 위해서는 무엇보다 다양한 문화권의 사람들이 섞여 일하는 것이 중요합니다.

다양성에 대한 이해가 부족하면 자국 콘텐츠의 경쟁력도 떨어집니다. 한식의 세계화를 봐도 알 수 있죠. 정부에서 열심히 비빔밥을 광고했지만 정작 외국인들이 사랑에 빠진 건 '코리안 바비큐Korean Barbecue'라고 불리는 삼겹살이에요. 사실 삼겹살에 특별한 게 있나요. 그저 돼지 뱃살일 뿐인데요. 그런데 쌈장에 푹 찍어 야채에 싸 먹는 그 맛이 한식 세계화의 주역이 됐습니다. 한국인끼리 외국인이 좋아하는 것을 상상만 해서 팔려고 하니 이런 현실과의 격차가 벌어지는 겁니다.

한국의 소비재 제조업은 제품과 가격 면에서 경쟁력이 있어요. 꾸준하고 작은 혁신들이 굉장히 빠른 주기로 이루어집니다. 소비재 쪽에서는 트렌드를 이끌어가는 마켓이 되었지요. 그런데 기업에서 다양성을 존중하는 문화를 기르지 않는다면, 훨씬 큰 글로벌 시장에서 돈을 벌 수 있는 기회들을 놓치게 될 거예요. 한국이 앞으로 더 성장해나가는 길은 전 세계에서 경쟁력을 확보하는 것입니다. 그 기반은 다양성을 존중하는 데서 시작합니다.

'진짜' 직업 안정성이란

나는 지금 충분히 배우고 있는가

한국에서 싱가포르로 돌아가는 길, 비행기가 활주로를 달리면 항상 미묘한 기분이 들어요. 2016년 4월 비행은 유난히 싱숭생숭한 마음이 들었는데 아마 사흘 후가 정말 좋아하는 회사 링크드인에서의 마지막 날이기 때문이었던 것 같습니다. 몇 주 후에는 글로벌 소비재 기업인 P&G로 출근하게 될 예정이었죠. 한국 회사의 관점에서 제 이력을 본다면 전 끈기 없는 사람으로 낙인 찍혀 이력서 검토 단계에서 첫 번째로 탈락되었을 것입니다. 그러나 그와 달리 저는 정말 멋지게 저만의 점을 이어나가고 있다고 생각하며 즐겁게 살아가고 있습니다.

저를 고용했던 회사들에게 좋은 퍼포먼스로 보답했고, 그들도 제가 기여했던 것들에 만족했죠. 업무가 명확했기에 입사하고 트레이닝을 거치면 바로 현장에 투입될 수 있어서 회사 적응 기간이 길지도 않았습니다.

대학을 졸업하고 인턴 기간을 제외한 지난 5년간, 4개의 직업을 가졌습니다. 서로 다른 3개의 산업에서 4개의 회사를 다녔고, 5개의 직무를 경험했습니다. 첫 번째는 한국에서 신재생 에너지 산업의 사업개발, 두 번째는 싱가포르에서 오일&가스 산업의 헤드헌터, 세 번째가 싱가포르에서 IT 산업의 영업&

프로덕트 전문가, 그리고 네 번째는 싱가포르 P&G에서 소비재 산업의 어시스턴트 브랜드 매니저가 된 것입니다. 한국을 떠났을 때의 꿈이 '세계 최고의 마케터가 되는 것'이었기 때문에 지금의 직장은 제게 특히 의미 있습니다. 결국 오랜 꿈의 시작점으로 돌아온 셈이죠.

링크드인은 여러 면에서 훌륭한 회사이기에 퇴사가 쉬운 결정은 아니었어요. 완벽 그 이상의 워크&라이프 밸런스와 복지, 정말 좋은 직장 동료들, 동료만큼 좋은 고객들, 비전과 성장 가능성 등…. 그럼에도 한 가지 질문에 더 자신 있는 대답을 하기 위해 저는 이직을 결정하게 되었습니다.

'나는 지금 충분히 배우고 있는가?'

아직 사회 초년생이기에 이 질문이 더욱 중요합니다. 직업 안정성은 직업을 선택할 때 가장 중요하게 생각하는 요인입니다. 모든 것이 불확실한 요즘, 더욱더 안정적인 직업에 목을 매는 사회적 분위기가 이해는 가지만 한편으로는 안타까워요. 조직이 보장해주는 직업 안정성은 가짜이기 때문입니다.

조직 자체가 경쟁력을 잃는 경우가 많아지고 있습니다. 내 밥줄을 조직의 부속품으로만 한정 짓는다면, 언젠가 막막해지는 순간을 맞이할지 모릅니다. 헤드헌팅을 그만둘 때 동료를 포함한 주변 사람은 이해하지 못했어요. 바닥부터 시작해서 빠르게 성장했고, 이제 수확할 일만 남은 것처럼 보였을 테니까요. 하지만 제 생각은 달랐어요. 내 커리어를 한국 회사에만 의존하는 것이 불안했습니다. 한국 회사는 한 기업이 나빠지면 다른 기업의 상황도 비슷하게 안 좋아지는 경향이 있습니다. 무엇보다 저는 업계 호황을 타고 외국 인력이 많이 필요해진 한국 대기업에 포지셔닝을 잘했을 뿐이어서 불안 요소는 어디에나 있었습니다.

만약 클라이언트에게 신뢰를 잃고 사이가 틀어지는 일이 생긴다면? 나와 비슷한 한국인 헤드헌터가 많이 나타나면? 만약 한국 경제가 나빠지면? 등등 생각지 못한 변수가 생겼을 때 제가 안정적으로 수입을 올릴 수 있을까요? 한국이라는 축에서 벗어나 다른 축의 기술, 산업 지식, 역량이 필요하다고 느꼈습니다. 아니나 다를까. 헤드헌팅을 떠나고 1년이 채 안 되어서 오일&가스 산업이 큰 타격을 맞았고, 가장 큰 클라이언트였던 조선 3사들과 해외플랜트 공사를 했던 건설사들이 줄줄이 어려움을 겪고 있습니다. 고액 연봉의 달콤함에 취했었다면 지금 어떻게 되었을지 모르죠.

직업 안정성이 가짜인 또 하나의 이유는 생계를 보장해주는 안정적인 직장은 연봉이 낮다는 것입니다. 한 번 고용하면 자르지 않는다는 말은, 매번 성과 측정이 요구될 만큼 조직에 핵심적이고 중요한 직무가 아닐 확률이 높다는 의미입니다. 내 업무가 조직에 큰 차이를 만들어내지 않을뿐더러 배워야 할 시기, 나의 가치를 높일 시기를 놓치고 있을 수도 있습니다.

만약 열심히 해도 인정을 받지 못할 확률이 크지만 안전한 직장에 만족한다면 그건 개인의 선택입니다. 많은 보상을 기대하긴 어렵죠. 하지만 그렇다고 안정성이 덜 보장되는 직업들이 매번 피 말리는 경쟁을 하는 건 또 아닙니다. 성과 위주의 회사 중에도 직원들의 만족도가 높은 곳이 많습니다. 조직의 경쟁력에 기여하는 직원을 인정해주는 곳은 확실히 직원을 소중히 여기니까요. 직원 교육에 대한 투자, 워크&라이프 밸런스 존중, 조직문화의 개선 등으로 직원이 회사에 남아 있도록 최선을 다합니다.

진짜 직업 안정성은 내 몸에서 나와야 진짜입니다. 그러면 내게서 비롯한 직업 안정성은 어떤 때 보장이 될까요? 2가지 주안점이 있습니다.

- 내가 현재 충분히 배우고 있고 발전하는 중이다.
- 진짜 직업 안정성은 리스크를 감수할 때 생긴다.

삶에서 단 한 번이라도 리스크가 있는 선택을 해 이를 끝내 이뤄낸 사람은 이전과는 다른 삶을 살게 됩니다. 무언가를 이룬 힘이 내 역량이 되고 안정적인 밥줄을 보장해줍니다.

경험한 바로는 경영학에서 '리스크risk'란 부정적인 의미의 '위험'이 아니었어요. 리스크는 중립적인 의미의 '가능성possibility'입니다. 리스크를 부담한다는 얘기는 변화가 일어날 수 있는 가능성을 열어둔다는 것과 같습니다. 잘될 가능성, 잘되지 않을 가능성 모두 있어요. 이때 중요한 건 잘될 확률이 높은 리스크Take Intelligent Calculative Risk를 감수하는 거예요. 리스크를 감수하지 않으면 보상도 없습니다. 다시 한번 강조합니다. 선망하는 직위, 명예, 좋은 보상은 단순히 '남보다 열심히' 하는 것으로 주어지지 않습니다. 큰 보상은 남과 다른 길을 가는 위험을 감수한 대가로 주어집니다.

경제가 빠르게 성장한 한국에서는 노력, 성실, 근면의 신화가 가능했습니다. 선호하는 대학교, 기업 등의 순위가 있기에 사람들을 일렬로 세워서 평가할 수 있었죠. 열심히만 하면 중간은 갔던 것도 성장이 받쳐줬던 과거의 이야기입니다. 앞으로는 훨씬 더 유연해질 거예요. 많은 기업이 해본 적 없는 영역을 선도

해야 하는 부담이 있습니다. 경력자를 찾기 어렵기 때문에 '무슨 일이 일어나도 해낼 수 있는 사람'을 찾고 있습니다. 그런 의미에서 지금 20~30대가 변화에 대응하며 인생의 한 방을 준비하면 어느 때보다 우리에게 유리할 수 있어요. 여기서 변화를 대응하는 방법이란 빠르게 배우고 문제를 해결할 수 있는 능력을 기르는 것입니다.

사실 우리 지레 겁먹은 게 아닐까요. 직업 안정성 위기는 젊은 세대보다는 기성세대에서 더 문제가 되는 이슈입니다. 지금 기성세대도 그들이 짜놓은 틀에서 허우적대고 있습니다. 안정적 직업의 환상에 속지 마세요.

우리는 공부에 대해서 완전히 잘못된 관념을 가지고 있습니다. 학교에서는 스스로 답을 찾을 시간을 주지 않았어요. 그럼에도 배움은 즐거운 것이에요. 인간의 욕구 중 자아실현의 욕구가 가장 상위인데, '성취에 의한 자아실현'은 효과가 오래 가지 못합니다. 진짜 만족을 위해서는 과정이 의미 있어야 해요. 새로운 걸 배우고, 실험하고, 입증하는 것. 진짜 자아실현을 위해 필요한 과정입니다. 회사에서 즐겁다면 배우고 싶은 걸 배우고 있다는 증거입니다. 여기에 보상까지 있다면 바로 신이 내린 직장인 거죠.

저는 이직을 준비하면서 드디어 '진짜' 직업 안정성을 확보할 수 있었습니다. 직업 오퍼를 받았던 곳 중 하나가 호주·뉴질랜드 마켓을 담당하는 세일즈 직무였거든요. 입사하지는 않았지만, 제가 일하는 분야에서 국가의 한계를 극복했다는 데에 개인적인 의의가 있었습니다. 한국인은 해외에서 한국인이라는 점을 활용하지 않고 업무하기가 어렵거든요. 이 일로 어떤 상황이나 장소에서도 잘살 수 있다는 '진짜' 확신이 생겼습니다. 지금도 저를 인터뷰했던 매니저는 P&G가 싫으면 언제든 다시 오라고 합니다. 저는 그 회사에 가야 하는 운명이라면서요.

힘든 노력 끝에 진짜 직업 안정성을 얻었다면 그다음에는 무엇을 할 수 있을까요? 세상에는 도움을 필요로 하는 곳이 정말 많습니다. 우리는 이 문제를 풀 수 있을 만큼 성장했으니 더욱 실력을 키워서 인류를 위한 중요한 문제들을 풀어야 합니다. 세상에 대해 알아가는 것만으로도 바쁜데 인터넷으로 충분히 알 수 있는 정보를 외우기 위해 소중한 시간을 쓰는 것은 낭비가 아닐까요. 대신 큰 그림을 보며 세상을 느끼고 흐름을 파악해야 합니다. 그 안에서 내가 무엇을 할 수 있을지 깊이 생각해보고요. 큰 그림을 보며 세상에 좋은 영향력을 미치는 사람에게 종신고용은 족쇄일 뿐입니다. 그들에겐 날개가 있으니까요.

Alice's
Global Survival ToolKit

싱가포르 생존 전략

제가 직업을 구했던 방법은 모범 답안은 아닙니다. 아무것도 몰랐을 때의 일이니까요. 그럼에도 어떻게 직업을 구할 수 있었는지, 생존을 위해 매일 실행했던 일을 공유합니다.

매일 한 일 ❶ 현지 네트워크 만들기
싱가포르에 도착해서는 현지 네트워크를 만들려고 열심히 노력했습니다. 사실 짧은 직장 경력 3개월 후 바로 온 셈이고, 영어까지 서툴렀어요. 일반적인 방법으로는 취업이 어려우니 네트워크가 필요했습니다. 영어 실력도 늘릴 겸 사람 사귀는 것부터 시작했습니다.

> **교회** 교회를 네 번 옮겼습니다. 의도한 건 아니지만, 마음 맞는 친구가 하나둘 늘어나면서 자기들의 교회로 초대해줬습니다.
> **각종 네트워킹 모임** 초대를 받으면 무조건 갔습니다. 단 한 번도 거절하지 않고 참석해 최대한 구체적으로 제 소개를 했습니다. 지금까지 알던 사람과 뭔가 다른 배경과 생각을 가진 사람을 보면 누구나 관심을 갖게 되고 더 알고 싶어지니까요.
> **헤드헌터** 현지 헤드헌팅 회사에 등록했습니다. 경력이 없으니 크게 기대하지는 않았습니다.
> **동문회** 졸업생에게 주는 동문수첩을 보니, 세계 각국에 동문들이 퍼져 있더라고요. 싱가포르 지부 동문회장에게 연락을 했습니다. 동문회에서 정말 좋은 멘토 선배도 만났어요.

네트워크라고 했지만, 그냥 정말 즐겁게 지냈습니다. 평소에는 채용 공고를 찾고, 지원을 하면서 계속 친구를 사귀었어요. 현지 적응이 1차 목표였습니다. 동문 선배 말고는 절대 한국 사람들을 만나지 않았고, 한국 커뮤니티 근처에도 안 갔습니다. 적응을 위해서였어요. 6번의 인터뷰 중 4개의 회사에서 본 인터뷰가 새로 만난 친구의 소개로 보게 된 것입니다. 채용 사이트에 지원하는 것보다 훨씬 성공률이 높아요.

매일 한 일 ❷ 채용 사이트로 지원하기

싱가포르의 다양한 직업 채용 공고가 올라오는 사이트를 둘러보며 제가 할 수 있을 것 같은 낮은 경력의 포지션들을 찾아 지원했어요. 지원 원칙은 '절대 한국 회사에서 일하지 않기'였습니다. 다양성이 있는 곳에서 문화를 배우며 일하고 싶었어요. 6번의 인터뷰 중 2개가 채용 사이트에서 얻은 기회였습니다. 사실 더 엄격하게는 딱 한 번이에요.

매일 한 일 ❸ 원서 읽기

인터넷으로 계속 채용 공고를 보기 지칠 때는 영어 원서를 읽었어요. 영어 신문을 읽으려고 몇 번 시도는 했지만 재미가 없어서 스티브 잡스의 전기를 아침 일찍 일어나 읽었습니다.

매일 한 일 ❹ 관찰하기

한국에 없는 브랜드 매장들을 가거나, 전시회를 가거나, 다양한 종교 장소를 가는 등 외부 활동을 활발히 했습니다. 탐험가의 눈으로 천천히 이 도시의 낯선 환경 자체를 관찰하고 즐겼어요. 제가 발견한 것과 영감을 다른 사람들과 공유하기도 했습니다.

PART
3
커뮤니케이션
Communication

사람 사는 게 다 비슷해요

사실 저는 무작정 싱가포르에 올 수밖에 없었습니다. 한국에 계속 머물다가는 출구가 없을 것 같았어요. 서툰 영어로 변변한 기술도 없이 무작정 싱가포르에 와서 살고 있다고 하면 꼭 받는 질문이 있습니다.

"영어는 어떻게 극복했나요?"

답변부터 하자면 완벽하게 극복하지는 못했어요. 사실 여기서도 비영어권 외국인을 고용할 때 아무도 완벽한 영어를 기대하지 않습니다. 생각보다 많은 한국인이 영어를 잘 못하면서 외국에서 살고 있다는 걸 여기 와서야 알았죠. 네이티브스피커native speaker가 아닌 이상 해외에서 거주한다면 영어는 평생을 따라다니는 어려움일 거예요. 하지만 외국에 온 첫날부터 영어를 극복할 대상으로 볼 필요는 없습니다. 영어가 서툰 문제는 크게 2가지 방법으로 풀어나갈 수 있습니다.

— 커리어 패스 짜기
— 태도

'커리어 패스career pass'의 비밀은, 정해진 계획대로 조급히 내달리기보다 점진적으로 진화시키는 것에 있습니다. 모든 직업이 전부 탁월한 수준의 영어 실력을 요구하지 않거든요. 저는 영어가 덜 중요한 직업부터 시작해서 영어로 모든 일을 해야 하는 직업에 이르게 되었어요.

처음부터 이런 커리어 패스를 계획한 것은 아닙니다. 순간순간 할 수 있는 일을 찾아 최선의 선택을 하며 자연스럽게 길을 닦았다고 하는 편이 맞을 거예요. 많은 일이 이렇게 풀립니다. 계획대로 살려고 하면 절대 생각처럼 일이 풀리지 않더라고요.

처음에는 글로벌 마케팅을 하러 싱가포르에 왔지만 3개의 다른 직업을 거쳐 결국 꿈꿔온 대로 글로벌 마케팅을 하게 됐죠. 만약 싱가포르에 도착하자마자 기적적으로 이 일을 시작했더라도 영어가 부족해 그만두었을지 몰라요. 마케팅 직군은 모든 회의가 영어로 진행되고 리포트도 굉장히 많이 작성합니다. 업무 강도도 높은데 영어마저 걸림돌이면 좌절할 수밖에 없어요.

첫 직업인 헤드헌터를 할 때 클라이언트는 한국 회사였고, 제가 한국 회사로 보내는 사람들은 외국인 전문가였습니다. 헤드헌터는 클라이언트와 관계를 잘 꾸려가는 게 중요한 직업이에요. 한국 사정을 잘 아는 저는 다른 외국인보다 경쟁력이 있었습니다. 경력 많고 영어 잘하는 외국인을 데려온다한들 한국 클라이언트와의 관계가 유지되지 않을 테니까요.

그러나 외국인 전문가들을 한국 내 클라이언트 회사에 입사하도록 설득하는 부분은 유창한 영어가 필요했습니다. 주로 헤드헌터들은 전화로 설득하는 걸 좋아하지만, 제 영어 실력은 외국인 전문가와 대화할 수준이 안 됐어요.

어떻게 할까 고민하다가 이메일을 사용했습니다. 이메일로 소통하다 보면 충분히 생각할 시간을 획득할 수 있어서, 보다 설득력 있게 전략적으로 접근할 수 있으니까요. 동료들과 매니저에게 도움을 요청하기에도 훨씬 수월하고요. 먼저 클라이언트 회사에 대해 공부한 뒤, 회사의 비전과 성장 방법에 대해 고민하며 전략 포인트를 잡아냈습니다. 그걸 기반으로 꽤 괜찮은 이메일을 작성했어요. 한국에 대한 이해도가 높지 않은 외국인이 솔깃할 만큼 재밌는 콘텐츠를 가득 담았습니다. 결국 승패는 어떤 콘텐츠를 가지고 있는지에 따라 좌우됩니다.

두 번째 회사인 링크드인도 한국 고객들과 주로 일한다는 전제로 들어갔지만 이때는 다른 지역의 업무도 병행했어요. 이전 직장에서의 커뮤니케이션 경험과 링크드인 상품의 이해가 있었기에 점차 싱가포르 고객들의 포트폴리오를 늘려나갈 수 있었습니다. 매니저에게는 싱가포르 클라이언트 비중을 늘리고 싶다고 꾸준히 어필했죠. 그 결과 링크드인을 그만둘 때는 전화 영어나 회의, 프레젠테이션에 대한 자신감이 충분히 있었습니다.

지금 다니고 있는 P&G에서 하는 브랜딩은 영어 업무의 완결입니다. 브랜딩·마케팅 전략은 기획 영역이어서 보고서와 이메일 작성, 회의가 모두 영어로 이루어져요. 특히 P&G처럼 큰 기업에서는 문서화가 굉장히 중요합니다.

P&G에서는 필요한 내용만을 간결하고 명확하게 쓴 한 장의 보고서가 문서 작성의 원칙입니다. 그래서 P&G에서 가장 중요한 트레이닝 중 하나는 글쓰기 훈련이에요. 영어 원어민도 어려워서 훈련을 받으며 글쓰기를 해내야 합니다. 지난 4년을 싱가포르에서 일하면서 영어를 차근차근 쌓아오지 않았다면 도저히 엄두도 못 냈을 겁니다.

다시 한번 말하지만 결코 모든 길을 예상하고 커리어 패스를 짠 것은 아닙니다. 현실적으로 가능한 직업부터 시작해서, 점점 도전하며 커리어를 확장해나갔습니다.

한국에 살면서 영어를 잘하는 사람들은 존경받아 마땅해요. 저는 학원을 열심히 다닌다고 영어를 잘할 수 없었습니다. 그래서 싱가포르에서도 영어학원은 다니지 않았어요. 일하고, 놀고, 연애하면서 영어를 익히는 게 훨씬 재밌고 실력도 빨리 늘었습니다. 결국 언어는 소통의 도구니까요.

부족한 영어 실력으로 살아남을 수 있었던 또 다른 기술은 '태도'였습니다. 영어와 관련해서 쓴 일기가 있어요.

2015년 4월

최근 나를 가장 슬프게 했던 일이 있었다. 싱가포르 클라이언트가 영어 좀 잘 쓰라고 충고를 한 것이다. 좀 더 정확하게는 "내게 트레이닝을 권유할 거면, 네 문법과 스펠링에 더 신경을 써라. Mcdonlad가 아니고 McDonald's다"라고 말했다. 그 클라이언트에게서 처음 받은 이메일이었고 친절하게도(?) 내 동료를 참조로 걸어서 제대로 면박을 주었다.

영어는 항상 내게 약점이다. 나는 결코 영어로 업무를 할 수 있는 수준이 아니다. 2년 반을 싱가포르에서 살면서 영어에 익숙해졌고, 링크드인에 이직했을 때는 한국에 의존하는 일에서 벗어나려는 마음으로 다른 직무를 맡았다. 원하던 대로 되었지만 영어에 대한 스트레스는 더 늘었다. 오죽하면 꿈에서 프레젠테이션을 하는데 모두가 웅성대며 내 문법을 비웃는 꿈을 꿨을까.

2012년 10월

내가 속고 산 것이 있다면 영어는 의미만 통하면 된다는 말이다. 그건 우리 부모님 세대 때나 통한다. 오늘 클라이언트에게 메일을 이렇게 썼다.

'이것은 우리에게 예외적인 경우다. 왜냐하면 우리가 너희를 중요하게 생각하기 때문이다.'

이를 동료인 조이에게 보여주었더니 전부 고쳐주었다.

'귀사에 대한 우리의 진정성과 호의로 규정에 예외를 적용했습니다.'

충격적이었다. 딱 보기에 어려운 문장도 아니고 모르는 단어 하나 없었지만 조이가 고쳐준 문장은 공식적이면서도 친절했다.

영어를 잘하려면 마음 자세부터 바꿔야 하나 생각했다. 한국 사람들은 일할 때 굉장히 무뚝뚝한 편이다. 항상 다들 바빠서 '이를 악물고' 일한다. 그래서 계약 이상의 성과를 낸다. 그런데 영어권 사람들을 보면 늘 웃으면서 일한다. 친절하게 말하면서 상대방의 기분을 배려한다. 가끔 실망스러운 결과를 가져오거나 마감 기한을 어기는 경우가 있어도 서로 웃는 사이니까 봐준다.

사람 사는 게 다 비슷합니다. 호감이 가고 친절하게 행동하면 의사소통의 장벽이 낮아질 수 있어요. 영어를 못해 아무것도 알아듣지 못하면 괜히 움츠러듭니다. 나만 빼고 모두가 유쾌하고 행복한 것처럼 보입니다. 그럴수록 더욱더 밝은 사람이 되어야 합니다. 언어유희로 웃기지 못하면 몸 개그나 리액션이라도 열심히 하는 것. 결국 기본은 어디든 통하게 마련이거든요.

그렇게 해서 함께 있고 싶은 사람이 되면 여기저기 불러주는 데가 생기고 사람들 사이에서 곧 적응하게 됩니다. 결국 즐겁게 생활하는 것은 사람들을 대하는 내 태도에 따라 달라집니다. 죽도록 공부해서 언젠가 모두 앞에서 유창하게 말하기를 꿈꾸지 마세요. 그런 날은 오지 않으니까요. 단어 선택이나 문법을 틀리거나, 좀 덜떨어지게 말해서 도망가고 싶어도 항상 사람들 사이로 들어갈 것. 그것이 영어 극복의 비결입니다.

진짜 말 잘하는 사람은 생각을 깊이 하는 사람

　　하루 종일 프레젠테이션 교육을 받는 날이었어요. 아주 유명한 프레젠테이션 코칭 전문가 브라이언을 링크드인으로 초청했습니다. 유명한 광고 에이전시의 세일즈맨이었던 그는 어느 날 연극배우인 아내와 대화를 하다가 프레젠테이션과 연극이 많이 닮아 있다는 것을 발견했대요. 그는 이후 연극을 더 연구한 뒤, 연극배우들의 기술을 접목시켜 프리랜서 프레젠테이션 강사로 변신합니다. 웬만해서 감명받지 않는 링크드인 세일즈맨들도 그의 색다른 방식에 몰입해서 트레이닝에 적극적으로 참여했어요.

　　모두 다 같이 직원 식당으로 점심을 먹으러 갔을 때였습니다. 자연스럽게 브라이언 주위로 사람들이 모였고, 서로 분주하게 대화를 하며 점심을 먹었어요. 30분쯤 지났을까. 저는 궁금증을 참지 못하고 브라이언에게 물었습니다.

　　"브라이언, 혹시 내향적인 성향이에요?"

　　브라이언은 흠칫 놀라며 "맞아요. 왜 그렇게 생각했어요?"라고 되물었어요. 잘나가는 세일즈맨이자 프레젠테이션 코칭 전문가에게 "당신은 내성적인 사람인가요?"라고 물으니 누구라도 의아해 할 상황이었죠. 저는 이렇게 대답했어요.

"사람들과 잡담을 하는 것보다 여러 사람 앞에서 발표할 때가 더 편해 보였거든요."

그러자 브라이언은 안심한 듯 웃으며 얘기를 했어요.

"맞아요. 배우인 제 아내는 외향적인 반면, 저는 아주 내향적인 성향을 가지고 있어요. 사람들과 대화하는 데 문제는 없지만 즐기지는 않아요. 소수의 친한 사람들과 가깝게 지내거나 혼자 있는 시간을 좋아해요."

제가 다시 말했습니다.

"저도 마찬가지예요. 일대일로 말하거나 발표하는 게 훨씬 편해요. 원하는 방향으로 대화를 이끌어갈 수 있으니까요. 다수의 사람 사이에서 가벼운 잡담을 하는 건 정말 에너지 소모가 심해요. 분위기에 적응 못하는 사람들이 없도록 발언권을 주는 것도 신경 써야 하고 얕은 대화가 재미도 없어요."

'외향적, 활발하고 명랑하며 친구들이 많다'라고 하면 엄청 좋은 성격인 것 같지 않나요? '내향적, 혼자 있는 것을 좋아하고 그룹에서 말수가 적다'라고 하면 왠지 재미없는 사람으로 비칠 것 같지 않으세요? 저는 내향적 성향이에요. 20대 초반까지는 사람으로부터 에너지를 얻었지만 요새는 사람들을 만나면 에너지를 뺏기는 느낌이 더 큽니다. 파티보다는 집에서 책을 읽는 편이 더 좋습니다.

성향이 바뀌는 과정이 자연스럽지는 않았어요. 내향적으로 바뀌어가는 초반에는 매주 금요일 밤 놀러나갈 계획을 무리해서 세우곤 했습니다. 예전에는 대화를 주도했는데 요즘은 듣는 쪽이에요. 생각해보면 지금 시점에 필요한 변화였어요. 예전에는 모임에서 정적을 견딜 수 없었어요. 지금은 좀 더 차분하게 다른 사람들을 관찰하는 쪽으로 바뀌었습니다. 침묵을 지키고 앉아 있는 것도 편안해졌고요.

내향적인 성격의 장점을 이야기해볼게요. 내향적인 사람은 주로 생각을 많이 합니다. 이들이 시끄럽지 않아서 얼마나 재미있는 생각을 하고 있는지를 잘 모르는 사람들이 많아요. 하지만 생각을 많이 하는 사람들이라 일대일로 대화해보면 깜짝 놀랄 만한 아이디어가 종종 나와요.

또 어려움이나 고민이 있을 때 스스로 풀려는 의지가 있어 자기 이해력이 높습니다. 외향적인 사람은 다른 사람의 도움으로 고민을 해결하고 기분 전환을 빠르게 할 수 있지만, 내향적인 사람은 긴 시간을 거치더라도 스스로 소화해냅니다. 마지막으로 내향적인 사람은 말을 해서 돋보이려고 하기보다 통찰력 있게 관찰합니다.

그렇지만 내향성과 부끄러움이 많은 성격은 구분해야 합니다. 내향적인 사람은 혼자 있는 시간에서 편안함과 충만감을 얻기 때문에 사회생활을 억지로 활발하게 하지 않기로 선택한 것뿐이죠. 부끄러움이 많은 성격과는 차이가 있습니다.

물론 한 가지 성향만 가지고 있는 사람은 없습니다. 본성이 내향적이라도 상황에 따라 외향적이 될 수 있어요. 그러면 오로지 외향적인 사람보다 더 멀리 나아갈 수 있습니다. 반면 외향적인 사람은 혼자 사색하고 고민하는 시간을 늘리고 내면을 깊게 살펴보는 게 필요하고요.

그렇다면 내향적인 사람은 네트워킹을 어떻게 해야 할까요? 저는 각종 네트워킹 이벤트에 참석할 때 혼자 갑니다. 친구를 데려가면 계속 친구와 같이 다닐 수밖에 없지만 혼자서는 더 능동적으로 낯선 사람과 대화하게 돼요. 술 몇 잔을 마신 후에 에너지 레벨을 높여 사교적인 사람으로 변신하는 거죠.

단순 친목이 아닌 나이와 배경이 다른 전문가 모임에 참석하면 더 흥미로워요. 전혀 다른 세계의 지식을 가진 사람과 보람 있는 시간을 보낼 수 있습니다.

저는 주로 일대일 대화를 선호합니다. 집중해서 영어를 들을 수 있고, 한 사람과 깊은 얘기를 하는 것은 에너지 소모가 적습니다. 궁금한 질문을 던지면서 대화를 주도할 수도 있고요. 능수능란하지 않은 영어로 여러 사람 사이에서 요란하게 나를 내세우는 것보다, 한 사람과 깊이 있는 대화를 하는 게 내 진가를 보여주는 좋은 방법이란 것을 파악한 겁니다. 여러 네트워킹 이벤트에서 마음이 맞아 긴 시간 얘기한 사람과 좋은 친구가 된 경우도 많아요.

그러니까 있는 그대로도 괜찮아요.

자기 자신을 바꾸려고 억지로 노력할 필요 없어요. 자신이 언제 편안한지 잘 이해하고, 다양한 상황에 대처할 수 있는 나만의 요령만 익히면 됩니다.

오늘 만난 이 사람은 나를 어디로 데려가줄까

네트워킹, 소셜 버터플라이가 되는 법

네트워킹이 정말 중요하기 때문에 좀 더 자세히 얘기해볼게요. 많은 사람들이 다양한 이유로 외국에서의 삶을 동경합니다. 여유로운 저녁, 인간적인 자녀 교육, 주변 사람에게 덜 눈치 보고 살 수 있는 환경, 수평적인 회사 문화. 하지만 모두가 외국 생활이 잘 맞는 것은 아니에요. 영어에 유창한 사람도 외로움에 몸서리치며 한국에 돌아갈 날만을 손꼽아 기다리는 걸 많이 봤거든요.

싱가포르는 물가는 비싸고, 땅은 작고, 365일 더워요. 더 어려운 문제는 타지에서 마음에 맞는 짝을 만나기가 힘들다는 겁니다. 이곳에 싱글로 왔다가 더 이상 짝을 찾지 못할 것 같다는 위기감에 고국으로 돌아간 사람도 꽤 많아요.

그럼에도, 다시 태어나도 외국으로 나오고 싶은 이유는 바로 사람 때문입니다. 결국 한 장소에 정을 붙이게 하는 것은 사람이에요. 그런데 싱가포르까지 와서 한국인만 만나고, 회사 사람들만 만나면 남는 게 없어요. 편안한 사람들 말고 적극적으로 다양하게 사람들을 만나야 합니다. 어디서 어떻게 만날 수 있을까요?

싱가포르는 한국과 다르게 오픈 네트워킹open-networking 문화가 발달했습니다. 한국의 네트워킹은 흔히 인맥이라고 불리며 같은 집단에 있는 사람 사이에서 이루어집니다. 닫힌 네트워킹closed-networking이죠. 이 집단에서는 혈연, 지연, 학연 등 공통 분모가 있다는 것만으로 서로에게 혜택을 줍니다. 동질성을 기반으로 하기 때문이에요. 물론 외국에도 닫힌 네트워킹이 많아요. 오히려 어떤 때는 외국이 더 폐쇄적인 것처럼 보이기도 해요.

낯선 외국에 처음 도착하는 우리는 오픈 네트워킹을 잘 활용해야 합니다. 외국인과 청년에게는 기회가 더 많습니다. 한번 참석해서 커넥션을 늘려가다 보면 의미 있는 이벤트에서 재밌는 사람들을 많이 만날 수 있습니다. 문제는 오픈 네트워킹이 한국인에게 익숙한 문화가 아니라서 소셜 버터플라이로 날아오를 준비가 안 된 사람이 많다는 거예요.

그러나 걱정 마세요! 외향적 성격과 사교성을 타고나지 않아도 괜찮습니다. 의지와 기본적 매너를 겸비하고, 요령을 알면 누구나 충분히 오픈 네트워킹으로 좋은 인연을 만들 수 있습니다. 제가 참석했던 이벤트는 크게 2가지로 나눌 수 있어요. 하나는 '산업 이벤트' 나머지는 '개인 친목 이벤트'입니다.

'산업 이벤트'는 직업과 관련한 특정 콘퍼런스, 전시회 등입니다. 이곳에 온 사람들의 목적은 명확합니다. 잠재적 고객을 찾고 회사와 제품을 홍보하죠. 이런 이벤트는 실제 업무 성과로 돌아오는 경우가 많아요. 오일&가스 산업 헤드헌팅을 했을 때 '가스테크Gastech'라는 콘퍼런스에 참석한 적이 있습니다. 천연가스를 주제로 전 세계의 유명한 오일&가스 회사가 모여 3일 동안 전시회와 콘퍼런스를 열었습니다. 전시회 입장은 무료였지만 이벤트의 꽃 '칵테일 리셉션'은 몇백만 원 이상의 표를 산 사람만 입장 가능했습니다. 이런 칵테일 리셉

소셜 버터플라이의 시작, 오픈 네트워킹

션은 셰브론Chevron, 셸Shell, 엑슨 모빌Exxon Mobil 등의 석유회사가 호텔의 행사장을 빌려 중요한 손님과 네트워킹을 하는 자리예요. 제가 다니던 회사의 CEO 정도만 참석하는 이 행사에 제 입장료까지 내줄 리가 없었습니다.

사실 저는 '안 된다'는 것을 별로 좋아하지 않아요. 왜 안 돼요. 늘 뜻이 있는 곳에 길은 있습니다. 그 길은 대부분 '사람'이 열어줍니다. 그래서 네트워킹이 중요한 거예요. 결과적으로 저는 돈 한 푼 내지 않고 칵테일 리셉션에 갈 수 있었습니다. 어떻게 참석했는지 알려드릴게요.

첫 날 방문한 가스테크 콘퍼런스는 굉장히 어색했어요. 일반 콘퍼런스에 비해 규모도 크고 경직된 분위기였습니다. 혼자 구경하러 온 듯한 저는 잔뜩 움츠러들어 외롭고 재미도 없었어요. 이렇게 3일을 시간만 때우다 돌아가게 될까 봐 두려웠습니다.

둘째 날 저는 마음을 고쳐먹었습니다. 아침부터 여러 부스를 돌아다니며 맥주를 마셨습니다. 위축된 자리에서 네트워킹을 하려면 없던 에너지까지 끌어올려야 하기 때문이에요. 완전 맨정신보다는 술의 힘을 빌리면 좋습니다. 술기운이 살짝 오른 저는 얼굴에 철판을 깐 소셜 버터플라이가 되었습니다. 가장 쉬운 타깃은 혼자 앉아 있는 사람들이었어요. 이들에게 먼저 말 걸고 악수한 뒤 친근하게 이야기를 시작했습니다. 그렇게 날갯짓을 시작하는 거예요.

다양한 사람을 만나 얘기를 하던 중, 우연히 행사 운영진을 만나게 되었습니다. 밑져야 본전, 그에게 칵테일 리셉션에 입장시켜줄 수 없냐고 물어봤어요. 그러니까 자신이 아랍에미리트 국영 석유회사 애드녹Adnoc과 사이가 좋다며 다음 날 아침에 부스로 오라고 하더라고요.

2014년 가스테크 콘퍼런스 전경(위)
UAE 국영가스회사의 칵테일 리셉션(아래)

셋째 날 잔뜩 기대를 하고 티켓을 받으러 갔습니다. 부스에 도착하니 어떤 아랍 옷 입은 사람이 파티는 어제 끝났다고 하는 겁니다. 잘못 알아들은 건지 그분이 거짓말을 한 건지 알 수는 없었지만 실망이 너무 컸어요. 그래서 아쉬운 티를 내며 이제 또 없는지 물어봤습니다. 기대도 하지 않았는데 그는 선뜻 삼성엔지니어링 고위 임원의 프라이빗 저녁식사에 같이 가겠냐고 초대해주는 거예요. 나중에 알고 보니 그분은 애드녹 부사장이었습니다. 저는 눈을 반짝이며 초대를 수락했어요.

이때의 인연은 제가 헤드헌팅을 그만두고도 계속됐습니다. 링크드인에서도 커넥션을 맺었고, 2년 후인 2016년에 같은 콘퍼런스에서 다시 뵈었습니다. 애드녹이 주최하는 칵테일 리셉션에 초대해주신 거예요.

이후 저는 오히려 개인 파티보다 이런 산업 이벤트를 더 즐기게 되었어요. 가벼운 얘기보다 다양한 산업의 첨단에서 벌어지고 있는 일들에 대해 배우는 것이 훨씬 재밌거든요. 내가 중요하지 않은 사람이라고 생각하며 움츠러들 필요가 전혀 없어요. 오히려 나이 어린 친구들과 대화할 일이 없는 분들이 적극적이고 예의를 잃지 않는 청년에게 신선함을 느끼고 호의를 베푸는 경우가 많아요. 결국 우리는 모두 시간이라는 동등하게 주어진 자원을 써서 젊음을 실력과 경험으로 맞바꿔 나갑니다. 언젠가는 우리 모두 기성세대로부터 받은 것을 다시 청년들에게 되돌려줘야 하는 때가 올 거예요. 현재 중요한 사람이든, '아직' 아니든 더 적극적으로 네트워크장의 중앙으로 나오세요.

'개인 친목 이벤트'는 일이 아니라 친구나 지인이 초대하는 파티를 말합니다. BBQ 파티, 홈 파티 등 다양한 친목 이벤트도 있지만 각국 대사관에서

하는 행사도 있어요. 저는 미국 대사관, 나이지리아 대사관, 동티모르 대사관, 벨기에 대사관 등에 정기적으로 초대되어 참석합니다. 결국 이런 데서 만난 사람들과 연락을 주고받으면서 인연이 시작되는 거죠.

언제 어떻게 네트워킹이 시작될지 예측할 수 없다는 게 외국 생활의 묘미입니다. 엊그제 처음 만난 친구가 다음 주 사업 론칭 파티에 초대하기도 하고, 그곳에서 알게 된 사람이 대사관 모임에 초대하기도 합니다. 또 대사관 모임에서 만난 다른 대사님과 친구가 되기도 하죠.

홀로 외국에 왔더라도 여러 기회를 활용하면 좋은 사람들을 충분히 만날 수 있습니다. 사실 외국에서 회사만 다니는 것은 한국에서의 삶과 크게 다르지 않아요. 다양한 사람을 만나는 데서 외국 생활의 진짜 재미가 있습니다. 친목 모임이든, 산업 모임이든 여러 이벤트에서 소셜 버터플라이가 되는 원칙은 꽤 간단합니다. 그것은 바로 일단 대화를 시작하는 거예요. 대화를 시작하는 방법을 소개할게요.

1 눈을 마주친다.
2 미소 짓는다.
3 안녕이라고 말한다.
4 간단하게 이름을 말하면서 악수를 청한다.

'안녕 Hi'은 그야말로 마법의 주문입니다. 눈을 마주치고, 미소를 지으며 "안녕, 저는 앨리스예요 Hi, this is Alice!"라고 말한 뒤 악수를 하면 모든 일이 마법처럼 풀립니다. 칭찬 하나를 준비했다면 더욱 좋아요. 장담합니다. 너무 쉬워 보이죠? 그래서인지 사람들이 안 하더라고요.

가장 중요한 것은 '안녕이라고 말하기Say Hi'예요. 언제 어디서 누구를 만날지 모르는 이곳은 모든 게 먼저 다가가면서 시작됩니다. 내가 방아쇠를 당기지 않으면 아무것도 시작되지 않아요. 대부분은 거절당할까 봐 어색할까 봐 방아쇠를 당기지 않습니다. 하지만 잠깐의 어색한 상황을 마주 보는 용기가 필요합니다. 잊지 마세요! 기회는 항상 사람을 통해 옵니다.

소셜 버터플라이의 대화법

첫 인사로 운을 떼었으면 이제 대화를 진행시켜야 합니다. 사실 인사가 무서운 게 아니라 인사 뒤에 있을 어색한 침묵이 무서운 거죠. 대화 진행의 원칙을 소개하겠습니다. 대화를 할 때의 원칙은 크게 2가지입니다.

원칙 1 상대방이 말하게 하라.
원칙 2 나 좀 특이한 애야.

원칙 1이 원칙 2보다 항상 우선합니다. 가장 이야기하기 즐거운 사람은 리액션을 크게 하며 적극적으로 들어주는 사람이거든요. 대화에서 주로 '인터뷰어'의 역할을 하면 좋습니다. 처음에는 상대방이 대답을 귀찮아 할 수도 있어요. 제가 누군지도 모르고 어떠한 기대도 없으니까요. 그래서 상대방이 흥미를 가질 만한 주제를 던져서 찾아내야 합니다.

서로 잘 알 만한 주제 혹은 최근 회자되는 이슈 등 공통점을 찾아 몇 가지 질문을 통해 가늠하세요. 이어서 자연스레 머리에 떠오르는 생각을 더해 궁금한 것을 질문하면 됩니다. 질문한 뒤에는 당연히 최대한 답변을 경청합니다. 경청은 상대의 소중한 시간에 대한 존중입니다. 경청의 사인 중 하나는 '눈 맞추기eye contact'예요. 아무리 주위가 시끄러워도 말하는 사람과 계속 눈을 맞추며 듣습니다. 눈빛을 통해 호기심과 집중이 전달되기 때문이죠.

경청은 단순히 잘 듣는 것을 의미하지 않습니다. 대답을 들으면서 계속 생각해야 해요. 상대방이 어떤 동기와 흥미를 가지고 있는지, 행동에 어떤 패턴이 있는지를요. 생각을 깊게 할수록 더 좋은 질문을 할 수 있습니다. 이런 질문은 대화 상대를 깊은 생각으로 이끌어 서로 의미 있는 시간을 보낼 수 있게 합니다.

나이가 들수록 대화가 잘 통하는 사람을 찾기 어려워진다고 합니다. 저는 사람이 경력과 지식이 늘어날수록 남의 말을 잘 들어주지 않기 때문일 거라고 생각해요. 잘 경청하면서 좋은 질문을 던져도 상대방에게 말이 잘 통한다는 인상을 남길 수 있습니다.

원칙 1을 무사히 통과했다면 상대방이 '나'에게 호감을 갖게 됩니다. 다음 단계는 나를 제대로 인식시키는 것입니다. 다른 사람들은 나를 어떻게 기억하고 있을까요? 모두 직업적인 측면의 내 모습만 기억하고 있을까요? 나라는 사람은 내 직업보다 훨씬 더 많은 속성을 가지고 있습니다.

어떤 사람에게 저는 언젠가 사업을 하고 싶은 사람이고, 어떤 사람에게는 단지 링크드인 혹은 P&G에 다니는 사람일 것입니다. 한때는 한국에서 무작정 싱가포르에 와서 직업을 찾고 있는 용감한 젊은이였죠. 나라는 사람을 어떤 앵글로 보여줄지를 정하면 됩니다.

첫 만남은 '씨를 뿌리는' 단계입니다. 서로의 관심사를 주고받고, 그 사람의 뇌에 나를 특정 카테고리로 각인시키는 거죠. 나를 기억하기 쉽도록 포지셔닝하세요. 너무 많은 정보를 줘도 안 돼요. 왜냐면 사람들은 많은 내용을 기억 못하거든요. 그 씨앗이 독특하고 흥미로울수록 좋습니다. 특히 시간의 한계에도 꼭 알고 싶은 사람이 있다면 '나를 더 알고 싶은 흥미로운 사람'으로 포지셔닝하는 게 중요합니다. 그래야 수많은 사람 속에서 나를 기억하고 시간을 기꺼이 내어주기 때문입니다. 전문성과 매력으로 상대방에게 '오, 좀 아는데?' 하는 인상을 주는 단계라고 할 수 있죠.

복싱으로 치면 원칙 1이 상대방을 무장해제시키는 과정이고 원칙 2는 어퍼컷입니다. 원칙 2의 효과를 키우려면 그 전에 무장해제를 시켜야 해요. 마지막에는 항상 명함을 받고 3일 이내에 이메일이나 문자메시지를 보내야 합니다. 꼭 다시 만나고 싶다고 생각하는 사람에게는 리캡[1]을 해야 해요. 저는 명함 받기를 잊었을 때 반드시 링크드인에서 프로필을 찾아 친구 요청을 보내놓곤 했어요.

1 리캡recap
'recapitulate'의 준말.
'개요를 말하다'라는 뜻으로,
앞서 한 말을 요약하여
리마인드하는 것을 뜻한다.

이런 이벤트에 몇 번 참가하니 만나는 사람과 경험의 폭이 훨씬 다양해졌습니다. 분명 한국에서는 얻기 어려웠을 기회였죠. 모든 기회는 회사를 매개로 한 것이 아니라 스스로 찾았던 거예요.

오히려 회사는 개인의 잠재력과 진짜 재능을 끌어내기 어렵도록 구조화되어 있어요. 회사는 비즈니스의 안정성을 위해 필수적으로 시스템이 필요합니다. 특히 HR 관련 일을 경험하면서 회사와 직원은 교환 관계에 지나지 않는다고 생각했습니다. 회사가 직원에게 원하는 만큼의 스킬과 시간을 사는 거죠. 여러 직무 경험을 통해서 회사에서 개인의 자아실현을 기대하기 어렵다는 결론에 이르렀어요. 그 점은 한국이나 외국이나 마찬가지예요. 다만 다른 점은 '회사 밖의 삶에서 얼마나 많은 모험의 기회가 주어지는가?'입니다.

이 기회는 싱가포르처럼 다양한 국적, 인종의 사람들이 모여 사는 곳에 명백하게 많을 수밖에 없습니다. 특히 외국인으로 살 때 기회가 더 많습니다. 외국에서의 삶은 원더랜드의 앨리스처럼 살게 합니다. 일상에서 벗어나 토끼 굴에 들어온 소녀처럼.

20년 살았던 고국보다 미지의 땅에서 제 숨을 멎게 하는 순간들을 더 많이 마주합니다. 오늘도 아직 만나지 않은 사람, 아직 가지 않은 곳, 아직 하지 않은 일을 기대하고 삽니다. 매일 생각합니다.

'오늘 만나는 이 사람은 내게 어떤 세상을 보여줄까?'

　　　모르는 사람을 설득하는 글쓰기 4원칙

제이슨이 가르쳐준 헤드헌터의 글쓰기

비즈니스에서는 글이 곧 커뮤니케이션입니다. 글을 잘 쓴다는 건 커뮤니케이션에 능하다는 의미입니다. 글쓰기에는 2가지 목적이 있는데요. 하나는 읽는 사람이 어떤 행동 혹은 결정을 하도록 유도하는 '설득'이고, 다른 하나는 '정보 전달'입니다. 사실 비즈니스에서는 순수하게 정보 전달만을 위한 글은 드뭅니다. 업무에서 사용하는 글은 다른 사람을 움직이고 영향력을 미치기 위해 쓰입니다.

이 챕터에서는 한 장으로 모든 것을 전해야 하는 정보 전달을 위한 글쓰기가 아닌, 설득의 글쓰기에 대해 말하려고 합니다. '설득의 글쓰기'는 헤드헌터 직무를 하면서 제가 충분히 고민한 부분이기 때문입니다.

헤드헌터는 주로 콜드 콜[2] 형식의 글을 씁니다. 이런 콜드 콜은 스팸 메일로 간주돼 무시당하기 딱 좋습니다. 낯선 사람이 어떤 행동을 하도록 유도하는 것은 그만큼 어려워요. 그래서 헤드헌팅에서 배운 '내가 원하는 것을 얻어내는 글쓰기'는 업무 이상으로 인생에

2　**콜드 콜** cold call
마케팅이나 홍보를 위해 불특정 다수에게 전화를 걸어 영업하는 방식. 전화 받는 사람들의 태도가 차갑다는 의미다.

서 정말 유용하게 쓰입니다.

제가 다녔던 헤드헌팅 회사의 매니저 제이슨은 계약 성사의 달인입니다. '헤드헌터의 글쓰기'도 제이슨에게 배웠죠. 헤드헌팅은 한 손에는 클라이언트를, 다른 한 손에는 후보를 잡고 모두가 만족하는 고용계약을 체결하게 하는 중간자입니다.

기본적으로 회사와 후보는 서로를 믿지 못합니다. 자기에게 더 유리한 조건을 만들기 위해 핵심이 되는 정보를 숨기죠. 헤드헌터의 역량은 설득을 통해 이해관계를 잘 조정하는 데 있어요. 만약 회사와 후보자가 만족스럽게 고용계약을 하면 헤드헌터는 일정 비율의 커미션을 받습니다. 높은 연봉을 올리는 헤드헌터들은 대개 설득의 달인입니다.

헤드헌터로서 다른 하나의 중요한 역량은 절대적인 시간을 많이 투자하는 것입니다. 몇십만 개의 이력서 중 클라이언트가 원할 만한 이력을 가진 사람을 찾아내야 하니 많은 이력서를 검토해야 합니다.

제이슨은 헝그리 정신으로 가득 차 있었어요. 돈에 대한 절박함이 그를 더 열심히 일하게 했고, 많이 배우게 했으며 무엇보다 더 뻔뻔하게 만들었습니다. 세일즈맨의 필수 자질은 뻔뻔함 아니겠어요? 이들은 거절을 밥 먹듯 당해야 하기 때문에 반드시 뻔뻔해야 합니다. 제이슨은 거절을 두려워하지 않았어요. 대신 거절 뒤에 숨은 돈을 보았죠. 결국 빠른 시간 내에 그는 좋은 성과를 내기 시작해 이 직업에서 적성과 보람을 찾게 되었습니다. 좋은 양복을 입고 반짝이는 벤츠를 모는 제이슨은 제게 이렇게 말하곤 했어요.

"헤드헌터는 결국 사람들에게 꿈을 파는 직업이에요. 멀쩡히 회사 다니고 있는 사람에게 다른 회사에 당신의 미래가 있다고 설득하는 일입니다. 그런데 헤드헌터가 초라하게 입고 있으면 '당신 앞가림이나 잘 하시지?'라며 비웃을 걸요."

스스로 즐겁고 행복하지 않은 마케터가 무엇을 팔겠어요. 또 행색이 초라한 세일즈맨이 "이 직장이 당신의 삶을 바꿔줄 것입니다"라고 하면 믿음이 안 가겠죠. 사회 초년생 시절, 아직 거절이 두려운 제게 원하는 것을 얻어내는 글쓰기의 미학을 가르쳐준 것이 바로 제이슨이었어요.

설득의 글쓰기 원칙 1 읽는 사람, 당신은 누구입니까

커뮤니케이션을 잘하기 위해서는 소통의 대상이 '누구who'인지가 가장 중요합니다. 사람들은 중요한 남의 이야기보다 사소한 자신의 이야기에 더 관심이 있습니다. 모든 인간관계에서 통하는 진리이기도 해요. 또 사람들은 항상 다른 사람이 자신을 어떻게 평가하고, 생각하는지도 궁금해합니다. 역으로 생각하면 다른 사람에게 진심 어린 관심을 보여줄 때 응답을 받아내기가 훨씬 쉽다는 의미입니다.

이메일과 쪽지를 통해 전혀 모르는 사람에게 부탁해야 하는 경우 사람들은 보통 나에 대해 구구절절 말하는 실수를 저지릅니다. 헤드헌팅에서는 해당 포지션의 장점과 회사에 대한 정보만 나열하면서 후보자에게 어필하는 것이죠. 이런 방법은 득보다 실이 많습니다. 내 이익보다 읽는 사람의 입장에 착안해 글을 써야 더 강하게 상대방을 설득할 수 있습니다.

어느 날 제이슨이 이렇게 물었습니다.

"앨리스, 후보자가 새로운 직업을 제안하는 메일을 받으면 제일 궁금해하는 게 뭔지 알아요?"

"어떤 회사인지, 무슨 포지션인지 아닐까요?"

"아니에요. 바로 왜 '나'인지입니다. 왜 다른 사람이 아닌 나한테 이 포지션을 제안했는지 제일 궁금해요. 이메일의 첫 단어를 쓰기 전에 먼저 수신자가 어떤 사람인지를 상상해봐요. 그 사람 입장이었다면 어떤 얘기를 듣고 싶을지, 어떤 자리를 원할지를 파악해야 합니다. 우리 일은 20년 이상 경력의 미국, 영국, 프랑스의 잘나가는 전문가들에게 한국이라는 낯선 나라에서 일해보라고 권유해야 합니다. 상상해봐요. 그 사람 입장이라면 무엇을 원할까요? 더 많은 연봉일까요? 아니에요. 높은 위치의 사람이 원하는 건 은퇴 전의 '한 방'입니다. 역사를 만들고 싶어 하고, 한 획을 긋고 싶어 하기도 하죠. 그 마음을 파고드는 거예요."

한 번도 살아본 적 없는 상대방의 입장을 어떻게 이해하고 상상할까요? 이때 경험과 독서, 다양한 사람과의 대화, 네트워킹 같은 간접 경험이 중요합니다. 상대방을 이해할수록 우리가 원하는 것을 쉽게 얻을 수 있습니다.

다음 단계로 사고의 전환이 필요합니다. 사고의 중심을 철저하게 상대방의 입장으로 돌려야 해요. 여기에 내가 원하는 것을 얻어낼 수 있는 비결이 있습니다.

설득의 글쓰기 원칙 2 행동하는 방법을 말하다

그렇다면 이메일의 마무리는 어떻게 해야 할까요? 당연히 이메일을 쓴 데는 읽는 사람이 해주었으면 하는 행동action이 있습니다. 수신자가 조언을 해준다거나, 만나준다거나 하는 등의 일이겠죠. 헤드헌터가 바라는 수신자의 행동이란 '내 이메일을 보고 마음이 혹해서 당신의 이력서를 내게 보내주는 것'입니다. 그래서 대부분의 헤드헌터는 '포지션에 관심 있으면 이력서를 보내주세요'라고 마무리 짓습니다. 저도 늘 메일에 이렇게 써왔죠. 제이슨에게 한마디 듣기 전까지는요.

"앨리스, 중요한 건 이메일을 읽고, 상대방이 행동을 하게 만드는 거예요. 이메일을 받는 순간 후보의 머릿속에는 다양한 생각이 들 테죠. '아, 나는 이력서를 업데이트한 적이 없는데 집에 가서 해야겠다', '관심 있는데 지금 당장은 시간이 없네' 등등. 이러다 보면 시간은 지체되고, 잊히게 마련입니다. 이메일 한 통에 확신이 드는 사람은 소수거든요.

액션 포인트action point는 최대한 간단해야 해요. 이력서를 보내 달라고 하는 대신 이렇게 말하는 거예요. '이 포지션에 대한 더 많은 정보를 주고 싶습니다. 괜찮은 시간과 전화번호를 알려주시면 전화하겠습니다. 당신의 커리어와 목표, 기회에 대해서 함께 이야기해봐요.' 그러면 이 사람이 해야 할 일은 이력서를 업데이트해서 메일로 보내주는 게 아니라 전화번호와 편한 시간을 제시하고 감사하다는 답변만 하는 거예요. 첫 이메일에서 승부를 보려 하지 말고, '작은' 예스yes를 만들어요. 작은 예스가 모여서 큰 예스YES가 됩니다. 상대방이 어떤 행동을 해야 할지 최대한 명확하게 말해야 하고 그 행동이 쉬울수록 좋아요."

설득의 글쓰기 원칙 3 '왜'라는 이야기

모든 훌륭한 부탁에는 좋은 '왜WHY'가 들어 있어요. '왜 내가 부탁한 일을 상대방이 시간 들여 해줘야 하는가?'에 대한 답이 있어야 합니다. 헤드헌터는 후보자에게 '왜 이 회사에 입사해야 하는지'를 알려줘야 해요. 헤드헌터로 일할 때는 왜라는 이유를 설명하기가 수월했어요. 한국 회사에서 외국인 전문가를 뽑을 때는 대부분 회사의 중요한 프로젝트를 앞둔 상황이거든요.

일방적으로 호의를 얻어야 한다면 최소한의 숙제를 해야 상대방의 마음을 움직일 수 있습니다. 상대방에 관한 기사와 정보 수집 등 기본적인 자료 조사는 물론, 구체적인 질문과 요청으로 접근해야 합니다. 이 과정 없이 추상적인 생각으로 원하는 것만 주장하다가는 양측 모두 불쾌해질 수 있으니 조심해야 합니다.

설득의 글쓰기 원칙 4 상황을 바꾸는 디테일

제이슨이 말해준 여러 조언 중에서 가장 감탄했던 것은 사소한 문장까지 신경 쓰는 세심함이었어요. 제이슨은 제게 메일에서 자주 쓰는 '만약 당신이 관심 있다면If you are interested'이라는 상투적인 말을 지적했습니다.

"우리는 후보자에게 인생에 두 번 다시 오지 않을지 모르는 굉장히 좋은 커리어를 소개하는 거예요. 그런데 '당신이 관심 있다면'이라니요! 관심 있다고 물을 필요도 없습니다. 이 기회를 놓치면 바보니까요. '이건 엄청난 기회예요. 당신은 아마 지원하지 않고는 못 배길걸요?'라는 자세를 보여줘야 합니다. '당신이 관심 있다면'이라는 확신도 없는 문구는 두 번 다시 쓰지 말아요."

다른 사람의 확신을 얻어내기 위해서는 내 확신이 우선해야 합니다. 연애의 진리인 '내가 나 자신을 사랑하지 않으면, 누가 나를 사랑할까?'와 일맥 상통합니다. 제이슨은 모든 포지션이 해당 후보에게는 일생일대의 기회라고 강조했고, 모든 이메일의 아주 작은 내용까지 전해지도록 신중하게 검토를 반복해야 한다고 말했습니다. 장인정신이었어요. 제이슨이 많은 헤드헌터 중에서 왜 빠르게 성공했는지 이해할 수 있었죠.

앞서 소개한 4가지 원칙 중에서 가장 중요한 것은 원칙 1입니다. 읽는 사람을 생각하면서 상대방을 움직이기 위해 글을 쓰고, 원하는 것을 파악해야 합니다. 그런데 안타깝게도 부탁을 하는 이메일일수록 자기 문제에 매몰돼 내 얘기만 늘어놓기 쉽습니다. 내 문제를 자세히 묘사하는 것보다 '왜 상대방이 내가 바라는 행동을 해야 하는가?'를 역지사지로 깊게 생각해야 합니다. 자기 객관화를 한 뒤 원하는 것을 부탁하는 메일을 보내면 좋은 답변을 들을 확률이 높아져요.

마지막으로, 원하는 답변을 얻지 못했더라도 너무 낙심 마세요. '나는 당신에게 아무것도 빚진 게 없어요 I owe you nothing'라는 말이 있습니다. 다른 사람으로부터 반드시 받아야 할 것은 없어요. 원하는 답변이 오지 않으면 당연히 속

상합니다. 그런데 상대방이 답변해 줄 의무는 전혀 없습니다. 의기소침하는 대신 답변을 줄 때까지 여러 번 보내는 성의와 끈기를 보여주거나 다음 할 일로 넘어가세요. 전혀 상처받을 필요 없습니다.

05 　　　내가 만드는 커넥션

이란에서 히잡 팔기
───

　　전 남자친구 랄리는 이란의 재벌가 아들이었습니다. 살면서 처음 만난 이란 사람 랄리는 중동, 그중에서도 이란에 대해 많이 알려주었습니다. 제가 만난 사람들이 제 세상을 넓혀주었듯, 그 덕분에 중동 세계에 대해 많이 알게 되었어요.

　　여기서 잠깐 퀴즈 하나 낼게요. 이란 사람은 아랍인일까요? 아닐까요?

　　정답은 '아니다'입니다.

　　이란인은 아랍인을 별로 좋아하지 않습니다. 같은 중동 지역이라는 이유로 자신들이 아랍인이라고 여겨지는 걸 정말 싫어합니다. 그들은 스스로를 '이라니안Iranian'이라고 부르지도 않아요. '페르시안Persian'이라고 하지요. 약 2,000년 전에 광대한 제국을 건설했던 페르시안의 후예가 지금의 이란인이라며 자부심이 대단합니다. 1979년 미국 무역 제재가 있기 전까지만 해도 이란은 늘 국제무대에서 잘나가던 강국이었습니다. 일단 인구가 8,000만 명에 달합니다. 많은 중동 국가가 인구가 적어 자체 산업이 발달하기 어려운 반면, 이란은 내수로도 먹고살 수 있는 인구입니다. 또한 문명이 발달했던 나라답게 자녀 사랑과 교육열이 굉장해요. 또 넓은 땅과 좋은 기후를 가졌기에 밀이나 과일들도 풍부하게 생산되고요. 실제 미국의 경제 제재 이후에도 내수로 잘 버틴 저력이 있고 석유 매장량이 세계 4위, 천연가스 매장량이 세계 3위에 달하는 자원대국이기도 합니다. 중동에서 사우디아라비아에 대치할 수 있는 몇 안 되는 맹주예요.

랄리는 입버릇처럼 "미국과 교역이 트이면 이란은 공산주의 붕괴 이후에 열리는 가장 큰 시장이 될 거다"라고 말했죠. "근데, 난 절대 이란으로 안 돌아가"라는 단서를 붙이긴 했지만요.

2016년 중순, 미국에서 이란 경제 제재를 없애려는 본격적인 움직임이 나타났습니다. 아직 조심스럽지만 상황은 매우 긍정적입니다. 지난 30년간 경제 제재에 있었고, 위험하다는 의식 때문에 이란에 대해서 잘 아는 외국인은 드물어요. 제가 이란으로 여행을 가거나 사업을 하고 싶다고 했을 때 다들 "어머, 왜?"라고 물어봤죠. 사람들의 '왜?'는 아주 좋은 사인입니다. 사람들이 잘 모르고, 안 가는 그곳에 주로 기회가 있거든요. 그래서 '이란에서 뭔가 해봐야겠다'라고 결심을 했습니다. 곧 저는 '아이템 찾기'에 돌입했어요. 한국인으로서 강점을 가질 수 있는 한국 물건을 갖다 팔자는 생각이 제일 먼저 들었습니다. 이란에 갖다 팔 수 있는 한국 물건이 뭐가 있을까요? 문득 친한 엔지니어가 해줬던 말이 생각났습니다.

"중동에서 고객들이 한국에 출장 오면 꼭 동대문을 가자고 해요. 한국산 히잡의 질이 좋아서 스무 개 이상 부탁한대요. 우리 눈에는 다 같은 검은 천일지 모르나 그들 눈에는 천차만별이라고 합니다. 동대문 히잡이 클라이언트 접대의 한 부분일 정도예요."

이란 비즈니스 여행에서의 자유

그 말을 문득 떠올리고 '이거다' 싶었죠. 이란 사업을 함께 준비하는 친구가 동대문에 가서 히잡 샘플을 찾기 시작했어요. 도매상 말로도 한때 중동에서 온 사람들로 동대문 히잡 가게들이 북새통을 이뤘대요. 친구는 중동에서 유독 인기가 있다는 히잡 10장을 구했습니다. 한편으로 저는 전 남자친구 랄리에게 연락을 했습니다.

"나, 이란에 히잡을 팔까 해. 좀 알아봐줄래?"

그런데 이틀 만에 이런 연락이 왔습니다.

"앨리스, 히잡은 버려. 아버지가 알아보니까 이란에 히잡 유통은 딱 2개 집안이 독점하고 있대. 그 두 집안은 모두 정부 관련 즉, 종교 집안이라서 네가 끼어들 수 없어. 이란에서 사업을 할 땐 절대 종교와 관련된 건 건드리면 안 되거든."

이란은 상류층 사람끼리 연결되어 있어 사업 정보는 그들에게 물어보면 답이 빠르게 나옵니다. 특히 이란에 대한 건 정보가 부족해서 인터넷 검색도 쉽지 않아 특별한 커넥션이 중요합니다. 랄리 덕분에 히잡 사업에 더 깊이 빠지기 전 안녕을 고할 수 있었습니다.

며칠 후 출근을 하던 중이었습니다. 그날 운전사가 무슬림 여성이었어요. 종교와 인종이 다양한 싱가포르에는 히잡을 쓴 여성은 많이 보이지만, 실제로 친구가 될 기회가 많지 않았습니다. 당시 머릿속에 히잡이 계속 있었기에 자연스럽게 궁금한 것을 물어보기 시작했습니다.

"히잡을 쓰는 여성은 머리 염색을 하나요? 미용실에 자주 가세요? 헤어스타일에 신경을 많이 쓰는 편인가요?"

운전사가 답했습니다.

"저는 머리를 짧게 유지해요. 어차피 가족들만 히잡 벗은 모습을 보니까 헤어스타일에 투자할 필요를 못 느껴요. 대신 탈모나 두피 관리에 훨씬 관심이 많아요. 친구 중에서도 머리카락이 빠지는 걸로 고민하는 사람들이 있어요."

아하, 머릿속에 반짝 불이 들어왔습니다. 무슬림 여성의 고민에 특화된 헤어 제품을 팔면 어떨까. 대학 시절 미용실에서 인턴을 하면서 두피관리사 자격증을 딴 적이 있거든요. 탈모의 이유에는 여러 가지가 있지만 그중 '압박형 탈모'라는 게 있습니다. 항상 머리를 싸매고 있는 사람들에게 주로 나타나지요. 하루 종일 머리를 히잡으로 가리고 있으면 비타민D가 부족하고 공기 순환이 잘 안 돼 두피가 약해질 겁니다. 머리카락도 건조해지고요.

예전에 인턴을 했던 미용실 전무님께 연락을 드려서 헤어 제품을 소개받고 샘플을 받아 챙겼습니다. 이후 탈모 제품을 판매하는 회사 몇 군데에 연락을 했지요. 이 사업을 준비하며 고려했던 점은 아래 2가지였습니다.

- 이란 중산층에 봄이 올 것이다. 상류층은 경제 제재와 상관없이 소비를 할 수 있었지만, 중산층에는 제약이 많았다. 제재가 풀리면 중산층의 소득이 늘어날 것이므로 그동안 못했던 소비를 하려 한다.
- 강점을 가지려면 한국과 관련된 제품이 좋다. 한국에서 갖다 팔 만한 걸 생각해보자.

이런 가정을 세우고 보니 인터넷만으로 조사하는 게 의미가 없단 생각이 들었습니다. 바로 열흘간의 일정으로 이란행 비행기표를 예약했어요. 그렇지만 아무 계획 없이 빈손으로 그냥 갈 수는 없습니다. 가서 중요한 파트너가 될 수 있을 사람을 만나기 위해 제 특기인 네트워킹을 시작했습니다.

　　친구는 KOTRA를 통해 연락하고 저는 이란 내의 커넥션을 만드는 데 주력했습니다. 제가 평생 만난 이란인은 전 남자친구 한 명인데 갑자기 이란에서 바이어 미팅을 잡으려고 하니 막막했습니다. 이란에 대한 정보는 워낙 부족하니까요. 인터넷이 발달하지 않은 예전이라면 정말 어려웠을 거예요. 하지만 이제 우리는 전 세계가 연결된 세상에 살고 있습니다. 소셜 네트워크social network는 사용하는 사람의 역량에 따라 무한한 가치를 가져다줄 수 있어요.

　　저는 링크드인을 이용했습니다. '사람 리서치'를 '자료 리서치'보다 우선한 데는 이유가 있습니다. 단순한 숫자 정보는 업계에 대해 잘 알고 있는 사람이 주는 인사이트에 비할 바가 못 됩니다. 업계 전문가를 만나 큰 그림을 파악한 뒤, 디테일을 짜는 과정에서는 자료가 도움이 됩니다. 그러나 아무것도 없는 상황에서 자료 리서치는 거의 의미가 없다고 생각했어요.

　　화장품, 의류 분야에서 이란의 유통 채널을 크게 온라인·오프라인으로 잡고, 이 분야 전자상거래e-commerce의 최고경영자와 전통적인 유통 채널의 대표를 먼저 검색했습니다. 제 목표는 그들을 만나서 인사이트를 듣고, 사업을 도모하는 협력 관계를 구축하는 거였어요. 링크드인에서 한 명의 전자상거래 창업자를 커넥트하니까 그와 연결된 다른 창업자의 프로필이 눈에 들어오더군요.

　　항상 제가 강조하는 것처럼 플랫폼은 사용자의 역량에 따라 영향력이 결정됩니다. '사람을 움직이는 메시지를 만드는 능력'이 링크드인 사용자의 역량 중 가장 중요하지요. 링크드인을 통한 네트워킹 결과, 이란의 온라인·오프라인 유통회사의 대표들과 8개의 미팅을 잡을 수 있었습니다. 소비재 분야에는 전혀 경험이 없었는데도 꽤 좋은 성과였습니다.

열흘 동안의 빽빽한 출장 계획이 잡힌 뒤에 저희는 바로 이란으로 출발했습니다. 동분서주하며 여러 유통업체 대표를 만나고 시장조사를 열심히 했습니다. 숨 가쁜 일정 끝에 저희는 결론을 내렸어요.

'이란에 물건이 너무 많다.'

보부상을 하려고 했던 이유는 '무역 제재로 이란에 좋은 제품이 많이 없을 것이다'라는 가정이 있었거든요. 실제로 이란에 가서 보니 화장품, 옷, 액세서리 등 패션 관련 상품이 너무 많았습니다. 아라비아 상인 기질의 이란인은 타고난 비즈니스맨들이라 크고 작은 자영업으로 많은 물건을 판매하고 있었어요. 이란에서 망고Mango, 디젤Diesel, 시슬리Sisly 등의 패션 브랜드를 독점 유통하는 회사의 대표를 만났을 때, 저희가 동대문에서 질 좋은 옷을 싼 가격에 가져오면 어떻겠냐고 제안을 하니 그가 말했어요.

"질 좋고 싼 물건은 너무 많아요. 중요한 건 브랜드예요. 사람들은 단지 옷을 사는 게 아니에요. 분위기ambience를, 경험을 사는 겁니다."

그때 우리가 살고 있는 '공급 과잉'의 시대를 봤습니다. 이 시기에 물건을 만들어서 살아남으려면 2가지가 필요합니다.

- 기술력이 엄청 뛰어나서 특허가 있다.

- 물건을 파는 역량이 탁월하다.

저는 둘 중 하나밖에 없었습니다. 결국 물건을 만드는 게 아닌 물건을 '파는 역량'이 중요하다는 생각이 들었습니다. 물건을 팔려면 아래 셋 중 하나는 있어야 합니다.

- 브랜드가 출중하다.
- 가격이 싸다.
- 유통이 특별하다.

가격 싸움은 지속가능하지 않고, 유통은 너무 규모가 큰 싸움입니다. 할 수 있는 것은 '브랜딩'이라는 생각이 들었습니다.

'브랜딩을 배워야겠다.'

브랜딩에 대한 큰 깨달음 외에도 이란 비즈니스 여행을 하면서 재밌는 에피소드가 많았어요. 그중 최고는 의류 유통회사 대표와 얘기할 때였습니다. 제가 그에게 물어봤어요.

"사장님은 정말 많은 브랜드를 독점해서 수입·유통하고 있는데 가장 좋아하는 브랜드는 무엇인가요?"

질문을 듣자마자 그는 자랑스럽게 대답했어요.

"이탈리아에서 시작한 남성 양복 고급 브랜드 '보지Boggi'를 가장 좋아해요."

저는 터져나오는 웃음을 참으려 얼굴 근육에 힘을 주고 화제를 돌리려고 노력했어요. 그런데 그는 제 마음도 모르고 친절하게 다시 한번 이렇게 말했죠.

"앨리스, 우리 회사에서 웨딩드레스도 유통하고 있어요. 나중에 결혼하게 되면 웨딩드레스는 내가 해줄게요. 그리고 신랑은 보지로…."

결국 저는 웃음이 터져버렸고 당황해하는 그에게 제 웃음의 이유를 설명해야 했습니다.

비록 이란 여행이 바로 비즈니스로 연결되지는 않았지만, 제 삶에 큰 영향을 미쳤습니다. 그동안 많은 사람이 제게 왜 그렇게 좋아하던 링크드인을 떠나 P&G에 입사하게 되었냐고 물었어요.

이란에서의 경험은 P&G의 '어시스턴트 브랜드 매니저'로 이직하는 결정에 큰 영향을 미쳤습니다. 공급 과잉의 시대에서 살아남기 위해서는 탁월한 브랜드를 만들어야 한다는 것을 이란 여행을 통해 배웠거든요.

아름답고 신비로운 이란의 풍경

링크드인 100배 활용하기 1

"링크드인을 잘 활용할 수 있는 방법이 뭐죠?"

링크드인 기능을 잘 몰라서 묻는 게 아니라고 생각합니다. 잘 활용할 수 있는 소프트 스킬이 궁금한 거겠죠. 링크드인 플랫폼은 산업 콘퍼런스의 네트워킹 리셉션이라고 보면 됩니다. 산업 콘퍼런스 리셉션에 가면 모르는 사람이 가득합니다. 다만 확실한 건 이 사람들이 같은 업계에 있고, 어쩌면 도움을 주고받을 수 있다는 사실이죠. 이런 리셉션의 핵심은 모르는 사람이라도 서로 인사하는 것입니다. 링크드인도 마찬가지예요. 단지 온라인이라는 게 다를 뿐입니다. 숨겨진 링크드인 기능이 따로 있지 않습니다. 잘 쓰는 법보다는 자주 살펴보는 게 중요합니다. 링크드인이 정말 낯선 사람을 위해 몇 가지 활용법을 설명하겠습니다.

❶ 헤드헌터나 리크루터가 접근할 수 있도록 프로필 만들기

리크루터나 헤드헌터가 인재를 검색했을 때 당신의 프로필이 검색 결과에 보이도록 해야 합니다. 가장 간단하고도 소극적인 링크드인 활용법이에요. 링크드인에서는 내 얼굴이 곧 프로필이므로 정성을 들여서 만들어야 해요. 몇 가지 팁을 소개할게요.

> **사진** 증명사진보다는 표정이 잘 보이는 편안한 사진이 좋습니다.
> **회사와 직무** 프로필 작성 시 회사 이름과 직무 정보는 꼭 드롭다운(drop-down) 방식으로 선택하세요. 예를 들면 '어시스턴트 브랜드 매니저(Assistant Brand Manager)'를 입력하고 싶을 때 검색창에 'Brand'만 기입하면 아래에서 선택할 수 있게 돼 있습니다. 이렇게 입력하면 프로필이 상위 검색 결과로 뜰 확률이 높습니다. 회사를 입력할 때도 마찬가지입니다.

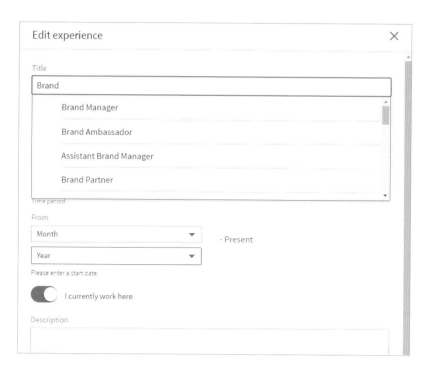

경력 기간 현재 직장만 표기할 경우 경력 기간이 문제가 될 수 있습니다. 채용 담당
자는 '경력 기간(years of experiences)'이라는 필터를 자주 사용합니다. 자세한 내용
은 쓰지 않더라도 지금까지의 직장 경력을 모두 적어주세요.

❷ 선배들의 커리어 벤치마킹하기

다른 사람이 어떻게 커리어를 꾸려나갔는지 살펴볼 수 있는 '동문(alumni)' 추적 기능
입니다. 먼저 검색창에 졸업한 학교를 검색해봅시다. 역시 드롭다운에 보이는 학교를 클
릭한 뒤, 'see alumni'라는 버튼을 클릭합니다.

졸업한 학교를 기준으로 졸업생들이 어느 지역에서, 어느 회사의 어떤 직무로 활동하
고 있는지 볼 수 있습니다. 지역으로는 한국이 가장 많고 그 다음이 미국, 프랑스입니다.
언젠가 뉴욕에서 살아보고 싶은 저는 뉴욕에 있는 동문들이 주로 어떤 회사에서 어떤 직

무를 하고 있는지 알아보기 위해 'Greater New York City Area'를 클릭합니다.

이런 방법으로 동문이 가장 많이 근무하는 분야나 구체적 통계를 볼 수 있습니다. 이후 스크롤바를 밑으로 내리면 통계에 걸린 사람들의 구체적인 경력 사항이 적힌 프로필이 뜨게 됩니다. 여기서 그들이 어떤 경력을 거쳐서 해외로 갔는지, 어떤 스킬들을 갖고 있는지를 볼 수 있습니다. 이때 본인 이력과 비교하면 보다 효율적입니다. 커넥션 요청을 하고 메시지를 보낼 수도 있습니다. 모교만 염두에 두지 않고 다른 대학교의 졸업생도 검색해보면 좋아요. 한국에 있는 대부분의 대학교 졸업생들의 통계를 얻을 수 있습니다.

❸ 처음 본 사람과 지속적인 연락을 취하기

간단한 안면만 있는 사이인데 연락의 끈을 놓고 싶지 않다면, 링크드인 커넥션 맺기가 도움이 됩니다. 이후에 쪽지를 보내도 링크드인의 정보 때문에 금방 기억해낼 수 있기 때문이에요.

❹ 채용 공고 알람 받기

메뉴 중 'Jobs'를 클릭한 뒤, 현재 내 포지션 혹은 한 단계 높은 포지션을 검색합니다. 그 다음 오른쪽에 있는 'create search alert'을 클릭하면 해당 포지션에 새로운 채용 공고가 뜰 때마다 알람이 울립니다.

❺ 내 바운더리 밖의 사람들과 연결하기

제가 링크드인을 사랑하는 이유는 바로 이 기능 때문입니다. 내 질문에 답해줄 사람을 링크드인에서 찾고 대화를 요청할 수 있다는 거예요. 하지만 모든 사람들이 연락에 응해

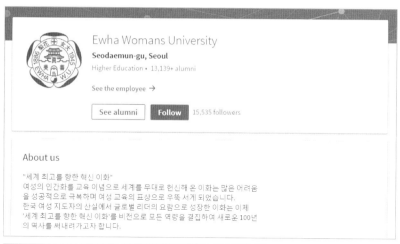

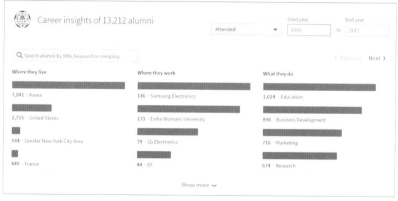

주지는 않습니다. 답변 여부는 메시지를 보내야만 알 수 있죠. 비록 문법적으로 틀린 곳이 많은 서툰 메시지라 할지라도요. 링크드인을 사용하면 전 세계에 있는 전문가들의 회사, 학교, 이력 등을 비롯한 정보를 찾아볼 수 있고 그들에게 연락할 수도 있습니다. 링크드인은 어떻게 쓰는지에 따라 정말 유용한 플랫폼입니다. 지금 당장 링크드인으로 사람과 직업을 찾지 않더라도 기회가 당신을 찾아올 수 있게 문을 열어두세요.

링크드인 100배 활용하기 2

이란에서 모르는 CEO들을 상대로 비즈니스 미팅을 잡을 때 링크드인을 적극 활용했다는 것 기억하나요? 어떻게 큰 유통 업체 CEO들과의 미팅을 성사시켰는지 많은 사람이 궁금해했습니다. 링크드인에는 메시지를 보낸 사람의 프로필을 바로 볼 수 있기 때문에 모르는 사람에게 받은 이메일보다 신뢰감을 높일 수 있습니다. 이런 링크드인의 기능이 미팅을 성사시키는 데 큰 역할을 했죠. 제가 패션 유통 관련 이란 CEO에게 보낸 메시지와 그에 대한 답장을 살짝 공개할게요.

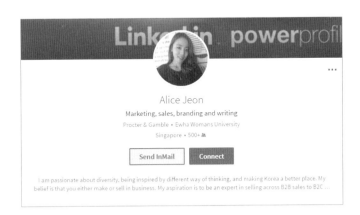

안녕하세요. 사업으로 정말 바쁘신 줄 알고 있습니다. 그럼에도 당신과 이란에서 가능한 비즈니스를 논의하고, 의견을 듣고 싶어 연락드렸습니다.

제가 논의하고 싶은 것은 2가지인데요.

저는 이란에 수출하고 싶은 한국의 패션 브랜드들을 많이 알고 있습니다. 한국에서 디자인한 옷과 패션 용품으로 구성된 멀티 브랜드숍을 오픈하는 게 가능할지 논의하고 싶습니다. 한국 패션 업계는 동남아시아에서 계속 인기가 있습니다. 당신 같은 패션 리테일 전문가의 조언이 정말 도움이 될 것입니다.

둘째로, 저는 이란의 전자상거래 사업 기회에 대해 의견이 궁금합니다. 전자상거래 트렌드는 한국에서는 크고 견고하게 성장했습니다. 그런데 동남아시아에는 이제 막 시작하는 것처럼 느껴집니다. 저는 다음 순서는 서아시아라고 생각합니다.

저는 한국·동아시아 시장에 대한 인사이트를 나눌 수 있습니다. 또한 저도 이란인들의 소비 행동에 대한 인사이트를 얻고 싶고, 이란에서의 사업 프로세스, 결제 같은 실제적인 문제에 대해서도 이야기하고 싶습니다.

8월 27에서 9월 2일까지 이란에 방문합니다.

만나서 위 두 주제에 대해 이야기하면 좋겠습니다.

메일을 읽어주셔서 다시 한 번 감사합니다.

이란 CEO의 답장

친절한 제안을 해줘서 감사합니다. 열린 마음으로 두 제안에 대해 이야기했으면 합니다. 29일까지는 제가 이란에 없으니 8월 30일 혹은 9월 1일에 만날 수 있습니다. 당신의 연락처를 메시지로 알려주세요. 비서가 상세한 약속을 잡을 것입니다. 감사합니다.

Alice's Message

Hope you are well.

I understand you must be an extremely busy business man. However I would like to meet you in Iran to discuss potential business opportunity and hear you advice.

There are two agenda that I would like to discuss.

First, I have number of manufacturers/fashion brand companies in Korea that want to export to Iran. I would like to discuss some potential to open Multi-brand shop for designed fashion clothes from Korea. Korean fashion is getting good reputation across East-Southeast Asia. Since you are the expert in Fashion retails, your opinion on this will be highly appreciated.

Second, I am wondering your opinion regarding e-commece business opportunity in Iran. E-commerce trend was massive and has been almost stabilized in Korea. but I can feel it's getting started In Southeast Asia. I am sure the next place will be Middle-east region. I can bring some insight to you that happened in Korea/Southeast Asia and hopefully would like to know your knowledge regarding Iranian consumer's behavior, and realistic issue such as logistic, payment.

I will visit Iran from 27th August till 2nd September. Please let me know if you can allow me some time to meet you and discuss about two agenda above.

Thank you for accepting my connection request again.

Sincerely,

Alice

Iran CEO's Answer

Dear Alice

Thank you for your kind proposal both of them are open to discuss. I'm out of Iran till 29 aug. So we can meet in 30 or september first. Please send me your contacts details then we can arrange with my PA this meeting.

Thanks.

PART
4
너 자신을 알라
Knowing yourself

싱가포르의 젊은이들에게 일고 있는 변화

싱가포르의 똑똑한 친구들을 보면 시대에 따른 인재상의 변화가 느껴집니다. '인문학 소양을 갖춘 인재'가 떠오르기 시작한 거예요. 이런 인재는 단순히 얼마나 많은 고전을 읽어봤는지로 평가되는 것이 아닙니다. 이들은 '나는 누구인가'에 대한 고민을 깊이 했고, 그 결과 스스로 잠정적인 답을 가지고 있는 사람들이에요.

인문학은 인간이 '나는 누구인가'라는 고민을 하면서 발전했습니다. 이 질문을 시작으로 '인간이란 무엇인가', '인생은 무엇인가' 등 더 깊은 고찰을 하게 된 거죠. 모든 인문학의 궁극적인 목적은 나를 아는 것입니다. 이 답을 대학을 갓 졸업한 사람들이 찾기는 거의 불가능해요. 적성과 흥미를 약 20년 동안 통제해놓고, 이제 와 하고 싶은 걸 하라고 하면 헤매는 게 당연해요. 특히 모범생들은 모든 일에 순응하며 살아왔기에 자기 자신을 잘 아는 게 더 어려울 수 있습니다.

싱가포르에서 만났던 20~30대 현지 친구들의 이야기를 하려고 합니다. 싱가포르는 한국과 비슷한 시기에 독립해 성장한 국가입니다. 지금 싱가포르의 40~50대는 열심히 일하며 경제적 호황기를 누렸고, 20~30대들은 공부해서 전문직을 갖거나 대기업에 취직하기 위해 달리고 있습니다. 싱가포르와 한국은 심지어 남자가 의무로 2년 동안 군복무를 하는 것도 똑같네요. 반면 단일민족을 강조하는 한국과 달리 싱가포르는 더 개방되어 있으며 다민족, 이민자로 이루어진 국가입니다. 그렇지만 별다른 적성 고민 없이 대학 졸업과 동시에 각자 최선의 직장에 들어가는 건 한국과 마찬가지예요.

싱가포르에는 '5Cs of Singapore[1]'라는 표현이 있는데, 5C는 싱가포르 사람들이 꼭 가져야 하는 5가지 C를 말합니다. 바로 돈, 수영장이나 피트니스클럽이 딸린 고급 아파트, 차, 컨트리클럽 멤버십입니다.

[1] 5Cs of Singapore
1 돈 cash
2 고급 아파트 condominium
3 차 car
4 신용카드 credit card
5 컨트리클럽 멤버십 country club membership

이곳에서 5C를 모두 갖춘 사람은 물질적 성공을 한 사람으로 여겨집니다. 많은 사람이 이를 향해 달려가지요. 그런데 제 주변 싱가포르 친구들의 삶에 조금씩 변화가 생기기 시작했습니다. 졸업 후 바로 좋은 회사에 입사해 2년 정도 다닌 똑똑한 친구들이 갑자기 이런 삶은 사는 게 아니라며 일을 그만두고 자기 자신을 찾는 여정에 나선 것입니다.

친구 A는 스탠다드차타드 은행 글로벌 전략실에 있었고, 2년 동안 세 번 승진하고 월급도 크게 인상될 정도로 잘나갔습니다. 원래 마케터가 되고 싶었지만, 신입 마케터는 비싼 것을 좋아하는 A의 소비성향을 받쳐줄 수 없어서 어쩔 수 없이 은행을 선택했거든요. 그런데 할 만큼 다 해보니 일이 너무 지루한 거예요. 맨날 택시만 타던 친구가 갑자기 돈 없이 얼마나 버틸 수 있을지 보겠다면서 지하철을 타기 시작했습니다. 급기야 회사를 그만두고 이탈리아로 여행을 떠나더군요. 이후 A의 인생이 급격히 달라졌어요. 친구는 3년의 경력을 포기하고 마케팅 에이전시 인턴으로 들어갔습니다. 그는 근무 조건이 너무 달라져 당혹스럽지만 은행을 그만둔 건 후회하지 않는다고 합니다.

재무를 전공한 친구 B는 금융범죄를 잡는 공무원이었어요. 그러던 어느 날, 그에게도 깨달음이 왔습니다. 경찰서 건물에 창문이 없어서 매일 어떤 날씨인지 모르고 살고 있단 걸 깨달은 거예요. 그 순간 사는 게 진절머리가 났답니다. 비가 오는지 해가 떴는지도 모르는 삶을 계속 살 수 없다고 판단한 그는 전업 투자자가 되어 회사를 그만뒀습니다.

회사에 있던 2년 동안 주식 투자 원칙을 만들고, 이를 프로그래밍해 자신만의 주식 투자 소프트웨어를 만들었습니다. 이 소프트웨어는 주식을 사고팔 때를 기준에 맞춰 알려줍니다. 친구는 그 원칙대로 2년간 투자하면서 안정적으로 월급만큼의 수익률을 올리는지 실험했다고 합니다. 실험은 성공적이었어요. 친구는 아껴 살면 충분히 살 수 있다고 판단해서 일을 그만두었습니다.

이외에도 싱가포르 총리 직속 부서에서 스타트업을 관리하는 업무를 했던 변호사 친구도 법률 관련 스타트업을 시작하는 등 다양한 삶을 선택하는 친구들이 눈에 띄게 늘고 있어요. 이들의 공통점은 남들이 선망하는 삶을 위해 치열하게 살아오다가 2~3년 후 결국 자신이 원하는 대로 방향을 틀었다는 것입니다.

싱가포르에서도 20~30대를 중심으로 자신을 알아가고자 하는 바람이 크게 불고 있습니다. 대학을 졸업하면 일단 회사 같은 큰 조직에 들어가지만 2~3년 후, 안정적이고 고소득인 직장의 정체를 깨닫습니다. 한번 손에 들어오면

별거 아니라는 걸 알게 되죠. 이때 용기를 갖고 삶의 의미를 찾아나서는 겁니다.

앞의 용감한 친구들의 사례처럼 많은 20~30대가 '5Cs of Singapore'에 반기를 들기 시작했어요. 내 행복이 '5C'에 있을 것 같지 않아서 잠깐 멈춘 뒤 삶에 질문을 던지는 거죠. 최근 한국도 마찬가지 아닌가요? 요즘 세상은 점진적으로 이렇게 변하고 있습니다.

대학 졸업과 동시에 원하는 삶을 사는 사람은 드물어요. 이 경쟁이 끝이 아니고 더 긴 마라톤의 시작이란 걸 깨달았을 때, 비로소 내가 달리고 싶은 길에 대한 질문을 던지게 됩니다. 경제적 독립과 성취 이후, 비로소 주변을 돌아볼 여유가 생기기 때문입니다.

이런 태도의 변화를 회사에서 품어야 합니다. 진짜 인문학 소양을 갖춘 인재가 필요하다면 무작정 새로 뽑을 것이 아니라 현 직원들을 인문학 소양을 갖춘 인재들로 키워내 유지해야 합니다.

인문학은 결국 질문이고 자기성찰입니다. 사고가 깨어난 사람들이 합리적인 질문을 계속해서 던지는데, 조직이 불통과 무성찰로 대응한다면 인문학 소양을 갖춘 인재들은 떠날지도 모릅니다.

물론 인문학 소양을 갖춘 모든 사람이 회사를 떠나 창업하는 것만이 답은 아닙니다. 에너지, 자원, 식량 같은 인류가 짊어진 진짜 큰 문제들은 스타트업이 풀기에는 너무 큰 이슈들이니까요. 정부와 큰 기업의 힘이 필요합니다.

현재 20~30대인 밀레니얼 세대[2]는 자기가 하는 일을 통해 세상을 더 좋게 바꾸고자 하는 사람들입니다.

2 **밀레니얼 세대**Millenials
1980년 초부터 2000년대 초에
출생한 세대.

명백한 비전만 회사가 공유해준다면 조직의 비전을 개인의 미션으로 받아들이면서 회사의 큰 자산이 될 가능성이 큽니다. 많은 회사가 자기 이해가 높고 인문학 소양을 갖춘 밀레니얼 세대와 일하기 위해 바뀌어야 할 겁니다.

구루의 단 하나의 가르침

뭘 원하는지 모르겠다고 말하지 마라

아직 직업을 못 구하고 인생에 대한 답을 찾고 있을 무렵, 푸드 판다Food Panda라는 음식 배달 스타트업의 론칭 파티에 간 적이 있어요. 그곳에서 만나게 된 인도네시아인 친구가 이벤트 끝난 뒤 같이 저녁을 먹자고 했습니다. 싱가포르에 잘 정착하기 위해서는 아는 사람 하나하나가 소중했기에 기꺼이 승낙했죠. 채식주의자였던 그 친구는 채소가 많이 든 인도 음식을 주로 먹는데, 제게 인도 레스토랑에 가도 괜찮으냐고 물어봤습니다. 종교적인 이유로 채식을 하는 인도인, 동물을 사랑하는 마음으로 채식을 하는 서양인은 자주 봤지만 같은 동아시아인이 채식을 하는 것이 생소해서 꽤 흥미롭게 느껴졌어요.

친구는 인도네시아의 부잣집에서 태어났습니다. 그런데 친척의 배신으로 아버지 사업이 파산해서 가족 모두 인도네시아를 떠날 수밖에 없었다고 합니다. 친구는 캐나다로 가서 디자인 싱킹[3]을 공부했는데 그 과정에서 가족에게 일어난 불행으로 항상 마음에 분노를 품고 있었다고 합니다.

3 **디자인 싱킹** design thinking 디자인 과정에서 디자이너가 활용하는 창의적인 전략. 또는 전문적인 디자인 관행보다 문제를 숙고하고, 더 폭넓게 해결할 수 있기 위하여 이용하는 접근법.

또한 분노로 스스로를 불행에 빠뜨리지 않으려고 영적인 스승guru의 도움을 받고 있다는 얘기를 제게 해줬습니다. 채식도 구루의 가르침으로 시작하게 되었다고요. 그러면서 환생과 전생에 대한 얘기를 들려줬어요. 이야기를 듣자 제 마음에는 복잡한 감정들이 차올랐습니다.

'한국에서도 사이비 종교에 빠져본 적이 없는 내가 여기서 이렇게 빠지게 되는 건가? 수상한 종교 냄새가 나는데 위험한 거 아닌가? 근데 뭐지? 뭔가 그럴듯하다. 아, 궁금하다. 뭔가 강한 힘이 있을 것만 같다.'

그 순간 친구가 말했어요.

"앨리스, 요새 스티브 잡스의 전기 읽고 있다고 했지? 혹시 잡스가 인도로 간 부분 읽었어? 그때 그가 만나려고 했던 영적 스승의 제자의 제자가 현재 내 구루야. 아쉽게도 잡스는 그분을 만나지 못했지만…."

스티브 잡스도 만나고 싶어 했던 구루의 제자라니까 갑자기 신뢰가 생겼어요. 호기심이 자꾸만 커져 만나야겠다는 결심을 했습니다.

"그래서 네 구루는 어디에 있어? 인도에 있어?"

친구는 대답했어요.

"아니, 싱가포르 리틀 인디아역 근처의 아슈람에 있어."

이렇게 좋을 수가. 잡스가 인도까지 가도 못 만났던 분의 제자를 몇 정거장만 가면 되는 리틀 인디아에서 만날 수 있다니! 스스로의 자제력을 믿어보기로 결심했습니다. 진짜 세상을 만나기 위해 한국을 떠난 거니까요. 종교의 나라 인도에서 온 영적 스승을 만나봐야죠.

며칠 후 리틀 인디아역에서 친구와 함께 영적 스승을 만나러 갔습니다. 아무래도 긴장이 돼 인터넷에서 전 세계의 구루들을 좀 찾아본 후였어요. 그런데 제 앞에 있는 구루는 상상했던 이미지와 전혀 달랐습니다. 알록달록 화려한 옷과 스카프를 두른 통통한 중년 여성이었어요. 제가 인터넷에서 본 구루는 간디같이 생긴 할아버지들이 대부분이었거든요.

친구는 구루 앞으로 가서 무릎을 꿇고 그의 발등에 입을 맞췄습니다. 크지 않은 홀에는 다양한 국적의 사람들이 둘러앉아 있었어요. 그중에는 호주에서 온 최면술사, 미국에서 온 싱어송라이터, 인도에서 온 특급 호텔 주방장도 있었습니다. 저는 속으로 생각했어요.

'세상에 내가 모르는 게 정말 많구나. 이들은 여기 왜 있지?'

그곳에서 사람들은 음식을 해서 나눠 먹고, 구루에게 가르침을 받고, 같이 명상을 하는 등 공동체처럼 지내고 있었어요. 이곳은 방문 시간이 따로 없이 그저 자기 마음이 편할 때 가면 됐어요.

그날 아무도 제게 돈을 내라고 하지 않았을 뿐만 아니라 맛있는 인도 가정식을 대접해줬기 때문에 저는 또 가게 되었습니다. 그렇게 가끔 그곳을 찾아 제자들이 시키는 일을 했어요.

'아슈람의 계단을 닦는 것은 네 마음을 닦는 것과 같다. 구루의 옷을 다리는 것은 네 마음을 다리는 것과 같다. 설거지를 할 때 네 마음을 씻는 것 같은 마음으로 하라'라는 조언을 받들어 간단한 청소와 함께 제 마음을 정리하는 일을 했습니다. 가끔은 '내 집 청소도 잘 안 하는데 왜 여기까지 와서 청소를 하고 있지?'라는 생각도 들었지만 그만두기에는 친구가 던진 미끼가 너무 컸어요.

자기를 이해할 수 있도록 도와준다니…. 교회에서는 천국을 갈 수 있는 법을 알려주지만 내가 누구인지에 대해서는 말해주지 않잖아요. 정말 제가 하고 싶은 일이 무엇인지를 알고 싶어 꾸준히 아슈람을 찾았습니다. 가끔 그곳에서 명상을 하면 훨씬 잘되는 것 같은 느낌이 들기도 했고요.

아슈람 사람들은 이번 생의 과제를 전생에서 찾았습니다. 나를 힘들게 하는 사람과 문제가 있다면, 그건 전생에서 풀지 못해 이번 생으로 들고 온 숙제라고 했습니다. 자기 삶의 숙제를 이해한 사람들은 '왜 내 삶은 이렇게 불행한 거지?'라며 괴로워하는 대신 왜 그 고통을 견뎌야 하는지에 대한 답을 찾는 것이죠. 일단 저는 싱가포르에 아는 사람도 없는데 친절하고 재밌는 사람과 어울리는 것도 좋았고요.

아슈람에 드나들고 채식한 지 한 달쯤 되는 날, 드디어 구루에게 질문할 수 있는 기회가 왔습니다. 구루 앞으로 나아가 오래전부터 제 마음속에서 하고 싶었던 질문을 했습니다.

"내가 뭘 하고 싶은지 모르겠어요. 저는 어떤 직업을 가져야 할까요?"

구루는 대답했어요.

"너는 질문을 먼저 바꿔야 해. '나는 모른다'라고 말하지 마렴. '나는 모른다'라고 말하는 순간 마음은 모른다고 단정 짓게 된단다. 대신 '나는 알고 싶어요'라고 질문하렴. 항상 말하는 것에 주의하렴. 긍정적으로 말해야 해. 그래야 마음이 가능성을 깨달을 수 있어."

내가 뭘 원하는지 모른다고 말하는 순간, 이 세상에서 스스로 뭘 원하는지에 답해줄 수 있는 사람이 없어집니다. 대신 내가 원하는 것을 알고 싶다고 말하면 마음은 가능성을 찾기 시작합니다.

이 질문이 제가 구루에게 했던 처음이자 마지막 질문이었습니다. 구루는 곧 미국으로 갔거든요. 처음 접한 영적인spirituality 경험이지만 그 이후에도 비슷한 가르침을 받을 기회가 많았습니다.

조금 더 싱가포르에서 지내다 보니 명상, 영적 탐구는 전 세계적으로 많은 사람이 각광하는 분야였더라고요. 미국 IT 기업에서는 직원들이 자기 이해를 높일 수 있도록 도와주는 영적 프로그램이 활발하게 진행되고 있었습니다. 심지어 링크드인의 임원 중에서는 명상을 가르치는 사람이 있을 정도니까요.

우리는 사실 스스로 누구인지 잘 알고 있습니다. 스스로에게 솔직하지 못하기 때문에 자기가 모른다고 생각할 뿐입니다. 명상은 솔직한 자신을 인정하고 용서하는 방법으로, 자신을 아는 데 큰 도움이 됩니다. 여러분도 내면의 목소리를 찾아 숨을 고르고 눈을 감은 뒤 찬찬히 생각해보세요. 내 마음은 무엇을 원하고 있나요?

마음이 평안해지는 하루의 끝

내 안의 목소리는 근육과 같다

정말 하고 싶은 일을 하세요

P&G에서 열린 TEDx 강연회에서 자원봉사를 한 적이 있습니다. 발표자 중 한 명이 우리 회사의 디자이너였어요. 그녀는 가족들을 태우고 바닷가로 가는 길에 트럭과 정면으로 충돌하는 사고를 당했다고 해요. 옆에 앉아 있던 할머니는 사고가 난 지 세 시간 만에 돌아가셨고, 본인도 심각한 중상을 입었어요. 의사는 그녀에게 두 번 다시 걷지 못하게 될 수 있다고 말했습니다. 그러나 그녀는 2개월의 재활 훈련 끝에 간신히 걸을 정도로 회복되었습니다.

"생생히 기억해요. 저는 정말 죽고 싶었어요. 차라리 사고가 났을 때 죽었어야 했다고 생각했어요."

몸의 고통뿐만 아니라 돌아가신 할머니에 대한 죄책감에 오랫동안 절망했지만, 어느 날 그녀의 마음속에서 어떤 목소리가 들렸어요.

'이제 세 살이 된 내 딸에게 좋은 엄마가 되고 싶어. 무엇보다 예전처럼 다시 걷고 싶어. 사고 전 내 몸 상태로 돌아가고 싶어.'

그녀는 의사에게 "내 몸에 있는 티타늄을 다 제거해주세요"라고 요청했습니다. 의사는 당연히 불가능하다고 했어요. 그녀의 조각난 뼈를 지탱하는 건 티타늄 구조물이었으니까요. 의사는 그녀를 위해 미국과 유럽의 전문가에게도 조언을 구했지만 모두 티타늄을 제거하는 것에 반대를 했다고 합니다. 그래도 그녀의 의지는 확고했어요. 특별한 이유는 없었으나 그녀는 티타늄을 제거해야 된다는 목소리를 강하게 들었다고 합니다. 그래서 의사는 위험을 무릅 쓰고 그녀의 몸에서 티타늄을 제거했습니다.

몇 년이 지난 지금, 그녀는 TEDx[4]에서 하이 힐을 신고 무대에 서서 자신의 이야기를 하고 있습니다.

"당신의 내면의 목소리에 귀 기울이세요. 내 안의 목소리는 마치 근육과 같아요. 사용하지 않으면 점점 퇴화하는 근육처럼, 여러분의 목소리에 귀 기울이는 훈련을 하지 않는다면 언젠가 그 목소리는 더 이상 들리지 않게 됩니다."

4   TEDx
TED(Technology,
Entertainment, Design)는
미국의 비영리 재단에서
운영하는 강연회다. 현재
TEDx라는 형식으로 각 지역에서
약 20분 정도 독자적인 강연회를
개최한다.

한국의 교육은 슬프게도 계속 내면의 목소리를 무시하는 법을 가르치고 있습니다. 이 시스템을 따라가다 보면 내면의 목소리는 외쳐봤자 더 이상 소리를 낼 근육이 없어 아무 소리도 나지 않게 됩니다. 뒤늦게 '당신이 정말 하고 싶은 걸 하세요'라고 해도 더 이상 반응하지 않습니다.

저는 대기업을 나와 무작정 싱가포르로 가기로 결정했을 때, 제 내면의 소리를 처음 들었습니다. 대기업 신입사원 연수 중, 다른 회사의 인턴 최종 합격을 초조하게 기다리고 있었어요. 홍콩에서 일할 수 있는 절호의 기회였죠. 그런데 어느새 마음이 풀어지고 적응이 돼서 연수가 너무 재밌는 거예요. 그러던 어느 날 항상 내 머릿속 한편에 있던 해외 취업 생각이 없어졌다는 것을 문득 깨달았습니다. 그날 혼자 어두운 방에서 정말 서럽게 울었어요. 반드시 외국에서 살고자 했던 간절한 꿈이 허망하고 쉽게 잊히는 거예요. 그때 '상황이 어떻게 되더라도 홍콩이나 싱가포르로 반드시 가자'고 결심했습니다.

결국 3개월 뒤 사표를 제출하며 팀원들에게 이렇게 메일을 보냈어요.

'넓은 세상에서 다양한 사람들을 만나 이야기하는 게 좋습니다. 새로운 아이디어를 생각하고, 좀 더 나은 세상을 만들 수 있으면 신나는 인생이 될 것 같아요! 여러 사람에게 영감을 주고받는 삶을 살고 싶습니다. 그런 삶을 위해 앞으로 나아가려 합니다.'

저는 아직도 5년 전에 생각한 대로 삶을 살고 있어요. 자신의 목소리에 귀를 기울이세요. 우리는 자기 자신을 인정하고 자아를 실현하기 위해서 존재합니다. 다른 사람의 기대와 조언대로 살면 중간까지는 갈 수 있을지 모릅니다. 그러나 진심을 다해서 그 길을 갈 수 없기에 주저하며 본질적인 질문을 스스로에게 계속 묻게 됩니다. 만약 답을 찾지 못한다면 꽤 오래 길을 헤맬지도 몰라요.

아무리 하찮은 바람이라도 내 마음이 원하면 용기를 내라고 말하고 싶어요. 장기 목표가 있으면 좋지만 없어도 괜찮아요. 저도 장기 목표가 없거든요. 열정을 불태우지 않아도, 열심히 하지 않아도 좋습니다.

뭘 원하는지 잘 모르겠다고 하지 말고 천천히 생각해보세요. 다른 사람들의 말을 듣고 신경 쓰는 데 익숙해져서 내면의 목소리는 아주 작을 거예요. 그렇지만 분명히 원하는 게 마음에 있어요. 다만 현실적이지 않아서, 남들이 선망하는 것이 아니라서, 안정적이지 않아서 등의 이유로 스스로 무시하고 있을 뿐입니다.

P&G TEDx에서 내면의 목소리에 귀 기울이라고 강연하는 동료의 모습

인생에서 부담해야 할 짐이 많지 않다면 잃어버리기 전에 내면의 소리를 딱 한 번만 들어주세요. 마음의 응석을 한 번만 받아주세요. 그 목소리가 나답게 살 수 있게 누구보다 지혜로운 조언을 해줄 것입니다.

04   행복은 당신의 감각에 집중하는 것

일하기 싫다

힘들고 고민이 있을 때마다 대화를 나누는 영혼의 친구가 있습니다. 아무리 재밌는 일을 해도 항상 즐거울 수는 없어서 가끔 그에게 속마음을 털어놓곤 해요. 어느 날 일에 대한 제 불만을 가만히 듣더니 친구가 말했어요.

"앨리스, 일하는 거 진짜 싫지?"

저는 화들짝 놀라서 되물었어요.

"나는 회사에서 많이 배우고 있는걸? 이렇게 좋은 일을 내가 싫어하면 안 되는 거 아니야? 불만 있으면 안 되는 거 아냐?"

친구가 말했습니다.

"그건 중요한 게 아냐. 넌 그냥 싫은 거야. 싫은 걸 인정하고 싶지 않아서 핑계를 찾고 있어. 그냥 솔직하게 싫다고 인정해. 그래야 더 큰 문제를 일으키지 않아. 싫은 건 그냥 싫은 거야. 회사에 널 괴롭히는 사람 있어? 없을 거야. 근무 시간이 긴 것도 아니지. 객관적으로 힘든 일은 아니잖아. 일을 잘하려고 하고 다른 사람에게 인정받으려고 하니까 괴로운 거야. 만약 일 자체가 너무 괴롭다면 그만두면 돼. 잘해야 한다는, 남들보다 나아야 한다는 강박관념을 버려.

그래도 안 된다면 네가 할 수 있는 선택은 2가지야. 일을 하거나 그만 두거나. 스스로 동의하지 않고는 아무것도 널 괴롭히지는 못해. 늘 말했잖아. 진짜 행복하기 위해서 해야 할 일은 꿈을 갖는 것이지 열심히 사는 게 아니라고. 일은 수단이야. 디즈니랜드에 가는 자동차 같은 거야. 디즈니랜드를 즐겨야지 왜 자동차에서 즐거움을 찾으려 하니?

진짜 인생의 즐거움은 의미에서 나오는 것이 아니고 오감에서 나와. 아름다운 것을 바라보고, 좋은 음악을 듣고, 좋은 향기를 맡고, 맛있는 걸 먹고, 사랑하는 사람과의 촉감에서 오는 것, 감각에서 오는 즐거움이 진짜야. 음악도 대단한 명상 음악일 필요 없어. 난 얼마 전에 저스틴 비버 음악을 듣는데 너무 좋았다니까. 태국에 있는 한 스님이 이렇게 말했어. 차 한 잔의 향을 내 온 존재가 즐긴다고. 그런 게 진짜 즐거움이야. 너무 복잡하게 생각하지 마. 삶은 단순해. 네가 생각하는 삶의 의미, 삶에 대한 정의, 콘셉트, 아이디어, 선과 악 등 다 부질없는 거야. 의미가 너를 괴롭힐 때, 생각이 많아서 괴로워질 때는 감각에 집중해."

저는 커피 한 잔조차도 목적을 가지고 마셨어요. 잠든 뇌와 장을 카페인으로 흔들어 깨우기 위해. 커피 향, 커피 맛을 온전히 즐기기 위해 마신 적은 없습니다. 특히 요즘에는 온전히 맛에 집중하며 식사하기가 더욱 어려워졌어요. 음식을 보면 SNS에 올리려고 사진을 찍고, 앞사람과 얘기하느라 더더욱 식사 자체에 집중이 안 되지요.

절친한 친구와 있을 때도, 남자친구와 있을 때도, 휴대전화의 홈 버튼을 습관적으로 누르곤 합니다. 잘 때조차 회사 일을 생각해서 가끔 꿈에도 나와요. 정작 일할 때는 자꾸 딴생각을 하고요.

앞으로는 의식적으로 순간을 살려고 합니다. 불어오는 바람에서 계절의 향기를 느끼고, 작은 소리들을 귀 기울여 듣고, 정성스레 준비한 음식을 온전히 음미할 거예요.

오감을 깨우는 즐거움을 찾는 것. 행복은 거기에 있어요.

05   당신이 젊다면 나이 많은 친구를 사귀어라

지혜를 배우는 방법

___

말레이시아 쿠알라룸푸르로 여행을 할 때였습니다. 저는 걸어서 이
슬람 아트 뮤지엄Islamic Art Museum에 도착했어요. 금강산도 식후경이라고 항상 박
물관이나 미술관을 가면 식당부터 갑니다. 자고로 예술이나 문화는 배불러야 나
온다고 생각하니까요. 식당에는 저 말고 혼자 연신 웃고 있는 할아버지가 있었
습니다. 우연히 계산을 같이 하고 나오면서 이 할아버지는 왜 여기 혼자 왔을까
궁금해서 눈 마주친 김에 말을 걸었습니다.

여행을 좋아하는 레오 할아버지는 벌써 이 미술관에 네 번째 오는 거
라고 했습니다. 저는 이 박물관에 대해 아무것도 모르니 어떤 게 좋은지 추천해
달라고 부탁했어요. 그러자 그는 메카에 있는 검은 돌과 태피스트리tapestry에 대
한 설명을 시작했어요.

"이 태피스트리에는 분명 의도적으로 실수한 부분이 있을 거야. 완벽
한 것은 알라에 대한 도전이라고 생각하거든…."

할아버지는 미술관뿐만 아니라 정치에 이르기까지 자신의 특별한 인
사이트를 더해 말해줬어요. 순식간에 우리의 대화 주제는 너무나 풍성해졌습니다.

"어떻게 그 많은 걸 아세요?"

그는 자신의 인생 이야기를 풀어놨습니다. 체코에서 태어난 레오 할아버지는 올해 여든세 살이에요. 당시 히틀러에 체코가 점령당하면서 추방되어 50년 전 호주로 망명했다고 합니다. 살아 있는 역사책이지요. 호주에서 사업적으로 성공해 터를 잡고 살면서 그는 사랑하는 아내와 전 세계 여행을 많이 다녔습니다. 그러다 50년 동안 자식도 없이 함께 살던 아내와 5년 전 사별했습니다. 그 이후로 그의 인생은 많이 바뀌었다고 해요. 할아버지는 자신의 아이패드로 낡은 차를 보여주며 제게 말했습니다.

"이 차는 아내가 타던 거야. 아내가 죽고 나서 사람들은 내게 재혼을 권하기도 하고 차를 바꾸라고 하기도 했지만 그러지 않을 거야. 난 아내와 대화할 수 있다고 믿거든. 만약 차를 팔아도 되냐고 물어보면 아내는 섭섭하다고 할 거야. 50년 동안 아내와 둘이 지내면서 축복받은 삶을 살았어. 나라에서 추방당한 후 내게는 아무도 아무것도 없었거든. 아내를 만나기 전까지는. 우리는 함께 여행하고 어디든 같이 갔지. 자식이 없어서 지금은 외롭지만 우리는 오직 둘뿐이었기 때문에 그만큼 서로에게 더 충실할 수 있었단다."

결혼은 집안의 만남이며 조건과 환경이 중요하다는 한국의 편견에 질려 있던 제겐 정말 따뜻한 이야기였어요.

"레오 할아버지, 제가 태어난 나라에서는 결혼을 두 사람의 만남이라고 생각하지 않아요. 두 집안의 만남이라고 해요. 다른 사람과의 비교, 가족들의 무리한 요구 등으로 두 사람 사이가 어려워지는 경우가 많아요."

"그렇다면 캐나다든 미국이든 이민을 가버려. 다른 사람들의 시선과 영향력 아래서 행복하기 어렵다면 두 사람이 서로 의지할 수 있는 곳을 찾는 게 좋아. 서로를 더 볼 수 있는 곳으로 말야."

저는 할아버지와의 대화를 통해 깨달았습니다. 행복은 소유가 아니라 버리면서 온다는 것을요. 포기하면서 진짜 소중한 걸 지키게 됩니다. 다른 사람과 나를 비교하게 하는 돈, 직업, 명예 그보다 더 치명적인 남편의 돈, 남편의 직업, 남편의 명예, 당신의 가족…. 남과 나를 비교하는 사이 서로의 본질적인 마음을 보기 어려워집니다. 그건 두 사람의 잘못이 아니라, 그런 상황으로 몰아넣은 사회의 문제라는 걸요.

할아버지는 저녁을 먹고 저를 택시에 태워 보내주시면서 "좋은 남자를 만나렴!" 하고 인사를 건넸습니다. 심지어 그조차도 제게 "남자들은 어린 여자를 좋아하니 10년 후 결혼을 생각하면 녹록지 않을걸?"이라며 겁을 줬어요. 앞으로 10년은 더 정정하게 사신다고 하니 그 안에 레오 할아버지의 멋진 집을 방문하기로 했습니다.

이후에도 레오 할아버지와의 인연은 계속됐어요. 사랑과 인생에 대해서 고민을 할 때마다 할아버지께 메일을 보내서 조언을 받고는 했지요. 확실히 세상을 오래 살았던 사람들의 조언에는 시간으로 성숙된 지혜가 담겨 있거든요. 그래서 저는 지혜로운 할아버지, 할머니 친구들과 대화하는 것을 좋아합니다. 언젠가 모든 게 진절머리가 날 때 저는 삶의 의미에 대해 갈구했던 적이 있습니다. 그리고 답을 구하는 마음으로 레오 할아버지에게 도움을 요청했고 그는 이렇게 조언했습니다.

"앨리스, 내가 네게 이렇게 빨리 답장하리라고 생각하지 못했을 것 같구나. 네 편지를 읽고 난 평정심을 유지할 수 없었단다. 네게 말을 하는 것이 아니라 이야기를 하고 싶었어. 앨리스가 현재 느끼고 있는 감정을 난 아주 잘 이해할 수 있단다. 너는 혼자고, 그리고 혼자가 되기로 결정했지. 내 아내는 50년에 가까운 행복한 결혼생활 끝에 나를 떠나야 했단다. 그녀는 마지막 순간까지 떠나고 싶어 하지 않았어. 자신보다도 내가 혼자 될 것을 더 걱정했단다. 그건 벌써 6년 전의 이야기이고 나는 그동안 아주 많은 나라를 여행해왔어. 난 무엇을 찾고자 했을까? 외로움에서부터 도망치려고 했던 걸까? 아니, 난 그렇게 믿고 싶지 않고 그렇게 생각하지도 않아. 사람들은 어떤 결정을 할 때마다 자신이 왜 그런 결정을 했는지 그 이유를 정확히 알까? 그리스의 델피 신전 입구에 새겨져 있는 문구는 아직도 선명하단다.

'너 스스로를 알라.'

우리는 우리 자신을 알고 있을까. 한순간이라도 우리 자신을 알았던 때가 있을까. 그렇지 않은 것 같구나. 무엇이 우리를 결정하게 하고 무엇이 우리의 마음을 지배할까? 거기에 대한 답은 대부분 종교에서 쉽게 찾을 수 있단다. 그럼 우리의 자유의지는 어디에 있을까? 우리는 자주 자신을 편안하게 하기 위해 혹은 합리화하려고 운명을 탓하고 있어. 반면 성공은 우리의 능력 덕으로 돌린단다. 인간은 살아가면서 이러한 질문들에 대해 계속 고민하곤 해. 만약 우리가 이 질문을 멈춘다면 결국 우리는 어떤 종교에 의지해 답을 찾아 헤매게 될 뿐이지.

네 말이 맞다. 삶의 목적에 대한 질문은 많은 부분 우리가 살아온 문화나 환경에 의해서 영향을 받고 때로는 결정돼. 만약 네가 혹은 내가 중동에서 태어나거나 강한 가톨릭 영향권인 멕시코에서 태어났다면 우리는 그 문화의 부분으로 살아가겠지. 언제 어디에서 태어날지 우리는 선택할 수 없단다. 이 말이 때로는 절망적이고 때로 부모님을 원망하는 것처럼 들릴지도 모르겠지만, 중요한 것은 우리가 무엇을 물려받았든 그것에 감사해야 한다는 거야.

그렇지만 이런 삶의 의미에 대한 질문들로 네가 처한 상황을 해결할 수는 없단다. 앨리스, 너는 결정하는 것을 두려워하지 않는 사람이다. 너 자신에게 집중하고 헌신하기란 결코 쉽지 않지. 아주 많은 시간을 함께 보낸 후에 결국 '당신은 아니었다'라고 말할 남자와 관계를 지속하는 것은 네 결정을 미룰 뿐이야. 삶은 도박과 같아. 우리는 매일 도박을 한단다, 마치 길을 건너는 것처럼. 저기 오는 운전기사가 정말 멈출까? 우리는 리스크를 계산하겠지We take a calculating risk. 이미 첫눈에 열렬한 사랑에 빠질 수 있는 나이는 지났을 거다. 혼자가 되기로 결심한 것은 네게 어떤 의미일까. 만약 내가 혼자가 되기로 결심한다면 그것은 괜찮단다. 왜냐하면 나는 과거의 추억으로 살 수 있거든. 그렇지만 네게는 그 결정이 고통스러울 수 있단다.

직업은 생계를 유지하는 수단이다. 직업이 결코 우리의 삶을 통제해서는 안 돼. 만약 네가 일에 집착해서 온 에너지를 그곳에 쏟는다면 큰돈은 벌 수 있겠지. 그러나 나중에는 방황하게 될 수도 있어. 아내와 나는 경제적으로 성공했지만 그에 따른 단점도 알고 있단다. 부자인 네가 만약 돈을 쓴다면 네 친구들은 "넌 돈을 낭비하고 있어!"라고 말할 거야. 그런데 네가 돈을 쓰지 않는다면 넌 비참한 구두쇠 취급을 당하겠지. 그럼 우리는 어떻게 해야 할까?

'너 스스로의 주인이 되고 외로움을 마주하렴Be your own master and face the loneliness.'

행복은 항상 즐겁고 웃기만 하는 것은 아니란다. 행복은 우리가 삶에서 무엇을 기대하느냐에 따라 달려 있지Happiness does not mean to be laughing all the time and it depends what we expect in life.

앨리스, 세상은 우리에게 관심이 없어. 우리는 바닷가에 있는 모래알보다 작은 존재야. 아주 적게 바라렴. 대신 네가 가진 것에 감사하면, 너는 덜 실망할 거야Expect very little, be grateful what we get and you save yourself many disappointments. 부처가 말했던 삶의 지혜가 우리가 삶을 바라보는 방법이 될 수 있겠구나.

사랑은 자주 잘못 사용될 때가 많지만, 사랑을 주고받을 수 있는 것은 굉장한 선물이란다. 네가 사랑을 주고받을 수 있다면 너는 이 돈과 권력으로 가득 찬 세상에서 너만의 작은 세상을 만들어 그 안에서 평화를 찾게 될 수 있지. 태양은 매번 새로운 가능성을 가지고 떠오른단다Every sunrise heralds a new day. 아무도 오늘이 어떻게 흘러갈지 무엇을 우리 삶에 가져올지 모르지. 오늘을 달력의 그저 그런 하루로 낭비하지 말렴. 다시 돌아오지 않으니까. 마치 지금 이 순간도 벌써 과거가 되어 있는 것처럼 말이다. 너의 소식을 들을 수 있어서 즐거웠단다. 계속 연락하자."

제게는 나이 많은 친구가 많아요. 어떤 사람들은 이를 '인맥'이라고 부릅니다. 그런데 덧붙이고 싶은 말이 있어요. 지금까지 제 아저씨, 아줌마, 할아버지, 할머니 친구 중 부당한 요구를 해온 사람은 없었어요. 그것이 가능했던 이유는 이런 사람들의 호의에 제 밥줄을 의존한 적은 없었기 때문이 아닐까 해요. 영향력 있는 사람들을 많이 만났지만 그것을 이용하려 의도적으로 접근한 적은 단 한 번도 없거든요. 회사의 보스, 협력 업체 사람 등 일과 연관될 수 있는 사람들은 프로페셔널한 관계만 유지했어요. 그래서 사회적으로 성공한 사람을 알면서도 그들을 제 커리어의 이익으로 연결시킨 적은 없었죠. 후에 제가 한 이직도 모두 정식 채용 절차를 거쳤습니다. 그 흔한 내부 추천도 받지 않았죠. 그래서 인맥이란 건 바로 도움이 안 될 때도 많은 것 같아요.

생각해보면 당연한 것이 사회 초년생들은 이 영향력 있는 사람들에게 전해줄 만한 가치가 많지 않기 때문에 동등한 관계가 성립이 안 되는 경우가 많죠. 그래서 저의 경험 많은 친구들에게 제가 구했던 것은 삶에 대한 지혜이지 즉각적인 이익은 아니었어요. 제가 지혜 말고 원하는 것이 없다는 것을 그들도 알기 때문에 부담 없이 제 친구가 되어주었던 것 같아요. 그들의 주변에는 무언가 호의를 얻어 이익을 보려는 사람들로 가득한 반면, 저는 그렇지 않으니까요. 내 이익을 위해 누군가의 호의가 필요하다면 그 관계는 철저한 거래 관계로 남겨두세요. 그러나 삶의 지혜를 배우기에는 경험 많은 친구만 한 것이 없죠! 그러니 다양한 나이대의 사람들과 세상에 대해 더 많이 소통하세요.

왜 한국에서는 다양한 삶을 살지 못했어?

회사 밖의 삶

우리에게 본질적인 질문은 '무엇을 하고 싶은지'보다 '어떤 삶을 살고 싶은지'가 아닐까요? 삶의 마지막 순간 스스로에게 무엇을 했는지 분석적으로 묻지는 않을 거예요. 대신 '내 삶은 만족스러웠나?'라는 큰 질문이 찰나에 떠오를 겁니다. 행복과 즐거움은 남과의 비교가 아닌 현재 삶의 만족감에서 옵니다. 그래서 늘 스스로에게 '나는 지금 내가 원하는 삶을 살고 있는가?'라는 질문을 해야 합니다.

사람마다 자신이 살아 있다고 느끼는 순간이 달라요. 저는 다양한 사람을 만나고, 새로운 아이디어의 영감을 받을 때 삶의 향기를 느낍니다. 여기에 서로의 생각을 나누며 발전시키면 기쁨은 배가 됩니다. 그래서 그런 순간을 자주 만들 수 있는 장소가 제겐 중요해요. 재밌는 이야기를 주고받을 사람이 없는 곳에서의 삶은 따분할 수밖에 없거든요. 제게 안정적인 삶이란 '매일이 똑같으면 왜 내일을 기대하며 살지'라는 생각을 하게 했어요. 그건 제가 추구하는 삶이 아니었죠. 저는 새로운 것으로 충만한 삶을 살고 싶었습니다.

많은 사람이 가슴 뛰는 일만 하려고 하는 실수를 해요. 그러면서 갈피를 못 잡고 방황하곤 하죠. 좋아하는 직업을 가졌다고 하더라도 첫 직장에서 자아 성취를 하는 것은 불가능에 가깝습니다. 회사나 정부같이 큰 집단에서 하는 일은 규모가 클수록 더 분업화가 돼 있기 때문이에요. 반복되는 일을 하다 보면 '내가 뭐하고 있지?'라는 의문이 들면서 일의 의미를 찾으려고 발버둥치게 되는 거예요. 그건 당연한 거예요. 내가 하는 일이 내 '소명'이라고 느끼면서 일하는 사람은 많지 않습니다.

그러니까 회사 일이 의미 없고 힘들다 해도 너무 실망하지 마세요. 다들 그렇게 살고 있어요. 하지만 회사 안팎에서 계속 자신의 소명을 찾는 일을 멈추지 말아야 합니다.

싱가포르에서 저를 가장 많이 성장시킨 원동력은 업무 밖의 삶이었어요. 회사 안에서 저는 평범한 직원이에요. 아직 연차가 낮은 직원이지요. 임원에게 15분 보고할 시간을 얻고 그의 동의를 구하기 위해 몇 주를 준비해야 합니다. 그렇지만 회사 밖에서는 글로벌 기업 APAC 본부의 CEO에게 평소 생각했던 아이디어나 생각을 자유롭게 말하고 토론하는 당찬 여성이지요. 또한 다양한 외교 대사님들의 일대일 투어 가이드를 받으며 해당 나라에서 일어나는 인사이트를 배우고 있기도 하고요. 당연히 회사 밖의 삶이 훨씬 신나요.

저는 어떻게 이토록 제가 운이 좋을 수 있는지 항상 궁금했어요. 내가 너무 예뻐서 그런가, 아이디어가 정말 독창적이어서 사람들이 내게 엄청난 가능성을 본 건가…. 그런데 많은 사람이 제게 물어봤어요. 저도 이 질문을 스스로에게 자주 하곤 했죠.

"왜 한국에서는 그렇게 하지 못했어?"

이 질문에 제 지혜로운 친구 레오 할아버지는 이런 대답을 해줬어요.

"앨리스, 그게 이민 1세대의 운이야. 이들은 자신의 안전지대comfort zone에서 벗어나게 되면서 동시에 자신을 둘러싼 전형적 위계질서에서도 탈출한단다. 사람들은 더 이상 네 삶의 경로로 판단하지 않아. 한국에서 다녔던 학교, 회사 등이 네가 새로 정착한 나라에서는 한국에서 만큼 의미가 없어지지. 또한 무엇보다 그들은 스스로가 이방인임을 인식하고 정착하기 위해 더 열심히 일하거든."

제가 특별해서 모든 경험을 한 게 아니고 이민 1세대의 운이 작용했다니. 뭔가 아쉬웠지만 저는 이 의견에 깊이 공감했습니다. 현지인들은 이민자를 "태어난 나라 떠나서 고생하네"라며 측은하게 바라봅니다. 단지 이방인이라는 이유만으로 사람들의 관심과 호의를 받는 경우도 정말 많거든요. 게다가 저는 평범한 이민자가 아니라 꿈을 찾아 용감하게 나온 발칙한 이민자니까요. 생각해보면 저와 마음이 잘 맞았던 사람들은 현지인들보다 싱가포르로 일하러 온 외국인들이 대부분이었어요. 확실히 자기 땅을 떠나 온 사람에게서 더 열린 마음과 독특한 삶의 스토리를 발견했습니다. 이들과 어딘가 연결돼 있다는 느낌도 강했고요. 누군가 또 제게 물었어요.

"한국에서도 즐겁고 다양한 삶을 살 수 있지 않았을까?"

저는 이들에게 한국에서도 물론 괜찮았겠지만 지금처럼 행복하지는 않았을 거라고 대답합니다. 그래서 원더랜드 즐기기는 중요해요. 일하는 것 자체는 한국과 싱가포르가 크게 다르지 않을 수도 있습니다. 그러나 내가 어떻게 하는지에 따라 싱가포르에서의 삶은 굉장히 달라질 수 있다는 데에 떠나온 의미가 있는 겁니다. 진가는 여기서부터 시작되죠.

구루의 명상법

명상에는 다양한 방법이 있습니다. 그중에서 리틀 인디아의 구루에게 전수받은 간단한
명상법을 알려드릴게요.

① 가장 편안한 장소에서 어둡게 조명을 유지하고 양초 하나를 준비하세요.
② 편안한 자세로 앉아서 촛불을 5분간 응시합니다.
③ 눈을 감고 촛불을 마음속에 그립니다.
④ 촛불 주변에 가장 안전하고 편안한 나만의 장소를 만드세요. 제일 좋아하는 인형,
    소파 등으로 꾸밉니다.
⑤ 여러분은 스스로에게 2가지 질문을 할 거예요.
    오늘 나는 스스로에게 어떤 거짓말을 했는가? 나 스스로를 속였는가?
    스스로에게 그 거짓말을 해서 어떤 좋은 점이 있었나?
⑥ 나를 속여서 짧은 마음의 평안, 혜택을 얻으려 했던 내 자신을 용서하고 안아줍니다.

PART
5
세상을 바라보는 관점
Point of View

01   저물어가는 산업에는 가지 마라

세상을 알아야 어디로 갈지 알 수 있다

최근 굉장히 뿌듯한 일이 있었습니다. 이전 동료를 도와서 링크드인에 취업하는 방법에 대해 잠깐 강연한 적이 있는데, 그때 강연을 들었던 싱가포르 전문대학교 담당자로부터 학교에서 다시 한번 강연해달라는 요청을 받은 거예요. 흔쾌히 수락했습니다.

그 강연은 영어에 콤플렉스가 있던 제겐 엄청나게 의미 있는 일이었어요. 청중 앞에서 영어로 프레젠테이션을 멋지게 해내고 좋은 평가를 받았으니까요. 더군다나 외부 기관에서 공식적으로 제 강연을 듣고 싶다고 회사에 요청했다니! 스스로 '인간 승리'라고 느낄 수밖에 없었습니다.

강의가 끝난 뒤 몇몇 학생이 제게 질문을 하러 왔어요. 기계공학과 학생들이었는데 그들은 돈을 많이 버는 걸로 유명한 오일&가스 산업에 관심이 있었어요. 제게 어떻게 하면 오일&가스 회사에 들어갈 수 있는지 물었습니다. 저는 커리어에 대해 조언하는 것을 조심스럽게 생각하는 편이지만, 지난주에 봤던 기사가 떠올라서 뭔가 도움이 될 만한 이야기를 해줘야겠다고 생각했습니다.

기사는 거제 조선소에 취업하려고 용접을 배운 학생들이 업계에 닥친 불황으로 취업이 안 된다는 내용이었습니다. 기사에 실린 한 학생의 인터뷰가 떠올랐습니다.

'이대로 대우조선이 망하면 거제뿐 아니라 국가 경제 전체에 타격을 입지 않을까요? 하지만 누구도 조선업에 문제가 있다고 말해주지 않았어요. 배신감이 들어요. 누군가 미리 말해 모두가 알았다면 어떻게든 노력할 수 있지 않았을까요?'

저는 제게 질문한 학생들에게 이 기사를 예로 들며 '오일&가스 회사를 가면 돈을 많이 준다, 안정성이 보장된다'는 생각으로 직업을 선택하면 안 된다고 말해줬습니다.

한국 조선사들에 도대체 무슨 일이 일어나고 있는 걸까요? 불과 2년 전까지만 해도 한국의 조선사들은 엄청 잘나갔는데 말이죠. 한국은 가발·섬유로 대표되는 경공업을 지나, 건설·조선 중심의 중공업에서 세계 대표 주자로 자리 잡았습니다. 특히 조선은 전 세계 1, 2, 3위가 전부 한국 회사였어요. 그전에는 일본이 1위였고, 바로 그전에는 유럽이 1위였습니다. 사실 중공업은 고용 규모가 커 취업을 준비하는 사람들에게 매력적인 산업이에요.

배는 표준화해서 찍어내는 물건이 아니라 선주의 요구에 따라 주문 맞춤이 필요한 제품이기 때문에 전문성이 필요하고 업무 강도가 세서 저임금으로 사람을 쓸 수 있는 직군이 아닙니다. 일본의 경우 늘어나는 인건비를 감당하지 못하고, 조선업 역사의 뒤편으로 밀리게 됩니다. 하지만 힘 있는 해운 회사들이 여전히 많기 때문에 자국 해운 회사를 대상으로 표준화한 배를 팔면서 명맥을 이어가고 있습니다. 한국 조선사들은 그간 전 세계 상위권에 위치해 있으면서 많은 경력을 쌓았습니다. 지금쯤 중국이라는 경쟁자를 맞아 일찌감치 조선업에서 세계 1등을 내줬어야 해요. 산업 구조 순환이란 게 그러니까요. 그런데 조선이 한국에서 사양 산업으로 가려는 찰나에 혜성같이 신사업 영역으로 해양플랜트offshore 비즈니스가 떠오릅니다.

우리는 계속 천연자원 고갈에 대한 두려움에 시달려왔습니다. 지금까지 모든 자원을 육지에서 얻었다면, 앞으로는 지구의 71퍼센트를 차지하는 바다에서도 자원을 얻을 수 있을지 모른다고 생각했어요. 그래서 석유 회사가 미지의 영역인 바다를 탐사하기 시작한 것입니다. 석유 회사의 육지 파트너가 건설사였다면, 바다 파트너는 조선사였습니다. 한국 조선사들은 실력과 경험을 기반으로 전 세계 해양플랜트 프로젝트를 싹쓸이합니다.

해양플랜트는 '고부가가치 산업'이라고 불렀어요. 상선 한 척이 몇십억 원이라면, 해양플랜트는 몇조 원에 이릅니다. 바다에 떠 있는 정유 공장이니까요. 조선만 계속했다면 중국에게 따라 잡혔겠지만 배 위에 석유 플랜트를 짓는 산업은 중국이 쉽게 넘볼 수 있는 영역이 아니었어요. 오로지 배 건조 경험이 풍부한 한국 조선사만 할 수 있는 영역이었습니다. 그래서 조선사 입장에서는 해양플랜트에 사활을 거는 것이 당연했습니다. 독보적 역량도 가지고 있었고요.

이를 바탕으로 한국 조선사가 가야 할 방향은 명확했습니다. 바로 해양플랜트 프로젝트를 성공적으로 수행하고 상상력이 필요한 배 디자인과 초기 엔지니어링 기술을 발전시키는 것이었죠. 한국 조선사는 시공은 잘했지만 다른 부분은 유럽·미국 회사에 의존하고 있었습니다. 어떻게 그들과 어깨를 나란히 할지는 아직 미지수였죠. 그래도 이때는 가야 할 방향은 확실했고 이제 열심히 달리기만 하면 됐어요.

이건 지극히 제 의견입니다만 저라면 이 방향으로 가지 않을 것 같아요. 사실 조선업은 최초로 배를 만든 유럽에서 시작한 산업입니다. 유럽은 애초부터 자국의 경쟁력을 높이기 위해 핵심이 아닌 부가산업은 다른 나라에 넘기기로 했을 것입니다. 처음부터 그들이 의도한 대로 판이 짜인 거죠. 산유국들이 그랬던 것처럼요.

한국은 유럽이 넘긴 시공 기술을 받은 것일 뿐인데 디자인을 새로 한다고 해서 그 영역을 장악할 수 있을까요? 다른 사람이 만든 판에서 이기기란 정말 어렵습니다. 앞서 말했듯이 지는 싸움에 사활을 걸고 열심히 하면 안 되잖아요. 어렵더라도 이기는 길을 찾아야죠. 제 생각에 이기는 길은 우리가 자원 개발의 주체가 되는 거였어요. 석유 개발 사업을 해서 스스로 수주를 주는 주체가 되는 것. 물론 아주 어려운 길이긴 하지만요. 이 생각도 3년 전 얘기네요.

지금은 석유와 가스 가격이 너무 떨어져 바다에서 찾지 않아도 되는 시점이 왔습니다. 누구도 이 사태를 예상하지 못했어요. 바다에서 석유를 추출하려면 땅에서 하는 것보다 훨씬 비싸요. 그럼에도 석유와 가스가 워낙 비싸서 다들 바다로 갔던 건데, 땅의 유전에서 변수가 생겼습니다. 바로 셰일가스와 셰일오일이 생산된 거예요. 게다가 이란이 미국 경제 제재에서 벗어나면서 이란산 석유와 가스가 거래될 예정입니다. 당분간은 땅에서 나는 것도 차고 넘쳐 석유 가격이 뚝 떨어졌어요. 굳이 석유를 바다에서 찾지 않아도 되는 상황이 온 거죠. 그 결과 해양플랜트 사업을 기대하면서 배를 주문했던 선주들이 어깃장을 놓기 시작했어요.

정말 쉽지 않은 상황입니다. 조선사의 임직원수, 하청 업체의 임직원수까지 합하면 어마어마합니다. 그런데 상선은 중국으로 넘어갈 거고 해양플랜트와 관련해서는 당분간 수주가 없을 테니 이제라도 새로운 사업을 찾아야 합니다. 풍력 같은 신재생 에너지를 고려해볼 수도 있을 겁니다.

이 어려운 시기를 버티고 지나면 해양플랜트는 언젠가 다시 호황을 맞을지도 모릅니다. 아직 셰일가스와 셰일오일의 비용과 환경 문제가 남아 있거든요. 원자력 에너지도 어떻게 될지 모르고요. 언젠가 오일과 가스의 가격은 다시 오를 겁니다. 다만 얼마나 버텨야 할지 아무도 모른다는 게 문제입니다.

그동안 조선사는 호황을 누렸고 제대로 투자도 하고 있었어요. 직원들은 최선을 다해서 열심히 일했지요. 다만 누구도 이 사태를 예견하지 못했을 뿐이에요. 얼마 전 노키아의 CEO가 이렇게 말했습니다.

"우리는 아무것도 잘못하지 않았습니다. 이유는 모르겠지만 우리는 망했어요We didn't do anything wrong, but somehow, we lost."

산업이 이렇게 무섭습니다. 이는 진로를 선택하는 학생들에게 큰 시사점을 줍니다.

'회사가 지금 얼마나 잘나가는지, 얼마나 돈을 주는지에 상관없이 저물어가는 산업에는 가지 마라.'

안타까운 현실이지만 초봉이 높은 한국 대기업이 주력하는 산업들이 대부분 저물어가는 산업이에요. 기술에 기반한 고부가가치 제조업이 아닌 일반 제조업이 주를 이루고 있습니다. 우리나라의 워크&라이프 밸런스가 어려운 이유는 문화뿐만 아니라 산업의 형태에도 원인이 있습니다. 포화 상태에서 운영

효율을 늘려 수익을 남기려는 사업이 많다는 겁니다.

싱가포르에서 유명한 마리나 베이 샌즈Marina Bay Sands 호텔을 쌍용건설이 지어 많은 한국 사람이 자랑스러워했어요. 이 건물은 목표 공사 기간의 절반인 2년 반 만에 지었다고 합니다. 처음에는 저도 자랑스러웠어요. 그런데 합리적으로 계산한 공사 기간을 반이나 단축시켰다는 얘기는 결국 직원들이 사활을 걸고 했다는 뜻입니다. 일주일 동안 내내 쉬지 않고 일했단 얘기예요.

한국에서는 거의 망한 회사지만 쌍용건설은 이를 통해 싱가포르 정부의 신뢰를 받으며 건설업계에 단단한 입지를 다지게 됩니다. 건설은 이렇게까지 하지 않으면 살아남기 어려운 산업이라는 뜻입니다.

선택한 산업의 본질을 알고도 괜찮으면 각오하고 전진하면 됩니다. 얼마나 더 경쟁력을 유지할 수 있는지는 각자의 판단에 맡길게요. 해양플랜트 사례에서 봤다시피 어차피 전문가도 알 수 없습니다.

제가 학생들에게 한 조언은 성장하는 산업을 보라는 것이었습니다. 당장 연봉이 가장 높아 보이는 석유 회사의 기계 엔지니어가 될 수도 있지만 성장이 기대되는 헬스케어, 신재생 에너지 쪽도 기계 엔지니어를 많이 필요로 하니 고려해봤으면 좋겠다고요. 성장하는 산업에서 일하다 보면 기회가 나를 찾아옵니다. 세계가 어디로 가고 있는지, 인류에 무엇이 필요할지 멀리 보며 계속 고민하는 것이 중요합니다.

불안한 마음에 친구나 회사 동료끼리 미래에 대해 많이 얘기하겠지만 그래도 미래는 잘 안 보입니다. 큰 회사일수록 예측하기 어렵더라고요. 성장하는 산업이 무엇인지 제대로 판단하려면 세상에 대해 알아야 합니다.

싱가포르 마리나 베이 샌즈 호텔

아직 자기 산업을 정하기 전이라면 그 업계에서 많은 것을 성취한 사람의 얘기가 도움이 됩니다. 담당자가 공식 인터뷰를 할 때는 현재 자신의 지위나 회사에 반하는 얘기를 할 수 없는 반면 사적으로 대화를 하면 허심탄회하게 몰랐던 사실을 얘기해주기도 합니다.

링크드인에서 일할 때 우연히 세계 링크인 마케팅 최고 담당자와 마주쳤어요. 그날따라 일찍 회사에 갔던 게 큰 도움이 됐습니다. 저는 연예인이라도 본 것처럼 기뻐서 대화를 요청했어요. 그에게 다음에 하고 싶은 게 뭐냐고 물어봤을 때, 그는 '공유경제'라고 말했어요. SNS는 끝물이라면서요.

> **공유경제 shared economy**
> 2008년 미국 하버드대 로런스 레식 교수에 의해 처음 사용된 말로, 한번 생산된 제품을 여럿이 공유해 쓰는 협력소비를 기본으로 한 경제 방식을 말한다.
>
> 1

이 답변을 들은 뒤에 저는 왜 공유경제가 앞으로 큰 변화를 줄지 생각해보게 되었죠. 지금 세계 경제는 대부분 저성장인데 물가가 높으면 사람들이 직업 하나만 갖고 예전처럼 누리고 살 수 없습니다. 공유경제는 결국 부수입을 가능하게 합니다. 별다른 기술과 노력 없이도 집과 자동차만 있으면 에어비엔비 **Airbnb**와 우버 **Uber**를 할 수 있는 것과 같습니다.

공유경제의 성장은 서비스 혁신보다 평범한 사람들이 두 번째 일을 가질 수 있도록 해준 데 있습니다. 이러한 트렌드가 계속될 거라는 판단이 든다면 내가 가진 역량을 어디에 어떻게 사용하면 될까를 생각해보세요. 저는 바로 지금과 근미래를 보지만 어떤 사람들은 훨씬 더 먼 미래를 보고 준비해요. 세상에 대해 꾸준한 관심을 가지고 부지런히 알아가면 어떤 산업에 종사해야 할지 나만의 견해가 생길 것입니다.

당신의 POV는 무엇인가요?

"앨리스, 꼭 만나야 할 사람이 있어. 풀킷이라고…."

싱가포르는 독특한 이력의 사람들이 쉽게 연결되는 곳입니다. 풀킷을 처음 만났던 그날 꽤 충격을 받았어요. 위키피디아에도 당당히 이름을 올리고 있는 1993년생 풀킷은 열아홉 살에 실리콘밸리에서 창업을 했어요. 창업을 시작한 바로 다음 해 그는 스탠퍼드 대학교를 중퇴하고 '틸 장학재단Thiel fellowship -20under20'에 선발됩니다. 이때 풀킷의 아이디어는 드론에 관한 것이었습니다. 이를 구체화시키기 위해 그는 2013년 싱가포르로 건너옵니다. 그 무렵 미국은 드론 관련 제약이 많았거든요.

과학과 기술을 동경하지만 엑셀조차 버거운 제게 풀킷은 인내심과 열정으로 자신의 회사를 소개했습니다. 풀킷은 '스웜XSwarmX'라는 회사를 운영하고 있는데, 이곳에서는 드론을 제조하는 게 아니라 드론의 운영 소프트웨어와 스테이션을 만든다고 합니다. 벌을 예로 들면 쉬워요. 벌이 패턴을 가지고 행동하는 것처럼 수많은 드론도 설정된 패턴대로 행동하게 됩니다. 날아다니는 드론이 각각의 벌이라면 풀킷이 만드는 건 벌집과 벌이 어떻게 업무를 수행할지를 정해주는 소프트웨어입니다.

사실 드론이 국방용과 산업용으로 쓰이려면 여러 문제를 개선해야 합니다. 그중 가장 큰 문제가 충전과 데이터 해킹 문제예요. 드론은 한 번 충전했을 때 두 시간 정도밖에 비행을 못 해 자주 충전해줘야 하거든요. 풀킷은 드론 스테이션을 통해서 이러한 한계를 해결하려 해요. 드론 스테이션에서 충전과 데이터 송신이 모두 가능하게 하려는 거죠. 그는 현재 드론 스테이션 연구에 집중하고 있지만 궁극적으로 각각의 드론이 용도에 맞게 자율적으로 할 일을 하는 소프트웨어를 만들 계획을 가지고 있어요.

사실 그가 특별한 이유는 사업적 능력과 뛰어난 두뇌가 아니라 다른 데 있습니다. 그의 가장 큰 가치는 POV**Point of View** 즉, 세상을 보는 관점이에요. 풀킷은 뜨는 산업이기 때문에 드론을 연구하는 게 아닙니다. 20대 중반의 이 청년은 이렇게 말합니다.

"내가 하고 싶은 건 인류를 다음 단계로 데리고 갈 수 있는 기술이에요. 지금 이 시점의 나에게 그건 로봇**robotics**이고, 인공지능**A.I.**이고, 우주인 거예요. 우주에 도달하려면 로봇과 인공지능에 엄청나게 의존해야만 하거든요."

일론 머스크[2]처럼 우주에 가고 싶은 거냐고 묻자 그는 이렇게 대답했어요.

2 **일론 머스크** Elon Musk 남아프리카공화국 프리토리아 출신의 미국 기업인. 페이팔의 전신이 된 온라인 결제 서비스 회사 X.com, 로켓 제조회사 스페이스X, 전기자동차 회사 테슬라 모터스 등을 설립했다.

"일론 머스크와 내 목표는 같아요. 그렇지만 일론 머스크는 2025년에 인간을 최초로 화성에 보내겠다는 계획을 세웠고, 나는 로봇을 먼저 보내서 식물을 자라게 할 수 있는 온실과 인프라를 먼저 만들어 놓고 싶어요. 직접 사람이 화성으로 가기 전에 스페이스 드론, 탐험 드론 등 로봇을 보내서 베이스캠프를 만들어놔야 한다고 믿거든요. 영화 〈마션〉에 나오는 모습을 생각하면 될 거예요. 큰 방향에서는 일론 머스크에 동의해요. 인류는 20~30년을 주기로 우리 스스로를 공멸시킬 수 있는 위험한 상황으로 몰아넣어 왔어요. 지구에서 사람들이 떠나야 할 때를 대비해 항상 플랜 B를 가지고 있어야 해요. 그런데 혹시 아무 일도 일어나지 않는다 하더라도 이 일을 해야 하는 이유가 있죠. 인간은 항상 탐험가explorer 정신으로 살아왔어요. 원시인을 떠올려 보세요. 동굴 밖이 위험하다고 안에만 있었다면 인류는 어떻게 됐을까요? 인간은 탐험가 정신을 포기하면 안 돼요. 인류가 달에 도착한 이후 그걸 잊어버린 것 같은 느낌이에요. 사람들은 우주에 대한 관심을 잃어버렸어요. 난 인스타그램과 스냅챗을 사용하긴 하지만 그건 근본적인 이노베이션이 아니에요. 만약 다른 사람이 하지 않는다면 내가 할 거예요. 왜냐면 난 지구에서 죽기 싫거든요."

풀킷의 가치는 그의 관점과 믿음에 있습니다. 자신이 세상을 바라보는 관점을 강하게 믿고 삶에 일치시키는 행동력. 그래서 그의 이야기는 특별해지고 다른 사람들의 관심과 도움을 끌어낼 수 있었던 것입니다.

우리는 세상에 대해 진지하게 의문을 가지면서 많은 경험을 할 때 하고 싶은 게 생깁니다. 경험이 적은 사람에게 '하고 싶은 걸 하라'는 건 선택지를 객관식으로 제시하는 것과 같습니다. 우리가 알고 있는 객관식 문항은 공무원, 대기업 사원, 전문직, 사업 등이 전부입니다. '기타'라는 선택지도 있지만 늘 그렇듯 답이 아니에요. 뭐가 있는지도 모르겠고, 방법도 모르겠고, 배운 것도 아니고, 들어본 적도 없는 이야기입니다.

내 삶에 맞는 선택을 제대로 하기 위해서는 우선 나를 알아야 합니다. '나'는 무궁무진하기에 다양한 환경에 나를 던져놓고 여러 의견과 관점을 들을 수 있어야 해요. 환경이 나의 성향과 미래를 많이 좌우하니까요. 내가 경험하고 보고 들은 것이 나를 만듭니다. 그러면서 적극적으로 세상을 공부해야 합니다. 세상에 대한 나만의 관점을 갖기 위해서요.

자기만의 관점이라고 해서 신선하고 충격적일 필요는 없어요. 풀킷과의 대화에서 피터 틸[3]과 일론 머스크가 풀킷에게 끼친 지대한 영향을 느낄 수 있었거든요. 풀킷이 이어 말했어요.

3 피터 틸 Peter Thiel 실리콘밸리를 움직이는 파워그룹 페이팔의 창업자. 틸 장학재단을 운영해 젊은 기업가들을 육성하고 있다.

"미국도 똑같아요. 대부분은 자신이 뭘 원하는지 몰라요. 어떤 사람은 10대에 깨닫고 어떤 사람들은 40대가 돼도 모를 수 있어요. 많은 변수와 상황에 의해 좌우되거든요. 그 사람이 살면서 어떤 사람을 만났는가, 누가 그 사람에게 영감을 주었는가 등등. 모든 것을 컨트롤할 수는 없어요. 피터 틸은 나만의 영웅이에요. 난 좋은 것을 따라 하는 데 꽤 뻔뻔한 편이에요. 만약 굉장한 것을 보면 따라 해요. 그래서 난 서로 다른 사람들의 다양한 장점들을 가지고 있어요. 스스로를 아는 건 정말 중요해요. 왜냐면 그 사람들의 특정 부분들을 따라 한다고 해도 중심은 자신이거든요. 그 누구도 자기중심을 바꿀 순 없어요. 당신은 언제까지나 앨리스예요. 다만 살면서 좋은 부분과 나쁜 부분들을 습득할 뿐이죠. 사람은 바뀌지 않아요. 그저 나쁜 점을 억누르고 좋은 점을 드러내는 방법을 배울 뿐이에요. 다른 사람이 되려고 하면 불행해져요."

재미있는 구조의 풀킷 사무실

드론에 대해 열정적으로 설명하는 풀킷

우리가 스스로에 대한 이해가 높고 자신만의 POV를 갖고 있다면, 중요한 선택의 순간마다 나다운 결정을 할 거예요. 이때 나는 더 행복해질 수 있고, 내 결정이 어려움에 부딪혀도 강한 힘과 조력자가 생깁니다.

중요한 점은 POV 자체에는 옳고 그름이 없고 좋고 나쁜 것도 없다는 거예요. 모든 사람의 POV가 인류의 행복과 안녕을 기원하는 일일 수 없고 그럴 필요도 없어요. 풀킷과 같은 POV를 가진 사람의 행복은 성취와 고조된 자아에서 오기 때문에 만족을 위해서 끊임없이 노력해야 합니다. 그래서 많은 순간 불만족해 있는 경우가 많아요. 결과에 대한 높은 기대high expectation를 가지고 있어서 맞추기가 쉽지 않거든요. 반면 주변에서 가장 평안한 사람을 관찰해보면 나로서 존재할 때 가장 행복해합니다. 이런 사람들은 사회적으로 성공한 사람들의 삶에 의문을 제기해요. 평생을 자신과 사랑하는 사람들의 행복보다 자기 욕심과 꿈에 집착하며 살아온 사람들의 삶이 정말 행복하겠느냐고요. 여전히 어느 쪽이든 잘못된 것은 없습니다. 다만 내가 어떤 사람인지를 아는 게 중요해요.

이렇게 자신만의 POV를 갖고 난 뒤에는 행동으로 옮겨야 해요. 풀킷이 단순히 드론의 미래만 말했다면 그냥 똑똑한 사람이구나 하며 끝냈을 거예요. 하지만 그는 그만의 철학을 가졌고 자기 삶으로 살아낼 수 있는 능력을 가졌죠. 돋보이는 사람들은 리스크를 수반하는 행동을 합니다. 무언가를 얻어내기 위해서는 다른 것을 포기해야만 해요. 결국 POV가 자신의 철학이고, 해내는 과정이 나만의 스토리가 됩니다. 마음 깊숙한 곳에 들어가서 진짜 원하는 것을 아주 솔직하게 살펴보고 인정하세요. 우리 모두 나다운 삶을 살자고요.

삶을 관통하는 여러분만의 세상에 대한 POV는 무엇인가요? 그걸 해내기 위해 어떤 리스크를 감수할 수 있나요?

03   직업이 없어지고 있다

내가 안 하면 누군가 할 거거든

기술을 신봉하는 풀킷은 마치 미래에서 사는 사람 같아 만날 때마다 정말 재밌습니다. 매사추세츠 공과대학교에서 매년 선정하는 가장 혁신적인 30대 미만의 청년에 풀킷이 포함되어 친구들끼리 축하 자리를 가질 때였습니다.

"요즘 싱가포르 정부와 얘기 중이에요. 정부는 비숙련 외국인 노동자를 최대한 줄이고 싶어 해서 이를 혁신한 기업에게는 보조금이 나오거든요. 싱가포르는 말레이시아에서 물을 수입해 써서 양국을 잇는 긴 수도관이 있어요. 지금은 제3국에서 온 사람들이 매일 두 시간에 한 번씩 실제로 걸어 다니면서 물 새는 곳은 없는지를 체크해요. 그런데 우리 드론을 200미터마다 설치해서 이를 대신하게 하면 매년 20억 원 정도의 인건비를 아낄 수 있어요."

이 이야기를 듣고 난 저의 첫마디는 "그럼 그 일을 하고 있는 사람들의 일자리는 어떡해요?"였어요.

풀킷이 말했던 기술의 발전이 반갑기보다는 거기에서 살아남지 못할 많은 사람이 걱정됐습니다. 작은 돈이나마 자국으로 보내던 개발도상국 사람들의 직업에는 어떤 일이 일어날지 뻔히 보였거든요.

풀킷은 바로 답변했습니다.

"산업용 드론을 상용화하면 단기적으로는 사람들이 일자리를 잃겠지만, 어차피 위험하고 단순한 일을 대체하는 거니까 기술자들에게는 큰 타격이 없을 거예요. 또 드론을 관리할 사람도 뽑을 테니 일자리가 완전히 없어지는 건 아니고 다른 일자리가 생겨나겠죠."

그 대답에 만족할 수 없어 집요하게 물어보니 이렇게 다시 답했어요.

"결국 일자리 수는 없어져요. 그런데 다른 사람들 일자리 걱정 때문에 내가 이 사업을 안 할 수는 없어요. 왜냐면 결국 누군가는 이 사업을 할 테니까요."

2016년 다보스 포럼에서 〈직업의 미래〉라는 보고서가 발표되었습니다. 2015년부터 2020년까지 700만 개의 일자리가 사라지고 200만 개의 새로운 일자리가 만들어진다고 해요. 여기서 가장 큰 타격을 입는 건 화이트칼라가 될 거고요. IT 회사에서도 자동화로 직업이 없어지는 일은 빈번하게 일어납니다.

여러 IT 회사에서 일하는 친구들과 스포츠 경기를 하고 나서 밥을 먹으러 갔을 때 등골이 서늘한 이야기를 들은 적이 있어요. 각자 자기가 회사에서 뭘 하는지 소개를 하는데, 페이스북을 다니는 사람이 자기 직업을 소개하니까 구글에 다니는 언니가 귓속말로 "우리 회사에서 저 직무는 자동화돼서 시스템이 하는데…"라고 말해줬었죠. 이처럼 앞으로는 로봇, 자동화, 기계 학습 등에서 기존의 인터넷 혁신에 버금가는 일들이 많이 일어날 것으로 보고 있습니다. 그렇지만 자동화는 일자리와 직결되는 이슈이기 때문에 조심스럽게 받아들이는 경우가 많습니다. 오히려 이런 자동화에 적극적인 쪽은 개발도상국들이라서 더 염

려되고 있어요.

우리는 이 변화를 맞을 준비가 얼마나 되어 있을까요? 가뜩이나 노동 시장이 경직되었고 제조업이 주산업인 우리나라에서는 다소 힘든 과정이 될 겁니다. 직업이 줄어들고 더 많은 일을 기계가 하게 될 거라는 예측은 이미 나왔어요. 피하기 어려울 거예요. 대응은 개인과 각 사회의 몫입니다. 빠른 변화 속에 많은 실업자를 양산하지 않으려면 기업과 정부가 사전 대비를 해야 한다고 전문가들은 경고합니다.

뉴욕의 한 저널리스트도 비슷한 얘기를 한 적 있어요. 저널리스트로 최고 중의 최고를 모아놓은 뉴욕이지만, 신규 인터넷 미디어가 일자리를 위협하고 있다는 거예요. 주 수입원인 광고가 많이 줄었고, 대규모 인력 감축이 있었다고 합니다. 그 어떤 직업도 궁극적으로 안전할 수 없음에 서로 동의했습니다. 개인도 회사도 모두 민첩해져야 해요. 사회가 어떻게 돌아가는지 둘러보지 않고 자기 일에 매몰되어 열심히만 해서는 안 돼요.

사실 제대로 준비한다면 이런 변화는 인류 역사상 처음으로 노동의 부담에서 벗어나 창의성과 기질을 마음껏 펼치는 기회가 될 수 있어요. 기계가 대체할 수 있는 일은 없어지고, 노동을 적게 하며 인간만이 할 수 있는 일을 하게 되는 날이 오지 않을까요?

우리는 그 어느 때보다 흥미로운 시대에 살고 있습니다. 이런 변화의 움직임들을 항상 눈여겨보고 나는 거기서 어떤 역할을 할 수 있는지를 끊임없이 고민해야 해요.

04   원하는 것을 얻을 수 있는 특별한 방법

누군가는 목소리를 내야 한다

2013년 10월, 헤드헌팅 일을 하며 좋은 성과를 내 회사에서 영국 본사로 매니저 연수를 보내줬어요. 즐겁게 연수를 받고 여행도 하고 돌아왔는데 그만 베드버그^{bed bug}에 거의 전신을 잔뜩 물려 온 거예요.

출처를 몰랐다면 보상받을 길이 없었을 텐데, 호텔에서 묵던 마지막 날 작은 벌레 다섯 마리를 발견하고 사진을 찍어뒀거든요. 그때까지 전 그냥 벌레인가보다 했죠.

돌아오는 비행기에서부터 몸이 간지럽기 시작하더니 싱가포르에 도착하니 온몸에 빨간 자국이 번지기 시작했어요. 원래 베드버그 잠복기가 4~5일 정도여서 대부분 즉각 대처를 못 하고 숙소에서도 발뺌하는 경우가 많대요. 번져오는 자국들을 동료들에게 보여주면서 열변을 토했죠. 다들 걱정스러운 표정으로 보는데 미국인 조너선이 흥미롭게 이쪽을 바라보더군요. 조너선은 이렇게 말했습니다.

"나라면 클레임을 걸겠어요. 호텔이랑 나를 그곳에 묵게 한 본사 모두."

사실 전 그냥 지나가려고 했어요. 이런 적도 처음인 데다가 증거 있냐고 호텔에서 잡아뗄 수도 있다고 생각했습니다. 그런데 조녀선의 말이 영감을 줬어요.

먼저 호텔 예약을 잡아줬던 본사의 비서에게 연락해서 자초지종을 얘기했더니 자기가 클레임을 걸겠다며 사진을 보내달라고 했어요. 피부에 올라온 붉은 반점 사진과 밤에 호텔에서 찍은 벌레 사진을 보내줬어요. 바로 호텔에서 응답이 왔습니다. 병원비, 벌레 퇴치 서비스 비용, 세탁비 등을 지불해주기로 했고, 호텔 투숙비 환불과 일정의 보상을 구두로 약속했어요. 다음 날 회사로 가서 조녀선을 찾아갔습니다.

"미국인은 핫도그와 햄버거, 그리고 소송에서 전문가지요? 나 좀 도와줘요. 또 어떤 항목들을 청구할 수 있을까요?"

조녀선은 어느 때보다 협조적이고 즐거워하며 호텔에 보낼 메일을 대신 써주고 다섯 번 넘게 검토해줬어요. 미국인에게는 클레임을 두려워하지 않는 피가 흐르는 듯했죠. 조녀선은 제가 앞서 요구한 것 외에도 '정신적 고통'과 '신체적 고통' 항목을 추가해줬고, 병가 낸 이틀 동안의 임금도 놓치지 않았습니다.

제가 "해당 항목이 이루어지지 않으면 인터넷에 리뷰를 올리는 것은 어때요?"라고 제안하니 그건 블랙메일 수준이라고 빼라고 하더군요. 우리나라에서 제일 잘 통하는 건 당장 인터넷 리뷰를 들고 나오며 위협하는 방법인데, 조녀선의 말을 들어보니 굳이 먼저 상대방의 기분을 상하게 할 필요는 없겠더라고요. 대신 조목조목 이성적으로 얘기하는 거죠.

베드버그 사건을 겪으며 '욕심'과 '욕망'에 대해 생각했어요. 겸손이 미덕인 문화권에 살다 보니 욕심과 욕망을 표출하는 것을 지양하도록 교육받아왔던 것 같아요.

협상을 잘하고 원하는 것을 얻는 사람을 보면 승부는 협상 기술에서 나는 게 아니라는 생각이 듭니다. 승부는 무언가 갖고자 하는 욕망을 강하게 느끼는 것에서 시작하는 거예요.

조너선이 클레임을 걸라고 조언을 해주지 않았으면 아마 협상에 임하지 않았을 거예요. 정신적 피해보상을 포함할 때도 의아했는데 조너선은 이를 당연하다고 생각한 겁니다. 이처럼 원하는 것을 얻을 수 있는 특별한 방법이 있습니다.

 - 내가 원하는 것을 명확히 안다.
 - 강하게 욕심내고 당연히 내 몫이어야 한다고 믿는다.

일단 원해야 해요. 스스로 원하는 게 무엇인지 명확히 알아야죠. 그리고 스스로 받을 자격이 있다고 생각해야 합니다. '에이 뭐 그렇게까지', '내가 좀 참지'라는 자기희생의 미덕은 약자에게 베풀어야 하는 거예요. 인내는 원하는 것을 얻는 전략 중 하나로 사용될 수 있지만, 인내 자체가 목적이나 행동 원칙이 되면 얕보이기 십상이죠.

자기 자신의 욕망은 자제하고 감추며 자란 한국인에게는 욕심을 내는 것, 내 권리에 대해 정의하고 주장하는 것조차 훈련이 필요합니다. 요구해도 되는지에 확신이 들지 않을 때는 이렇게 생각해보세요. 내가 처한 상황이 나만의 이익을 위한 것인지, 사회를 위해 누군가는 목소리를 내야 하는 일인지. 후자의 경우 우리는 더 강한 확신이 생겨서 용기 있게 요구할 수 있습니다. 내가 목소리를 내면 사회는 좀 더 나아질 것이라는 믿음을 가지고요.

05 성공 레시피를 알고 있는 사람들

배움은 어디에나 있다

링크드인에 근무했을 때의 이야기입니다. 원래 일주일에 하루였던 뷔페가 주 3회로 확대 시행되면서 캔틴canteen에서 다른 부서 사람들을 만날 기회가 많아졌어요. 캔틴은 링크드인의 직원 식당이면서 편하게 쉴 수 있는 휴게 공간이에요.

이날 링크드인 직원 중에서도 웃기기로 손꼽히는 프랑스인 니콜라스와 점심을 먹었는데, 그가 10년 전 파리 디즈니랜드 레스토랑에서 서빙할 때 얘기를 해줬어요. 아르바이트 첫날 니콜라스가 레스토랑에 출근하니, 그곳에서 다짜고짜 직원 교육부터 시켜주더랍니다.

"고작 아르바이트하겠다고 간 건데 제대로 교육까지 시켜주다니 정말 좋았죠! 역시 디즈니랜드는 다르다고 생각했어요."

교육 프로그램에는 '팁을 더 많이 받는 방법'에 대한 강의도 있었대요. 강사가 니콜라스에게 물었어요.

"사람들이 왜 디즈니랜드에 온다고 생각해요?"

"음, 꿈과 희망의 나라로 가려고요."

다양한 음식이 제공되고 자유롭게 쉴 수 있는 링크드인 캔틴

니콜라스가 이렇게 대답하자 강사는 당연한 걸 왜 틀리냐는 듯이 말했습니다.

"당연히 아이 때문이죠. 부모는 아이가 즐거워하는 걸 보기 위해서 여길 오는 겁니다. 서빙할 때 아이들에게 집중해요. 아이들이 함박웃음을 짓게 만들어요. 그러면 부모가 팁을 줄 겁니다."

당시 니콜라스는 정말 일리 있는 조언이라고 생각했습니다. 그래서 적극 실천에 들어갔어요.

어느 날 한 영국인 가족이 레스토랑에 들어왔습니다. 아빠, 엄마 그리고 아들 한 명. 그런데 분위기를 보니 부모님 사이가 썩 좋지 않아 보였대요. 언쟁을 하고 있는 것 같아서 니콜라스는 기지를 발휘합니다. 어린 아들에게 "셰프를 만나보고 싶니?"라고 묻고는 아이를 한 팔에 안은 채 주방으로 가면서 아빠에게 윙크를 한 겁니다. 어떤 부모도 자식 앞에서 싸우는 모습을 보여주고 싶어 하지 않으니까요. '내가 잠시 아이를 돌봐줄게요'라는 사인을 준 뒤, 그들이 대화할 시간을 제공한 거죠. 아무것도 모르는 아이는 주방에서 재미있는 시간을 보내고 웃는 얼굴로 다시 부모님께 돌아갔습니다. 부모님은 그사이 서로 논쟁을 마치고 밝은 얼굴로 아이와 함께 식사를 했어요. 그 가족이 나가려고 채비를 할 때쯤 아버지가 손짓으로 니콜라스를 부르더니, 서빙하면서 생각지도 못했던 액수의 두둑한 팁을 주었다고 합니다.

그는 항상 이 경험을 통해 세일즈 매니저로서 큰 깨달음을 얻었다고 말합니다. 당신의 진짜 고객이 누군지 파악하고, 그 사람이 원하는 바로 그것을 줘야 한다는 교훈이죠.

니콜라스의 이야기에서 아주 사소한 일에서조차도 흥미로운 에피소드를 끌어낼 수 있다는 걸 깨달았어요. 보통 대단한 경험에서 배운다고 생각하는데 사실 흔한 경험에서 값진 교훈을 발견할 때가 많아요.

서빙을 해봤던 사람은 많지만 그 일을 어떻게 했느냐는 다른 문제입니다. 같은 일에서도 어떤 사람은 깨달음을 얻고, 어떤 사람은 그냥 시간을 흘려보내요. 무슨 일을 하든 '누가', '어떻게' 하느냐에 따라 그 일은 예술이 될 수도, 노동이 될 수도 있습니다. 어떤 경험이든 자신의 이야기로 만들어내는 사람들이 있어요. 항상 다음 단계로 전진하는 사람을 보면, 다른 사람은 만들 수 없었던 이야기와 가치를 만든 경험이 한 번은 꼭 있습니다.

삶에 시선을 끄는 콘텐츠가 있고 잘 전달할 수도 있는 사람. 그런 사람은 어떤 일을 하더라도 조직을 위해 더 나은 성과를 만들어낼 수 있는 사람으로 여겨집니다. 그들을 우리는 '성공 레시피를 알고 있는 사람'이라고 부릅니다.

정치를 보는 눈

　　영어는 경어가 없는 언어입니다. 존댓말이 극도로 발달한 한국어와는 정반대예요. 언어 습관은 관계를 형성하는 방식에 큰 영향을 미치는데, 사실 존댓말을 쓰면 서열이 생기기 쉽습니다. 반면 서로의 이름을 편하게 부르는 영어를 쓰다 보면 다양한 사람들과 동등한 친구 관계를 맺을 수 있습니다. 영어를 쓰면서 얻게 된 가장 큰 혜택은 나이가 많은 지혜로운 사람들과 친구처럼 사귈 수 있게 된 거예요.

　　안드레아스도 저보다 훨씬 나이가 많지만 몇 시간이고 같이 토론을 즐길 수 있는 친구입니다. 그는 인도네시아 자카르타에 거주하는 오스트리아 외교대사로 인도네시아와 싱가포르에 일어나는 외교 업무를 담당하고 있어요. 다독가일 뿐만 아니라 은행가, 변호사, 외교관 등 다양한 직업을 섭렵한 사람이어서 모든 주제로 대화가 가능할 만큼 박학다식합니다.

　　어느 날 싱가포르에 안드레아스 부부가 놀러와 함께 브런치를 먹고 서점에 갔습니다. 세 시간 넘게 서점에서 서로에게 책을 추천하며 정치, 종교, 철학에 관해 다양한 대화를 나누었어요. 이날의 주제는 '정치학 political sicence 적 관점의 필요성'이었습니다.

안드레아스 　앨리스, 유럽에서 뜨거운 이슈인 난민 문제에 관심 있어요?

앨리스 　그럼요. 남자친구와 여러 번 이야기를 했는데, 저는 이민자가 한꺼번에 들어와서 살게 되면 분명히 사회 통합에 문제가 있을 거라는 입장이에요. 범죄가 증가할 가능성이 있어 현실적인 측면에서 이민자 유입을 반대하는 사람을 이해할 수 있어요. 그런데 남자친구는 인류애 차원에서 받아들여야 한다고 해요. 결국 이슬람 국가끼리 많은 갈등이 있는 것도 서구 국가가 자원의 이익을 확보하기 위해 그 나라의 정치에 개입했기 때문에 생긴 일이라면서요. 강대국이 내 나라의 자원을 빼앗아 가기 위해 독재자를 지원한다면 환장할 노릇이죠. 합법적으로 싸울 방법이 없으니 테러리스트가 되는 거고 강대국은 또 그걸로 여론을 자기 편으로 만드니까요. 정말 어려운 문제인 것 같아요.

안드레아스 　찬성 입장의 논리는 인류애 차원 이상이에요. 유럽의 경제 모델은 기본적으로 계속 성장한다는 데에 전제를 두고 있어요. 최근 유럽 인구가 감소하기 시작하면서 유럽은 더 많은 이민자가 필요하게 됐어요. 메르

켈 독일 총리의 시리아 난민 수용 선언에는 그만큼의 인구가 장기적으로 필요할 거라는 계산이 있었어요.

혹시 헝가리에 이어 오스트리아도 난민에게 국경 통제를 하고 난민 수도 제한한다는 이야기를 들어봤나요? 왜 그랬다고 생각해요? 표면적으로 오스트리아 정부는 EU 국가들과 공동 해법을 찾기 위한 것이라고 하지만 더 근본적인 이유가 숨어 있어요. 바로 선거예요. 정권 유지를 위해 보수 표를 얻고자 하는 거죠. 비자카드 광고에 나왔던 멋진 말 중에 이런 게 있어요.

'사람들은 두 종류로 나뉠 수 있습니다. 비자카드를 갖고 있는 사람과, 비자카드를 갖고 싶은 사람.'

이 문장에서 '비자카드'를 '권력' 혹은 '힘'으로 바꾸면 정치라는 게 뭔지 알 수 있죠. 잘 기억해요. 정치의 세계에는 두 종류의 사람이 있어요.

'힘이 있는 사람과 힘을 갖고 싶은 사람.'

또 다른 예로 오스트리아에는 법적으로 부자들이 사는 지역에도 정부 아파트를 반드시 짓게 되어 있어요. 왜 그런 법이 있을까요?

앨리스 오, 그거 되게 좋은 법이네요. 사회 통합을 위해서 그런 거죠?

안드레아스 권력 때문이에요. 오스트리아의 현 정권은

사회주의 정권인데 주로 가난한 사람들은 사회주의 정당
에 투표하고, 부자들은 자본주의 성향이 강한 곳에 투표
해요. 사회주의 정권은 가난한 지역에서의 100퍼센트 보
장된 표 말고, 부자들이 사는 지역에서도 표를 원하고 있
어요. 그래서 부자 지역에서도 사회주의 정당의 대표가
당선될 확률을 높이기 위해 자기 편을 심어 놓는 겁니다.
그것이 가장 큰 이유지만 표면으로 드러나는 이유는 아니
죠. 표면에는 사회학이 동원되어 듣기 좋은, 사람들이 납
득하기 쉬운 이유들로 포장되어 있어요. 어떤 사건을 볼
때 사건에 대한 근본적인 이해를 하고 싶다면 정치적인
관점으로 들여다보는 것이 중요해요.

앨리스　저도 그런 관점을 갖고 싶어요. 그 역량을 키우는
데 도움이 되는 책이 있나요?

안드레아스　500년도 훨씬 전, 민주주의 이전에 어떤 사
람이 쓴 책이 있어요. 유럽의 클래식이에요.

　비록 그 책이 갖는 진짜 가치에 대해서는 몰랐으나 한국의 주입식 교
육을 충실히 이행한 덕택에 책과 저자를 맞힐 수 있었습니다. 바로 마키아벨리의
《군주론》입니다. 안드레아스와 다양한 주제에 대해 대화를 나누면서 순진무구
하게 세상을 보는 제 시각을 바꾸기 위해 네 권의 책을 그 자리에서 구매했어요.

　저는 무대 뒤에서 일어나는 일behind the scenes을 볼 수 있는 지혜로운 시

각과 관점을 갖고 싶어요. 그 이후 친구들과 정치에 관해 토론하면 이때 배웠던 시각을 적용하곤 합니다.

정치에서 근본적인 개혁이 일어나고, 장기적인 의사 결정을 하기 어려운 이유는 정치인이 단기적인 표와 당선에 연연할 수밖에 없기 때문입니다. 근본적인 개혁은 오랜 시간 구조와 프로세스를 바꿔야 합니다.

시민들도 이를 파악하고 장기적으로 큰 틀에서 바라보는 것이 필요합니다. 선하고 봉사정신이 투철한 정치인이 나타날 거라는 희망에 의존하기보다는 시스템 자체를 시민에게 유리한 쪽으로 유도하는 거죠. 근본적인 구조 문제를 이해하고 현실을 마주 봐야 문제를 풀 수 있으니까요.

인사이트에 도움이 되는 책
1 마키아벨리 《군주론》
2 장 자크 루소 《사회계약론》
3 칼 포퍼 《열린사회와 그 적들》
4 지그문트 프로이트 《무의식》

규칙은 하늘에서 떨어진 게 아니다

지금은 채용 공고를 보면 이 포지션에 내가 적합할지, 어떻게 해당 포지션을 얻어낼지를 알 수 있습니다. 처음부터 그랬던 것은 아니었어요. 어떤 회사가 날 뽑아줄지 노심초사하고 매일 밤 자기소개서를 쓰느라 밤을 지새우던 취업 준비생의 시절이 제게도 있었어요.

저는 외국에 살기를 가장 바랐지만 마지막 학기의 대학생으로 공채에 지원하지 않을 배짱은 없었죠. 그런데 상반기 공채에 모두 떨어지면서 설마가 현실이 되었습니다. 정말 대학생활을 열심히 해서 '설마 나도 취업에 어려움을 겪을까' 방심했는데 걱정이 현실이 됐어요. 해외 취업은 둘째 치고 국내도 어려웠던 거죠. 그래도 '주재원의 기회가 있지 않을까, 일단 일을 시작하면 외국으로 갈 기회가 오지 않을까' 하는 생각에 모든 기업에 닥치는 대로 지원했어요. 정말 신나게 서류부터 다 떨어졌습니다. 첫 직장을 구하면서 좌절을 겪지 않은 사람은 드물 거예요. 저도 매일 좌절의 시간을 보냈습니다.

하지만 저는 위기 상황을 대처하는 데서 개인의 성향과 강점이 나온다고 생각합니다. 서류에서 신나게 떨어지면서 생각했어요. 도대체 왜 떨어지는 걸까. 제 스펙이 다른 지원자들에 비해 모자란다고 자책하기보다는 이런 결론을 내렸습니다.

'인사팀이 내 서류만을 평가하기 때문에 나를 떨어뜨린 것이다. 서류상의 정보로는 날 제대로 평가할 수 없다. 산전수전 다 겪은 회사의 리더십이라면 날 알아볼 것이다.'

면접만 가도 나를 어필할 수 있는 기회가 있을 텐데 기회는 좀처럼 주어지지 않았어요. 그러던 어느 날, 학교 경력개발센터에서 문자가 왔습니다.

'10대 대기업 캠퍼스 리크루팅, 사장단 참석.'

제 눈에 들어온 것은 '사장단 참석'이었어요. 사실 많은 친구들이 캠퍼스 리크루팅campus recruiting을 참석하지 못하면 서로 정보를 주고받곤 했는데 이게 무슨 소용 있을까 싶었어요. 잘 생각해보면 몇천 명이 똑같이 아는 정보가 어떤 가치가 있을까요? 결국 그중에서 돋보여야 그 직업을 가질 수 있는데요. 갓 졸업을 앞둔 학생들의 스펙과 경력은 어차피 크게 다르지 않아요. 저는 목적을 확실히 해야 한다고 생각했습니다.

'캠퍼스 리크루팅에 왜 가지? 회사 정보를 얻기 위해? 아니야. 캠퍼스 리크루팅은 직업을 얻기 위해 가는 거야. 회사의 사장이 온다면 즉, 사장님을 만나서 나라는 인재가 있다는 것을 알리면 되잖아?'

저는 캠퍼스 리크루팅에 정보를 얻기 위해서가 아니라 승부를 보기 위해 갔어요. 사장님이 오는 것이 기회였고 그 기회를 잡으려고요. 이력서를 가지고 강당 문 앞에서 기다렸습니다. 사장님은 수행원들에 둘러싸여 이곳으로 오고 있었죠. 한눈에 사장님인지 눈치챌 수 있었어요. 저는 재빨리 사장님 바로 뒤에 앉았습니다. 그리고 노란색 포스트잇에 메시지를 썼어요.

'사장님, 안녕하세요. 경영학과 앨리스라고 합니다. 저는 오늘 사장님을 뵙기 위해 이 자리에 왔습니다. 5분만 주신다면 꼭 드리고 싶은 말이 있습니다.'

사장님은 뒤를 돌아 저를 쳐다보고는 고개를 끄덕였습니다. 됐다! 저는 사장님을 어떻게 설득할지 고민했어요. 사장님은 강연을 마치고 자리로 돌아온 뒤, 제게 강당 밖에서 빠르게 이야기하자고 했습니다. 저는 에너지 산업에 대해 평소에 갖고 있던 생각을 말하고 입사하고 싶은 의지를 보였습니다. 사장님은 고개를 끄덕이고 몇 가지 질문을 하신 뒤, "그럼 지원해봐" 하고는 떠났습니다.

두 달 후 공채를 거쳐 저는 그 회사 신입사원으로 입사하게 되었어요. 회사에 출근하니 당시 인사팀장이 그 포스트잇 종이를 보여주며 저에 대해 전해들었다고 했습니다. 절차에 함몰되어 때때로 목적 자체를 잊는 경우가 많습니다. 방법과 절차, 규칙은 하늘로부터 내려 온 신의 말씀이 아닙니다. 방법의 틀에 자신을 가두지 마세요. 항상 목적과 결과에 집중하고 얻어내기 위한 나만의 문제해결을 기르는 것이 중요합니다. 미국의 투자자 알렉스 바나얀**Alex Banayan**은 이렇게 말했습니다.

성공하는 사람은 어디에나 3가지 문이 있다는 걸 알고 있다.

첫 번째, 99퍼센트 사람들이 줄을 서서 기다리는 문.

두 번째, 부자들이 들어가는 VIP 문.

세 번째, 언제 어디에서든 항상 세 번째 문이 있다. 그 문은 당신이 줄에서 이탈해 나와 온갖 장애물을 넘은 뒤, 문

을 100번쯤 두들기면 들어갈 수 있는 문. 이 문은 항상 어
디에나 있다.

국내에서 취업에 성공했던 경험은 앞으로의 문제해결법을 키우는
데 도움을 주었어요. 다른 사람이 나에 대해 한정적인 정보만을 가지고 내리는
판단에 수긍해서 의기소침하지 않아도 돼요. 저도 서류에서 줄줄이 떨어졌던 그
시기가 정말 힘들었습니다. 그렇지만 우리는 그 사람들의 판단에 동의하는 대신
자신을 믿고 '흥, 저 회사는 보는 눈이 없네!' 하며 나중을 위한 멋진 한 방을 준비
할 수 있어요. 누구도 자신만큼 나를 잘 알지는 못하니까요.
제 문제해결은 4가지로 요약될 수 있어요.

- 결국 내가 가진 문제를 풀게 하는 것은 절차가 아니라 사람이다.
- 다른 사람과 다르게 행동해서 돋보일 기회를 찾아라.
- 항상 의사 결정자를 찾아서 직접 협상하라. 시간을 아낄 수 있다.
- 시키는 대로만 하면 안 된다.

모두가 내게 아니라고 하더라도, 나만은 항상 예스YES를 해야 해요.
꼭 기억하세요. 정말 중요해요. 요즘 한국 청년을 N포 세대라고 부른다고 들었
어요. 저는 이게 화가 나요. 20~30대를 N포 세대라고 하는 사람들이 우리의 미
래를 더 나아지게 바꿔줄까요? 아뇨. 결국 우리는 개개인이 스스로 극복해나가
야 해요. 도와주지도 않을 거면서 희망 없고 불쌍한 세대로 이름 붙이지 말라고

나만은 나에게 예스를 하기

요. 그런 때일수록 웅크리면 안 돼요.

　　브랜딩에서 '인기가 많은 것처럼 보여라. 비록 아직 그렇지 않더라도Appeal to be popular even though you are not yet'라는 중요한 원칙이 있습니다. 아직 인기가 없어도 인기 많은 것처럼 행동하면 정말 그렇게 된다는 거죠. 희망을 기대받는 것이 동정받는 것보다 중요해요.

　　영어권 국가에서도 이런 세대를 '밀레니얼'이라고 불러요. 물론 글로벌화 이후로 세계 경제가 비슷하게 흘러가기 때문에 전 세계의 밀레니얼 세대는 공통적으로 높은 집값과 높은 실업률을 경험하고 있어요. 그러나 밀레니얼들은 인터넷과 함께 자라서 새로운 것에 대한 거부감이 적고, 자기애가 강하며, 시민정신과 사회적 책임감이 높습니다. 또한 일에서 돈 이상으로 '사회적 기여와 의미'를 중시하는 세대예요. 공감을 잘 하고 편견이 적어 인류가 직면한 문제를 해결할 세대죠. 우리는 부모만큼 성장을 누리지 못하는 세대가 아닙니다. 당신은 무한한 가능성을 품은, 인류가 다음 단계로 나아가도록 엄청난 도움을 줄 수 있는 귀중한 존재예요.

　　사회가, 친구가, 심지어 가족들이 아니라고 하더라도 스스로는 꼭 자신의 가능성을 믿고 예스를 하세요. 당신의 가능성은 자신만이 말할 수 있으니까요. 그리고 방법을 찾아내는 거예요.

Alice's
Global Survival ToolKit

연봉 협상 실전 노하우

한국이나 외국이나 연봉 협상은 항상 민감합니다. 특히 해외에서의 첫 연봉 협상은 더욱 난감해요. 어느 정도가 기준인지를 알 수 없기 때문이죠. 아는 데도 한계가 있고요. 그래서 제가 겪은 연봉 협상에 대한 이야기를 허심탄회하게 하려 합니다. 절대적인 방법은 아니지만 도움이 될 거예요.

❶ 입사 시 연봉 협상

첫 번째 회사에서는 어떻게 하면 되는지 몰라서 협상 없이 받았습니다. 외국에서의 첫 직업이면 너무 강경하게 나가지 않는 게 좋아요. 상대편에서도 한 번도 외국에서 근무해본 적 없는 사람을 위험 부담하고 고용하는 거니까요. 집과 이주비용을 보조해주는 외국인 직원 패키지는 임원이 아니면 거의 안 해주는 것이 관례입니다.

싱가포르에 자녀 없이 혼자 작은 방 한 칸 빌려 살기 위한 최저임금은 3,000SGD 정도입니다. 저는 2,500SGD에서 시작했는데, 이런 회사는 잘만 협상하면 3,000SGD 정도까지 줄 수 있습니다. 최소치를 3,000SGD로 잡고 협상하면 됩니다. 이 돈으로는 정말 빠듯하니까 하루라도 빨리 성과를 내야 합니다.

❷ 근무 중의 연봉 협상

체계적인 회사라면 매년 성과 평가를 합니다. 대부분 회사가 성과에 따라 정해진 범위에서 연봉을 올려줍니다. 담당 매니저와 성과에 대해 자주 이야기하는 게 중요합니다. 해외에서는 단순히 추측만 하면 안 됩니다. 더군다나 문서로 남겨두지 않으면 아무도 알아주지 않습니다. 내가 했던 업무를 '잘하는 것'뿐만 아니라 내가 잘했다고 다른 사람이 인식하게 하는 것도 중요합니다.

제 첫 번째 직업처럼 아주 낮은 금액으로 시작해서 빠르게 성과를 내고 있다면 연봉 협상을 1년에 2번 할 수 있습니다. 특히 성과가 바로 드러나는 세일즈 직무는 더욱더 그렇습니다. 제 동료들은 매니저와 미팅을 할 때마다 연봉 인상을 요구합니다.

어떻게 평화롭고 품격 있게 더 많은 연봉을 요구할 수 있을까요? 저는 간접적으로 사인을 주는 방법을 생각했습니다. 회사를 옮길 생각은 없었지만, 그동안 연락이 와도 답변하지 않았던 타 회사와 얘기를 시작했어요. 현재 마켓에서 내 몸값이 얼마나 되는지 알기 위해서였습니다. 동시에 러브콜이 오고 있는 것을 매니저가 누군가에게 듣게끔 얘기를 흘렸어요.

예상했던 대로 며칠 후에 매니저가 얘기를 하고 싶다고 커피 타임을 요청했습니다. 매니저는 제가 적당하다고 생각했던 만큼의 월급 인상과 영국 본사로 싱가포르 직원을 대표하는 트레이닝을 보내주겠다고 제안했지요. 제가 비록 요구하지는 않았지만, 마켓에서 제가 현 월급보다 충분히 많이 받을 수 있으리란 걸 매니저도 알았으니까요. 의리 있고 충성심 있는 직원은 좋지만, 그보다 더 매력적인 건 경쟁사에서 데려가려고 안달하는 직원입니다.

평화로운 연봉 인상이 원하는 만큼 안 될 때 사람들이 경쟁사에서 오퍼레터를 받아온 것을 보여주며 "이게 내 마켓의 몸값이야. 이만큼 맞춰주면 이 회사에서 머물겠지만, 아니면 다른 회사로 갈게"라며 현 회사가 카운터오퍼를 주기를 요구하는 경우가 종종 있어요. 이 방법은 괘씸죄가 적용될 수 있기 때문에 권장하지 않습니다.

❸ 이직할 때의 연봉 협상

이직을 할 때는 크게 2가지 경우가 있죠. 회사의 리크루터나 헤드헌터에게 연락이 와서 포지션을 제안받을 경우가 있고, 내가 직접 지원하는 경우가 있어요. 포지션을 제안받을 경우 리크루터에게 얼마 정도의 예산을 월급으로 정해놨는지를 물어볼 수 있습니다. 반면 내가 지원했다면 월급이 얼마인지 물어보기가 애매하죠.

제가 링크드인과 P&G로 이직했을 때는 링크드인에서 채용 공고를 확인하고 일반적인 채용 절차를 거쳤습니다. 일단 최선을 다해 면접 단계를 모두 통과한 뒤, 인사팀과 마주앉았을 때 연봉 얘기를 꺼냈어요. 커리어는 사다리처럼 올라가는 것만이 아니기 때문에 어쩔 때는 연봉이 낮아지기도 하고, 언젠가는 점프도 할 거예요. 저는 결국 궁극적인 승리자가 되려면 젊을 때는 돈을 버는 것이 아니라 실력을 쌓는 게 중요하다고 생각했습니다. 진짜 실력을 키울 수 있는 포지션으로 갈 수 있다면 기꺼이 더 적은 돈을 받고 갈 준비가 되어 있었죠. 저는 타이밍이 좋았기 때문에 헤드헌팅을 하면서 정말 많은 연봉을 받았고, 어떤 회사도 맞춰 줄 수 없단 걸 알았습니다. 그런데 언제까지고 운에 의존할 수 없었고, 링크드인으로 가면 헤드헌터의 커리어를 자연스럽게 IT 쪽 커리어로 전환할 수 있었으니까 매력적이었습니다. 얼마를 받아도 링크드인으로 이직할 생각이었어요.

그래서 HR과 얘기할 때, 1년 치 소득계산서를 보여줬어요. '어차피 못 맞춰 주겠지만 최선을 다해 달라'라는 의미였죠. 숫자로 말하는 것이 가장 정확합니다. 업계의 기준이 전 회사에서 적게는 15퍼센트, 많게는 30퍼센트까지 연봉 상승을 하면서 옮기는 것이 일반적이기 때문에 전 회사에서 얼마 받았는지를 보여주면 하면 얘기가 쉬워져요.

제가 했던 것처럼 연봉을 절반까지 깎으면서 다른 회사를 가고 싶어 하는 특수한 경우가 아니라면 대부분의 HR은 연봉을 제안할 때, 항상 약간의 여유를 가지고 오퍼를 합니다. 전 직장에서 받았던 액수와 잘 비교해보면서, 왜 조금 더 돈을 받아야 하는지에 대한 이유를 얘기해보세요. 내가 몇 개월만 더 있으면 승진할 상황이고, 언제 보너스가 나올 예정인데 그걸 포기하고 와야 한다 등의 이유를 들면 됩니다. 특히 인터뷰를 잘 봤고, 그 포지션에 경쟁자가 없으면 한번 요청해볼 만해요.

Q
♠

PART
6

당신의 취업을 위한 A부터 Z

Career Survival Tip
A to Z

♥
Q

01   앨리스의 해외 취업 분투기

어떻게 첫 직업을 구했나요?

"왜 하필 싱가포르인가요?"라는 질문을 많이 받았습니다. 제게 싱가포르는 다양한 인종이 어울려 살아서 매력적이었어요. 다른 한편으로 '한국인'이라는 내 유일한 강점을 잘 활용하려면 글로벌 회사의 지역 본부가 많아야 했습니다. 싱가포르와 홍콩이 그런 곳이었어요. 두 곳의 채용 공고들을 훑어보니 홍콩은 은행과 패션 회사가, 싱가포르는 소비재와 IT 회사가 많은 것 같았어요. 그래서 싱가포르를 선택했습니다.

싱가포르에 도착한 뒤 수많은 네트워킹과 입사 지원을 거쳐 인터뷰 기회를 얻을 수 있었던 포지션은 총 6개입니다. 각 포지션을 공략했던 방법과 진행 절차에 대해 상세히 알려드릴게요.

1 프랑스 투자 은행

아무 연고도 없는 싱가포르에서 큰 도움이 된 것은 대학 동문회의 선배들이었습니다. 적극적으로 동문 모임에 참석해서 제가 싱가포르에 온 이유를 어필했더니 그중 한 분이 인턴 인터뷰를 주선해줬어요. 바로 프랑스 투자 은행

소시에테 제네랄société générale의 환율 트레이딩 팀이었어요. 운이 좋았죠. 경영학과를 졸업했지만 사실 금융보다는 마케팅을 좋아해서 은행에 가고 싶다고 생각해본 적은 한 번도 없었습니다. 그때의 전 금융 지식이 전무했고 영어도 유창하게 구사하지 못했어요. 인터뷰를 보면서 "저는 팀을 위해 누구보다 점심 도시락을 빨리 사올 수 있습니다"라고 했다가 떨어졌어요. 그렇지만 싱가포르에 온 지 얼마 안 돼서 인터뷰를 했다는 것만으로도 고무적이었습니다.

2 비행기 부품 제조 회사

다른 동문 선배가 저를 로터리클럽에 데려가 비행기 부품 제조 회사의 사외 이사님을 소개해줬습니다. 그분의 추천으로 해당 회사의 최고업무책임자와 바로 인터뷰할 수 있었어요. 그곳은 비행기가 이착륙할 때 확인하는 영상을 찍는 카메라를 만드는 회사였습니다. 이런 회사에서 마케팅을 전공한 경영대생이 할 직무 자체가 없을 것 같았어요. 결국 한 시간 동안 인터뷰어에게 싱가포르 산업 설명과 진로 상담을 듣는 일이 벌어졌습니다. 상담은 정말 좋았지만 당연히 떨어졌습니다.

3 금융 정보 회사

제가 이력서를 등록한 헤드헌팅 회사에서 한 금융 정보 회사와의 인터뷰를 주선해줬습니다. 제 생애 네 시간 동안 인터뷰를 한 적은 처음이었어요. 사람을 급하게 뽑고 있어서 이날 모든 단계의 인터뷰를 마무리하려는 듯했어요. 이번에도 제 금융 지식과 영어 실력의 취약함을 느꼈습니다. 최근에 읽은 금융

소시에테 제네랄 인터뷰를 봤던 마리나 베이 파이낸셜 센터

기사에 대해 써보라고 했는데 애플 주식이 올라갔다는 것 한두 줄 말고는 아무것도 쓸 수 없었습니다. 확실히 금융 쪽을 잘 알고 있으면 기회가 많아요. 그러나 금융은 제 적성이 아니라서 장기적으로는 오히려 잘 떨어졌다고 생각해요.

4 비즈니스 콘퍼런스 이벤트 회사

아시아의 허브 싱가포르는 'MICE'[1] 산업이 크게 발달한 나라입니다. 지리적 위치 때문에 각종 국제 콘퍼런스, 페스티벌 등이 이곳에서 열리죠. 한국은 아직 이 산업이 발전하지 않아 'MICE'라는 말이 생소할 거예요. 제가 지원했던 회사는 바이오 산업에서 콘퍼런스를 조직하는 스타트업이었습니다. 싱가포르의 채용 사이트를 보고 이력서를 제출했어요.

[1] MICE
Meethings, Incentives, Conferences, Events의 약자. 투어리즘의 일종으로 특정 목적을 가지고 많은 사람이 모이는 잘 계획된 모임을 말한다.

작은 회사는 큰 회사보다 이력서를 꼼꼼하게 살펴봅니다. 채용 기간 하루 지나서 지원했는데도 운이 좋아서 인터뷰를 하게 되었습니다. 제 커버레터가 인상적이어서 한번 만나고 싶었다고 해요. 떨리는 마음으로 인터뷰를 보게 됐는데 제가 생각해도 기가 막히게 잘 본 거예요. 첫 면접을 통과하니 다음은 토론 면접이라고 하더군요. 먼저 세일즈 전략을 세워 제안서를 작성해야 했습니다. 하루 종일 과제를 살펴봤는데 너무 막막한 거예요. 영어를 못 해서 쓰기 싫었던 것도 있지만 제안서 작성 자체에 자신이 없었어요. 그래서 결심했죠. 하기 싫은 건 하지 말자고. 바로 매니저에게 거절 메일을 보냈습니다. 아쉬웠지만 제 적성에 맞지 않은 일을 하고 싶지 않았습니다.

센토사 레저 그룹Sentosa Leisure Group은 싱가포르 센토사섬의 레저 시설을 맡아서 개발하는 손꼽히는 규모의 회사입니다. 이 회사의 채용 공고를 발견하고는 단번에 '이거다'라고 생각했습니다. 제가 지원한 직무는 놀이 시설, 레스토랑 등을 자연과 조화를 이루면서도 수익성 있게 개발하는 일이었어요.

부푼 마음으로 회사 웹사이트를 통해 지원했는데 멋진 커버레터에도 불구하고 아무런 연락이 없는 거예요. 저는 지금이야말로 네트워킹을 활용할 때임을 느끼고 본격적으로 자료를 검색했습니다. 그러던 중 '세계 미식가 대회'가 센토사섬에서 열린다는 소식을 들었어요. 큰 행사에는 당연히 본사 이벤트 매니저가 나올 것이니 그에게 어필해야겠다고 생각했습니다. 바로 미식가 대회에서 열리는 쿠킹 클래스 티켓을 산 뒤, 홀로 센토사섬으로 향했어요. 그곳에서 목표했던 대로 센토사 레저 그룹에서 파견된 매니저를 만났습니다. 결국 저는 그에게 입사 지원을 도와달라고 설득하는 데 성공했어요. 그러나 행운은 예상치 못한 곳에서 왔습니다.

우연히 제과 회사 시식 담당자와 제가 여기 온 목적에 대해서 짧은 대화를 하게 됐어요. 그런데 담당자의 친구가 센토사 레저 그룹에 다닌다는 거예요. 그가 친구에게 제 이야기를 해준다고는 했지만 사실 별로 기대하지 않았습니다. 그러나 결과적으로 앞의 매니저가 아닌 시식 담당자의 친구가 면접을 볼 수 있는 길을 만들어줬습니다.

어렵게 얻은 기회였기에 인터뷰 준비를 잘하고 싶었어요. 한 장의 종이에 이 업무를 수행하기 위해 필요한 역량들을 분석한 뒤 제가 그간 했던 경험들을 버무려 정성을 다해 커버레터를 작성했습니다. 노력과 열정 때문인지 1차 서류는 통과했습니다. 그러나 2차 최종 면접에서 결국 떨어졌어요. 더 잘 맞는 지원자가 있었다고 합니다. 충격적이었어요. 사실 이 결과를 기다리느라 스탠다드차타드 은행에 지원할 기회를 놓쳤거든요.

이 경험으로 직업을 구할 때는 정말 가고 싶은 회사에 최선을 다하되 하나만 바라보고 있으면 안 된다는 것을 배웠어요. 항상 더 많은 선택지를 가지고 있을 때 유리하더라고요.

6 헤드헌팅 회사

가장 가고 싶었던 회사에서 떨어진 후 많은 고민과 방황을 했습니다. 이를 지켜보던 하우스메이트가 저를 걱정하기 시작했어요. 언니는 제게 이렇게 조언했어요.

"네가 하고 싶은 일을 찾는 것도 좋지만 현실적으로 삶은 밸런스 아니겠어? 내 남자친구가 헤드헌팅 회사의 매니저인데 이 직무가 네 적극적인 성격과 딱 맞을 것 같아. 일단 면접이라도 봐."

이렇게 이력서 접수 및 온라인 적성 테스트는 극적으로 하루만에 이뤄졌어요. 곧이어 매니저 인터뷰와 디렉터 인터뷰를 하게 됐습니다. 디렉터는 인터뷰 과제로 '헤드헌팅 회사의 한국 시장 진출 전략'에 대해 생각해 오라고 했어요. 이때 에너지 회사 동기였던 동료들이 많은 도움을 줬습니다. 그 결과 디렉터는 제게 영어는 부족하지만 내용과 논리는 알겠다며 감동했어요. 사실 그 회사는 한국 시장에 대한 사업 계획은 물론 채용 계획도 없었어요. 평소 한국 시장

무작정 떠난 센토사섬의 세계 미식 대회

에 관심 있는 정도였지 구체적이지 않았거든요. 그러던 중 그 일을 할 만한 사람이 나타난 겁니다. 더군다나 그 사람에게 기회를 주는 데 비용이 크지도 않았고요. 이렇게 저는 싱가포르에서 첫 직업을 얻게 됩니다.

       힘들고 긴 취업 준비를 거치면서 제 자신에 대해 잘 알게 되었어요. 무엇과도 바꿀 수 없는 뿌리 깊은 자신감이 생겼습니다. 덕분에 태도는 당당했고 편했어요. 그러니까 엄청 세일즈를 잘하는 사람처럼 보이더라고요.

       외국에 대한 막연한 동경이 있나요? 그런 마음으로 외국에 떠나면 위험하다고 주변 사람이 말릴 거예요. 그런데 그건 동경했지만 포기한 사람들의 이야기예요. 후회 안 해요. 동경만으로 외국에 가도. 원하는 삶을 살았던 사람은 절대 후회 안 해요. 그러니까 자신을 알아야 해요. 정말 하고 싶은 것을 끝까지 찾아야 해요.

       해외 취업에서 가장 결정적인 역할을 했던 것은 결국 '사람'이었어요. 직접적으로 도움을 줬던 사람, 믿어주고 응원해줬던 사람 모두에게 많은 힘을 받았습니다. 그렇지만 그 사람들이 당신에게 무엇을 하라고 알려줄 수는 없어요. 스스로 정해야 합니다. '나는 어떤 문제를 풀 수 있는 능력이 있을까'를 적극적으로 생각해보세요. 여기에 내 가치가 있습니다. 무엇을 해야 할지에 대한 답을 찾고 실천하고 노력한다면 예상치 못한 데서 손길이 올 거예요.

연차별 해외 취업법

해외 취업에는 다양한 접근이 필요하다

'외국으로 가야 할까요? 제가 취업이 될까요?'

'졸업 예정인데요. 어렸을 때부터 항상 외국에서 살고 싶어 했습니다. 제게 해외 취업을 추천해주실 수 있나요?'

사실 이 질문은 제가 싱가포르로 오기 전에 많은 사람에게 물어봤던 질문입니다. 외국에서 일해본 적 없는 사람에게까지 물어보며 절박하게 답을 갈구했어요. 지금 생각해보면 이 질문들은 본인이 아니면 답할 수 없고 답해서도 안 되는 거예요. 당신의 해외 취업 성공 여부와 행복도를 예상할 수 있는 가장 훌륭한 전문가는 바로 자신입니다. 스스로에게 물어보세요.

'나는 얼마나 간절히 원하는가?'

외국에서 사는 게 중요하니까 다른 부분은 타협하겠다는 강한 의지가 있으면 언제든 할 수 있습니다. 한국에서 누렸던 지위 이상을 바라며 해외로 나가야겠다고 생각하면 길이 상당히 좁아져요. 경력이 많은 사람들은 타협하기가 어렵기 때문에 주재원처럼 회사 내부에서 옮기는 경우가 많습니다. 가장 안전하고 확실한 방법이죠. 이런 기회 없이 해외 취업을 원한다면 그 길을 찾아가

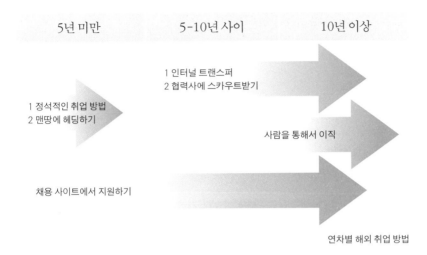

1 인터널 트랜스퍼
2 협력사에 스카우트받기

1 정석적인 취업 방법
2 맨땅에 헤딩하기

사람을 통해서 이직

채용 사이트에서 지원하기

연차별 해외 취업 방법

는 과정이 중요합니다. 이 과정에서 단단히 단련될 수 있으니까요.

지금부터 연차별로 해외 취업을 생각할 때 반드시 짚고 넘어가야 할 것들에 대해 설명하겠습니다. 물론 다양한 경우의 수가 있고 산업마다 차이가 있어요. 이 점을 감안하고 자신의 상황과 대입해서 앞으로의 계획을 짜면 큰 도움이 될 거예요.

학생을 포함한 5년 미만 경력자

냉정하게 우리가 처한 상황을 살펴봅시다. 학생 혹은 5년 미만 경력 자가 해외 취업을 하기 위해서는 크게 두 집단으로부터 우위를 가져야 해요.

- 영어를 모국어로 하는 인도, 필리핀, 미국 사람들
- 해외에 취업하고자 하는 한국 사람들

먼저 첫 번째 집단, 영어를 모국어로 하는 사람들과 비교해서 여러분이 가진 장점은 무엇일까요? 글로벌에서는 학벌, 전공, 인턴 경험 따위는 도움이 별로 안 돼요. 회사들이 외국인을 뽑을 때는 그의 가능성을 보고 뽑는 게 아닙니다. 바로 업무에 투입되어 2~6개월 안에는 제몫을 완전히 해내기를 기대하고 뽑는 거예요. 그래서 경험 없는 사람을 뽑을 때 회사는 객관적이고 부정할 수 없는 것들 위주로 보게 됩니다. 인도, 필리핀, 말레이시아인과 비교해서 확실하게 강점인 것은 딱 하나밖에 없어요. 그건 바로 한국인이라는 것입니다.

한국과 비즈니스를 해야 하는 글로벌 회사 중 한국 문화를 잘 아는 사람을 뽑아야 할 경우가 많습니다. 이때 우리는 영어를 못 해도 절대적인 우위를 갖게 됩니다.

그렇다면 해외에 취업하고자 하는 다른 한국인에 비해서 우리는 어떤 강점을 가지고 있을까요? 2~3년 경력자들은 상황이 낫습니다. 반면 아직 한국에서 전혀 일을 안 해본 학생은 강점이 거의 없어요. 회사 입장에서는 아주 짧더라도 한국에서 일해본 사람을 선호할 수밖에 없습니다. 학생들은 아직 남의 돈을 받고 사는 게 얼마나 힘든 일인지 겪어보지 않았어요. 게다가 한국의 채용 절차를 통과한 경험은 해외 취업의 큰 밑거름이 됩니다. 디자인이나 엔지니어링처럼 특수 기술이 있지 않다면 필연적으로 한국 관련 업무를 해야 하는데 이때 한국 회사 문화에 대한 이해는 필수죠.

학생이라면 일단 한국 회사에 되도록 빨리 들어가서 일을 시작하는 것을 추천합니다. 아주 짧더라도 한국에서 일했던 경험이 크게 도움됩니다. 저도 한국에서 3개월 정도 근무하다 싱가포르에 무작정 왔습니다. 짧아도 좋으니 꼭 한국에서 먼저 취업하세요. 혹시 한국에서의 취업이 여의치 않고 바로 해외 취업을 하고 싶다면 2가지 방법이 있습니다. 영어 잘하는 사람에게 맞는 정석적인 길과 저와 같은 스트리트파이터의 길이에요.

1 정석적인 길

매니지먼트 트레이니 프로그램

많은 글로벌 회사가 운영하는 일종의 엘리트 트랙이에요. 특별히 직무를 구분하지 않고 우수한 인재를 뽑아서 회사를 운영할 재목으로 키우는 데 목적이 있습니다. 들어가기 정말 힘들지만 합격하면 뛰어난 커리어가 됩니다. 이런 프로그램들은 학교 경력개발센터를 통해 모집하거나 링크드인에도 가끔 공고가 올라옵니다.

각종 해외 취업 프로그램

저는 개인적으로 해외에 취업시켜준다는 어떠한 프로그램도 믿지 않아요. 요즘에는 정부나 사설 기관에서 하는 취업 지원 프로그램이 많더라고요. 이런 프로그램은 인터넷에서 많이 볼 수 있는데 신중하게 생각하고 참여해야 합니다.

대략적인 해외 구인·구직 현황이 궁금하다

면 정부가 운영하는 '월드잡²'이라는 사이트가 도움이

됩니다.

월드잡
www.worldjob.or.kr
2 객관적인 해외 취업 정보에 대해
자세히 설명된 사이트. 특히 해외
취업 가이드 섹션의 '가이드북'을
보면 일본, 미국, 싱가포르, 중동
취업에 관한 내용이 자세히 나온다.

일본어 능통 한국인 전형

싱가포르 금융권에서는 일본 은행들이 상당한 위치를 차지하고 있습니다. 일본은 한국보다 금융이 훨씬 선진화돼 있거든요. 싱가포르에 있는 한국 은행들의 직원이 10명 안팎이라면 일본 은행들은 2,000명이 넘는 인원을 자랑합니다. 이처럼 일본이 글로벌에서 한국보다 경제 규모가 커서 일본어를 쓰는 직군이 많습니다. 그런데 영어 잘하는 일본인을 찾기 힘들다 보니 일본어 능통 한국인이 다양한 곳에서 활약하고 있어요. 만약 일본어가 능통하다면 JAC 리쿠르트먼트JAC Recruitment나 enWorld 등 일본계 헤드헌팅 회사에 이력서를 넣어보세요. 꽤 승산이 있을 겁니다.

특수 직종

외항사의 스튜어디스나 호텔 매니저 등 항상 한국인을 필요로 하는 직무들은 상시 채용을 하고 있으니 인터넷 정보를 참고하면 됩니다.

채용 웹사이트

어떤 채용 사이트가 더 중요하다고 할 것 없이 모든 곳에 이력서를 올려야 합니다. 습관처럼 네이버에 한글로 '해외 취업'만 검색하고 다른 사람들이 작성한 블로그만 보면 안 돼요. 구글과 영어 검색에 익숙해져야 합니다.

구글에 취업하고 싶은 나라 이름과 'Jobs'를 입력하세요. 싱가포르에 취업하고 싶다면 'Singapore jobs'라고 검색하면 됩니다. 전부 찾아보고 키워드에 'Korean'을 입력하면 한국인을 뽑는 다양한 직업들이 뜹니다. 그 밖에 직업으로 연결될 수 있는 자격증을 가지고 있거나 특정 기술이 있다면 그 단어로 검색해도 좋습니다.

2 스트리트파이터의 길

경력 2년 이상 3년 미만이 도전할 만한 길입니다. 한국 기업의 일하는 방식을 이해했고 경력이 많은 사람보다 젊다는 강점이 있지요. 이런 유형의 사람이라면 고려해보세요.

- 한국 생활에 대해 미련과 미래가 없다고 생각된다.
- 전공이 기술 직무가 아니다.
- 10년 동안 한국에서 영어를 배웠어도 서툴다.

스트리트파이터의 길을 택하려 했을 때 어떤 분이 제게 한 사람의 인생 이야기를 들려줬어요.

지금으로부터 몇십 년 전, 어떤 사람이 서울대 농대를 졸업했다고 합니다. 당시 농대를 졸업하고 할 수 있는 일이 많이 없었대요. 그래서 그는 취업을 포기하고 무작정 미국으로 건너갔어요. 그때는 24시간 편의점이라는 개념이 생소했을 뿐만 아니라 프랜차이즈 편의점 세븐일레븐이 막 미국에 진출했던 시기였다고 해요. 아무것도 없이 타국에 갔기 때문에 그는 미국 세븐일레븐에서 편의점 아르바이트로 처음 일을 시작합니다. 하지만 그는 시키는 대로 편의점 업무만 하지 않았어요. 일하면서 자신이 느낀 불편함과 그에 따른 개선점 등을 정리한 뒤 2주에 한 번씩 본사에 개선안을 꾸준히 제출했습니다. 처음에는 본사에서도 '신기한 사람이네'라고만 생각하다가 그 개선안 내용이 꽤 타당해서 그를 한 번 보자고 한 거예요. 그러다가 우여곡절 끝에 세븐일레븐 본사로 입사하게 됩니다.

이후 시간이 흘러 그는 미국에서 안정적으로 자리를 잡게 됐어요. 그러던 어느 날 그에게 더 큰 기회가 왔습니다. 미국의 유명 요식 프랜차이즈 체인점이 한국에 진출하기 위해 미국과 한국의 상황을 모두 잘 아는 전문가가 필요했던 거예요. 그는 이 프로젝트를 맡게 되었고 한국에 해당 프랜차이즈를 성공적으로 정착시켰습니다. 지금도 그 프랜차이즈는 한국 어디에서도 볼 수 있을만큼 대단히 성공했죠. 그는 한국 프랜차이즈계의 신화적 존재가 됐고, 지금은 한국 프랜차이즈를 해외로 수출시키는 일을 하고 있다고 합니다.

으레 성공 스토리가 그렇듯 완전히 사실인지는 잘 모르겠어요. 중요한 건 당시 제게 큰 영감을 줬다는 거예요. 맥도날드 아르바이트를 하더라도 남들보다 '열심히'가 아니라 '다르게' 한다면 잘 해낼 수 있을 거라는 근거 없는 확신이 들었어요.

이 이야기를 들려주신 분이 제게 이렇게 조언했어요.

"이왕 싱가포르에 무작정 갈 거면 한국에 없는 비즈니스를 경험하세요. 정보의 불균형으로 이득을 취하는 거죠. 한국에 아직 들어오지 않은 것들을 적극적으로 찾아보면 그 안에 답이 있을 수 있습니다."

스트리트파이터의 목적은 한국에서 아직 발전하지 않은 산업을 미리 경험하는 거예요. 빠르게 자라나는 산업에서 배우다 보면 그만큼 나도 성장할 수 있어요. 저는 이 길을 걸으며 좋은 사람을 만날 기회도 많았습니다. 더 이상 인생에서 미련이 없다는 후련함도 얻었지요. 스트리트파이터의 장점은 무궁무진하니 여러분도 자신의 길을 만들어가세요.

5년 이상 10년 미만 경력자

당신이 외국계 기업을 다니고 있다면 인터널 트랜스퍼internal transfer의 기회를, 국내 기업을 다니고 있다면 해외 지사 발령을 노려볼 수 있을 거예요. 딱 5년에서 10년 미만의 경력자가 해외 지사로 많이 나가더라고요. 회사의 높은 포지션에서 일하고 있는 사람들은 인터널 트랜스퍼의 기회가 많았어요. 인터널 트랜스퍼는 해외 지사 파견이라기보다는 글로벌 기업에서 이뤄지는 회사 내 인사 이동이라고 생각하면 됩니다. 특히 외국계 기업에서 영어를 잘하는 사람이라면 이런 기회가 많으니 주변 사람에게 해외 근무를 하고 싶다고 계속 어필해야 해요.

그런데 아무리 봐도 기회가 없을 것 같다면 어떻게 해야 할까요? 꾸준히 해외 구직 사이트를 통해 지원하면서 링크드인 계정을 만드는 것부터 시작합니다. 한번 생각해봅시다. 당신이 졸업 예정 학생보다 나은 점은 무엇일까요? 바로 기업을 안다는 것입니다. 그럼 기업 입장에서 생각해보죠. 기업이 당신을 채용해야 할 이유는 무엇일까요?

'저는 마케팅 전략을 3년 동안 도맡아 했습니다.'

땡, 현지에도 3년 동안 마케팅 업무를 한 사람이 많습니다.

'저는 적극적이고 다양한 프로젝트 경험이 있습니다.'

땡, 현지에도 적극적이고 다양한 경험이 있는 사람이 많습니다.

기업 입장에서 생각할 때 누구도 부인할 수 없는 당신의 강점은, 역시 '한국인'이라는 것입니다. 5년 이상 직장 생활을 해본 당신은 회사가 어떻게 운영되는지 알 거예요. 회사에서 5년 경력의 마케팅 담당자를 뽑기 위한 광고를 냈는데, 한국인이 아닌 이름이 보입니다. 보니까 이탈리아 사람이에요. '신기하네, 어떻게 알고 지원했을까?'라는 의문이 듭니다. 그리고 끝이에요. 고려 대상도 안됩니다. 전문가 수준이 아니고서야 대부분 내국인으로 채울 수 있는 포지션이 많기 때문입니다.

그래서 처음 해외 취업하려는 사람이 일차적으로 노려야 할 포지션은 한국인이 필요한 직군입니다. 채용 공고 검색을 할 때 'Korean preferred한국인 선호, Korean speaking한국어 능통' 위주로 검색한 뒤 지원하는 것이 승산이 큽니다. 특히 문과 직무에 경력이 많지 않은데 영어까지 서투르면 더더욱 한국을 상대로 일하는 직업을 찾는 것이 현실적입니다. 하지만 같은 문과 직군이라도 디지털 마케팅처럼 전통적인 산업이 아닌 새로운 산업의 직업들은 항상 수요가 있습니다. 또한 디자이너, 엔지니어처럼 특정 기술을 가진 직무는 5년 이상 경력이면 해당 나라의 수요에 따라 외국인을 고용하는 데 훨씬 관대합니다. 전 직장이 외국계면 더 유리하고요.

현재 일하는 회사에서 외국인 담당자와 미팅이 많다면 그 사람과 좋은 관계를 맺어야 합니다. 아직 그 회사가 한국인 담당자를 채용할 만한 여력이 없더라도 기회가 된다면 채용하려고 준비할 수도 있습니다. 이 경우 함께 일했던 외국인 담당자에게 내부 추천을 부탁해볼 수 있습니다.

10년 이상의 경력자인 경우

10년 이상의 경력자들은 버릴 것이 많아서 결정이 쉽지 않습니다. 이때부터는 한국에서의 지위나 월급을 상당 부분 포기해야 할 수도 있으니까요. 또한 내 삶뿐만 아니라 식구가 모두 영향을 받아 부담이 큽니다. 그래서 특별한 기술이나 경험이 없는 한, 대개 해외 지사 이동을 주로 생각합니다. 현재 다니는 회사에서 해외 근무의 기회가 있을지는 스스로 잘 판단할 수 있을 겁니다.

또한 10년 차 이상 경력자는 여태까지 쌓아온 '사람'이라는 자산을 활용해야 합니다. 경력 연수가 낮을 때는 사람이 큰 힘을 발휘하지 못합니다. 아직 업무적으로 배워야 할 게 많기 때문이에요. 그렇지만 10년 이상부터 주된 역량은 '피플 매니지먼트people management'입니다. 자기 자신을 객관적으로 놓고 보세요.

나는 다른 사람들이 함께 일하고 싶어 하는 동료인가, 내 상사가 다른 회사로 옮겼을 때 나를 스카우트할 만큼 일을 잘해냈는가, 내가 지금까지 같이 일했던 에이전트에게 좋은 클라이언트였나 아니면 재수 없는 클라이언트였나 등등. 업계에서 자신의 평판과 위치를 생각해보는 겁니다. 특히 평생 직장이 없어진 요즘, 나만의 공을 세우기 위해 이기적으로 일하는 사람이라면 이 회사에서 쫓겨나는 순간 모두 물거품이 된다는 것을 꿰뚫어봐야 합니다.

불안정한 사회에서 직업 안정성을 보장하는 건 지금 회사에서의 업적이 아닙니다. 내 업무에 대해 좋은 평가를 하는 사람들이 점점 늘어나면 평생 일할 수 있는 직업 안정성이 보장됩니다.

저는 10년 이상 경력자가 아니라서 저보다 경력이 높은 분들에게 커리어 조언을 하는 게 우스울 수 있다고 생각합니다. 다만 20년 이상 경력자들을 헤드헌팅해주면서 인맥의 힘에 대해 크게 느꼈습니다. 60세 넘어서까지 프리랜서로 일하는 외국인 전문가들은 다양한 헤드헌터들과 지속적인 친분을 유지합니다. 언제 이들이 도움이 될지 모르기 때문이죠. 또한 업계에서 '함께 일하기 좋은 사람'이 되기 위해 굉장한 노력을 합니다. 프로젝트 기반으로 일하는 사람의 필수 조건이거든요. 어느 분야든지 프로젝트를 수행할 때 다른 사람을 추천하는 일은 흔합니다. "혹시 이 분야 전문가는 찾았어요? 괜찮은 사람을 아는데…"라며 함께 일하는 거죠.

자신만의 인맥을 꾸준히 구축하면서 링크드인 프로필을 잘 만들어놓고 다양한 채용 사이트에 이력서를 올리세요. 전 세계 기업의 채용 담당자와 헤드헌터들이 지금 이 순간에도 인재들을 검색하고 있습니다.

채용이 되는 이력서 작성의 비밀

100퍼센트 실전 영문 이력서 작성법

한국어로 이력서 쓰기도 힘든데 영어로 돋보이게 써야 한다니 정말 어렵죠. 최고의 이력서를 쓰려면 채용 과정을 냉철하게 볼 필요가 있어요. 채용은 이렇게 진행됩니다.

HR에서 이력서를 접수하면 1차 이력서 검토를 한 뒤 현업 담당자에게 보냅니다. 대부분은 HR의 1차 필터링에서 떨어지죠. 우리는 HR의 필터링을 통과하는 것을 가장 큰 목표로 삼아야 합니다. 그래서 이력서의 목적은 '내가 한 일을 얼마나 훌륭하게 표현할까'가 아니고 '어떻게 하면 이 이력서가 HR의 필터링을 통과할 것인가'가 되어야 합니다. HR이 집중하는 이력서의 모범 답안은 바로 '잡 디스크립션_{이하JD}³'에 있습니다.

> 3   잡 디스크립션 Job Description 직무 분석의 결과를 인사관리의 특정한 목적에 맞도록 세분화해 구체적으로 기술한 문서.

왜 JD가 모범 답안일까요? 현실적으로 말씀드릴게요. HR에 근무하는 사람들이 하는 일을 자세히 봅시다. HR에서는 후보자들의 데이터베이스를

이력서 지원

HR 담당자

1차 이력서 필터링

현업 담당자

2차 이력서 검토

현업 담당자

1차 인터뷰

임원

2차 최종 인터뷰

잡 오퍼 협상

계약서 작성 &입사 준비

이력서 제출 후 채용 절차

기반으로 검색하고 필터링을 하거나 채용 공고를 올리는 일을 합니다. JD는 HR 부서 혼자 작성하는 것이 아니라, 현업 담당자가 원하는 사람들을 기준으로 함께 작성한 거예요. 그래서 JD는 헤드헌터에게도, HR에게도, 지원자에게도 모범 답안이 되는 것입니다. 그에 잘 맞는 사람을 찾는 거니까요.

이력서를 잘 쓰기 위해서는 JD에 있는 단어들에 일차적으로 주목할 필요가 있습니다. 놀라운 사실은 뭔지 아세요? 모범 답안은 JD 즉, 채용 공고인데 많은 사람이 채용 공고를 제대로 읽지도 않고 멋들어지게 쓴 이력서를 보낸다는 겁니다. 정말 가고 싶은 회사와 직무가 있다면 JD와 내 이력서를 나란히 비교하면서 JD에서 요구하는 경험이 내 이력에 있는지 확인해야 합니다.

이번에는 우리를 두렵게 하는 1차 필터링에 대해서 더 자세히 알아보겠습니다. 싱가포르에서는 작은 회사라 하더라도 전 세계의 이력서가 쏟아져 들어옵니다. 채용 담당자가 쓰는 소프트웨어에는 기본적으로 거주국, 현재 직무, 현재 회사, 경력, 학교와 전공 등 많은 필터링 옵션이 있습니다. 다양한 항목으로 검색하면서 적합한 사람들을 걸러내는 거예요. 한국인을 뽑는 포지션이 아니라면 지원자 거주국을 '한국Korea'이라고 써놓는 순간 바로 탈락됩니다. 지금 한국에 있더라도 최소한 지원하는 국가의 주소로 설정하면 필터링 하나를 통과할 수 있죠.

또 하나 중요한 것이 '키워드 서치keyword search'입니다. 적당한 후보를 찾으려면 핵심 키워드로 검색해서 필터링하는 수밖에 없어요. 해당 키워드들이 이력서에 있어야 당신의 이력서가 검색 결과에 뜹니다. 제가 리크루터일 때는 '불 검색Boolean search'으로 원하는 인재를 찾았어요. 예를 들어 소비재 영업을 할 수 있는 매니저급 사람을 찾는다고 하면 검색창에 아래와 같이 씁니다.

(FMCG OR "consumer goods") AND ("sales manager"
OR "business development" OR "account manager" OR
"relationship manager")

이 프로그램에서는 'AND'는 교집합, 'OR'는 합집합처럼 인식이 됩니다. 소비재 산업을 뜻하는 영어 표현인 'FMCG'나 'consumer goods'라는 키워드 모두 혹은 둘 중 하나의 해당자 중에 세일즈 매니저를 뜻하는 'sales manager, business development, account manager', 혹은 'relationship manager'에 해당하는 사람을 찾는 겁니다. 이 예시는 최대한 가능성을 열어두고 다양한 검색어를 입력한 거예요. 보통은 가장 직관적인 키워드로 검색을 해요.

이력서에는 업계에서 보편적으로 사용되는 단어와 JD에 표현된 단어들로 작성하는 것이 중요합니다. 찾는 사람의 입장에서 가장 직관적으로 검색할 만한 단어들을 사용해서 이력서를 작성하세요. 이제 실전으로 들어가볼까요?

뒷장에서 제가 이력서 검토를 도와줬던 친구의 이력서와 JD를 예로 들어 살펴볼게요. JD를 바탕으로 회사에서 어떤 사람을 원하는지 파악하는 과정입니다. 먼저 JD를 꼼꼼히 읽어보고 중요한 단어를 체크해봅시다.

ACCOUNT MANAGER

Job description

A company supports 25 countries today, and we're rapidly expanding around the globe. You will be one of the first people on the ground in the region, and you will do whatever it takes to make A company users successful as we grow. If you're driven, analytical, and an amazing teammate, we want to hear from you!

The Account Management team is a highly consultative group that owns the relationships with A company's largest and fastest growing merchants. As an Account Manager, you are the main point of contact for senior executives at both growing startups and established enterprises. You are the merchant's internal advocate and it is your responsibility to understand our user's unique needs, drive adoption of Stripe offerings, and work across internal product teams to build next generatior of user-focused payment tools. We're looking for a natural relationship builder who can manage both day-to-day conversations as well as high level strategic discussions focused around driving revenue for both our users and A Company.

You'll

- Solve complex user needs work, across product, sales, risk and operations teams to improve our product.
- Build long-term relationships with top strategic users and directly drive Stripe's revenue growth
- Help structure, implement and manage scale related operational strategics and processes in the countries we are live in; and help put together new strategies and processes in the countries we are going to launch.

- Enable our key set of customers' success, and help our users work more efficiently with Stripe.
- Help with regional Stripe partnerships launches.
- Work with sales, and New Markets Operations teams to provide customer feedback and local market insights to our engineering teams and help shape the product roadmap.

Our ideal Candidate Will

- Have 2+ years of experience in consulting, VC/PE, or any other analytical role within a rapidly growing company.
- Have significant experience in a customer facing role.
- Be entrepreneurial, independent, and love building things from scratch.
- Understanding the Stripe API and build great relationships with technical customers.
- Ability to operate in a highly ambiguous and fast-paced environment.
- Have a process-oriented mindset and ability to execute.
- Be a strong problem solver.

Nice to Haves

- Language capabilities beyond English, ideally Chinese.
- Experience with SOL
- CS background of affinities.
- Experience in a high growth technology company.

앞 페이지의 JD에서 반드시 참고해야 할 부분입니다. 다른 직군도 같은 방식으로 접근해보세요.

1 채용 직무

일단 마음의 준비를 먼저 할게요. 회사는 결국 돈 버는 조직이라는 것을 명심하고 현실적으로 이 회사의 비즈니스와 업무가 무엇일지 생각해봅니다. 앞의 JD에 나오는 '어카운트 매니저Account Manager'는 세일즈에서 흔한 직군입니다. 클라이언트를 모집하거나 관리하는 역할이죠.

2 채용 목적과 분위기

여기에서는 아시아 진출을 위해 지사를 확장하려고 하네요. 여러 문제를 풀어나갈 수 있는 적극적인 사람을 찾겠군요. 스타트업 경험 혹은 한정된 자원으로 일하면서 성과를 낸 사람을 선호할 것 같습니다.

3 회사의 인재상과 업무

JD에서는 인재의 '자질qualification'과 '조건requirement'이 가장 중요합니다. 회사가 찾고 있는 인재 조건이기 때문이에요. 그 조건이 내 경험과 부합해야 합니다. 이후 회사에 들어가면 해야 할 일에 대해 살펴보고 이 업무를 수행할 수 있다는 힌트를 이력서에 담아야 합니다.

JD에서 주로 쓰인 중요한 키워드를 찾아서 이력서 작성
시 참고합니다. 이 공고에서는 세일즈 혹은 컨설팅 분야
의 클라이언트를 다뤘던 경험, 분석 능력 등을 중점으로
본다고 합니다. 중요 키워드는 JD에 체크하면서 기억하
면 좋습니다.

JD를 바탕으로 한 중요 키워드

business development, consultative, relationship manag-
ing, strategy, work across teams, sales, target, over-deliver,
achieve target with, sales award, analytics, analytical, start-
up, from scratch, achieved, problem-solving, with limited
resources, etc.

이 직군에서는 영어는 기본이고 중국어를 하는 게 도움이
됩니다. 도입부에 이를 강조해서 이력서를 작성합니다.
만약 중국어를 하지 못한다면 자신의 매력적인 다른 강점
이 있어야겠죠.

JD를 샅샅이 분석했으니 이제 본격적으로 이력서 본문을 작성해봅시다. 아래 이력서에는 친구의 경력과 JD에 쓰인 표현들을 적절히 배합했습니다. 특히 강조된 부분을 유심히 살펴보세요. JD에서 확인한 낯익은 단어들이 보일 겁니다. 이렇게 자신만의 언어로 JD에서 쓰인 단어를 활용해 재구성해보세요.

— 실제 이력서 —

Professional Summary

A business professional with close to 10 years' experience in various roles in business development, client relationship management, and Business strategy across different industry including IT(SaaS) and banking&finance. I am a highly motivated self-starter who has learned Mandarin Chinese to a business level and been involved in a number of start-ups in the China.

Achievement

- Achieve target across 3 years in B company against tough business situation due to_____
- Successfully developed a network of 50+ Chinese companies, business organisations and Government bodies from scratch for B company
- Drove the expansion of the Chinese market for B company Group, resulting in a doubling of sales to 150k Euro within a year of the project start date.
- Established my own Import/Export Company in Shanghai importing a range of products to the Chinese market (July 2012-December 2012)

Experience

B company - Senior Relationship Manager, SEA

January 2014 - present

1 경력 기술

'경력 기술 Professional Summary'에는 JD에서 발췌한 중요한 키워드가 들어가야 합니다. 어떤 산업에서 어떤 직무를 했는지 상세히 써주세요. 특히 이 회사가 결제 시스템 스타트업이기 때문에 일부러 금융과 IT에서 근무했던 경험을 강조했습니다. 활용 언어 능력을 반드시 적는 것도 잊지 마시고요.

2 업무 성과

'성과 Achievement' 기술은 단순히 훌륭하게 마무리했다는 것보다 구체적으로 숫자를 이용해서 작성해야 합니다. 쏟아지는 이력서에서 가장 알고 싶은 것은 업무 성취도입니다. 추상적인 경험보다는 구체적인 업무 성과에 집중하세요. 이때 숫자만큼 명확한 건 없죠.

3 경력 사항

'경력 사항 Experience'에는 전 직장에서의 업무와 역할을 간략하게 소개해주는 게 좋습니다. 채용 담당자가 내 전 직장을 모를 수도 있으니까요. 만약 내 업무 성과를 보고 흥미로웠다면 경력 사항까지 꼼꼼히 읽어볼 거예요.

지금까지 JD를 기반으로 매력적인 이력서를 작성하는 법을 살펴봤습니다. 이후 해당 직무에 맞게 상세 내용을 추가해서 완성하면 됩니다. 이력서는 한 장으로 압축적으로 작성해야 하고 JD를 그대로 갖다 쓰면 안 됩니다. 이력서 첨삭을 원한다면 '피버[4]'라는 웹사이트를 추천합니다.

피버 www.fiverr.com
이용자가 자신의 재능과 서비스를 파는 사이트. 'Writing&Translation' 섹션에 'Resume&Cover letter' 전용 코너가 있다. 이곳에서 네이티브 스피커에게 이력서 첨삭을 받을 수 있다. 가격은 5달러부터 시작한다.

최고의 이력서는 없습니다. 다만 내가 가고자 하는 회사의 직무에 맞는 이력서가 있을 뿐이지요. 이렇게 작성한 이력서는 최대한 많은 사람에게 읽혀야 합니다. 특정 포지션에 지원하는 것뿐만 아니라 전 세계 큰 채용 사이트, 헤드헌팅 회사에 모두 후보자 데이터베이스로 등록하세요. 이력서를 대표로 등록할 때는 관련 업계 상위 회사들의 JD를 기반으로 쓰면 됩니다.

이력서를 보내도 답변이 오지 않는 이유

수십 개의 회사에 지원도 해보고 채용 사이트에 이력서 등록을 했는데도 답이 안 오나요? 할 수 있는 노력은 다 했는데 아무런 답이 없다면 정말 초조할 겁니다. 그러나 이럴수록 왜 답이 오지 않는지에 대해서 살펴봐야 합니다.

사실 회사 입장에서 생각해보면 내게 답을 하지 않는 게 당연합니다. 일단 아무리 글로벌 회사라도 회사가 원하는 포지션에 적합한 사람은 특정 국적자입니다. 다른 국적의 사람이 보내는 이력서에는 이름만 보고 지나치는 경우가 많습니다. 외국인을 잘 안 뽑는다는 거죠. 그러니까 너무 자책할 필요 없습니다.

또한 내가 다닌 회사가 채용 담당자 입장에서 생소하기 때문일 수도 있습니다. 제가 헤드헌팅을 할 때 클라이언트가 특정 포지션을 찾아달라고 하면 가장 먼저 묻는 질문이 '타깃 회사가 어디예요?'입니다. 주로 회사는 인재를 데리고 오고 싶은 타깃 회사, 학교, 전공 등이 정해져 있는 경우가 많습니다. 대부분 경쟁사 인재를 위주로 찾아요. 이 부분은 어쩔 수 없어요. 회사가 내 이력에 별다른 매력을 못 느끼는 거예요. 이때 지원자가 당장 할 수 있는 일은 아래와 같습니다.

- 로컬만 뽑는다고 명시된 포지션은 피하기
- 한국어 능통 포지션을 집중적으로 찾기
- 현업 담당자를 찾아내어 연락한 뒤 어필하기
- 이력서 주소를 현지로 바꾸기
- 채용 담당자가 자주 검색하는 포지션에 지원하기

그런데 수요가 가파르게 증가하는 직무에 근무한다면 회사 이름이 전혀 유명하지 않더라도 괜찮습니다. 데이터·사이버 보안 관련 직무, 디지털 광고 세일즈 등이 이 경우에 해당하겠죠. 작은 회사더라도 가파르게 성장하는 비즈니스를 하는 스타트업으로 가서 직무를 선점하면 나중에 규모에 상관없이 골라갈 수 있는 운신의 폭을 갖게 됩니다.

한 가지 더 '직무 변경'에 대해 이야기하겠습니다. 현실적으로 회사는 당장 업무를 수행할 수 있는 사람을 원하기 때문에 경력직은 직무를 바꾸면서 이직하는 게 어렵습니다. 이들은 한국의 현재 다니는 회사에서 직무를 바꾸고 그 업무를 하다가 해외 취업을 준비하는 게 가장 좋습니다.

하지만 직무 변경과 동시에 해외 취업을 할 수 있는 방법이 아예 없는 것은 아닙니다. 브랜딩에 '관점perspective'라는 정의가 있습니다. 같은 제품을 어떤 앵글에서 보느냐에 따라 무엇을 이야기할 것인지, 어떻게 풀어낼지가 달라진다는 거예요. 이력서도 똑같습니다. 물론 거짓말로 이력서를 쓰면 안 됩니다. 그러나 내가 했던 다양한 업무 중에서 어떤 부분을 조명하는지에 따라 원하는 직무와 연결시킬 수 있습니다.

제가 헤드헌팅에서 마케팅 업무로 이직하려고 했을 때 두 직군 모두 '클라이언트를 다루는 일'이라는 부분을 강조했습니다. 이런 부분을 염두에 두고 이력서를 쓴 뒤 사람을 통해 접근하면 좋은 기회를 얻을 수 있습니다. 어렵더라도 절대 포기하지 마세요.

짜릿한 역전의 인터뷰, 당신을 좋아하게 하라

후배가 카카오톡으로 쪽지를 보내왔습니다.

'언니, 제 이력이 망가졌어요. 전 이제 어떡하죠?'

후배는 전문직을 가지려고 고시 공부를 했었어요. 그녀를 잘 아는 사람들은 창의적이고 열정적인 그녀의 성격을 잘 알기 때문에 공부를 만류했습니다. 그래도 본인이 하겠다고 하니 뭐 어쩔 수 있나요. 그녀는 시험을 딱 한 번만 보기로 결심하고 도전했지만 실패했습니다. 이후 후배는 일반 회사에 입사하게 됩니다. 그러나 얼마 안 가서 적성에 맞지 않아 그만뒀어요.

후배는 적성에 대한 고민 끝에 스타트업에서 마케팅 업무를 다시 시작합니다. 이번에는 적성에 맞아 재미있게 일했지만 스타트업의 상황이 불안정해서 다른 일을 찾아야 하는 상황이 왔어요. 그런데 다른 사람이 후배의 이력서를 보더니 '잦은 이직을 하는 참을성 없는 사람으로 보인다'고 조언했다고 합니다. 그래서 제가 말했어요.

"무슨 소리야? 너는 적성에 안 맞는 일도 잘 해낼 만큼 똑똑해. 게다가 고민 끝에 자기 적성으로 방향을 변경한 결단력 있고 용감한 사람이지."

내 이력은 분명한 사실이지만 채용은 객관적 사실만으로 되는 것이 아닙니다. 채용은 결국 이력에 대한 평가로 이루어지죠. 사실만 가지고 채용한다면 번거롭게 몇 차례 인터뷰를 거치지는 않을 겁니다. 일단 인터뷰 기회를 얻었다면 이제부터가 진짜 승부입니다. 인터뷰이interviewee에게 인터뷰는 단점도 강점으로 전환시킬 수 있는 짜릿한 역전의 과정이니까요.

저는 인터뷰 보는 걸 좋아해요. 누군가 한 시간 동안 제게 지극한 관심을 가져준다니 얼마나 신나는 일인가요? 그래서 이직 제안이 오면 일단 응하고 봅니다. 인터뷰를 하면 제 자신의 강점과 약점에 대해 다시 한번 생각해보게 되거든요. 전혀 몰랐던 비즈니스를 배울 수 있고, 이 면접이 아니었다면 만나지 않았을 인터뷰어interviewer와 이야기를 나눌 수도 있습니다. 그 사람이 어떤 일을 하는지, 어떤 역량을 배울 수 있는지, 그 사람은 직장에 만족하는지 등 재밌는 얘기를 할 수가 있잖아요. 항상 인터뷰를 즐겨서 그런지 대부분 결과가 좋았습니다.

제가 처음부터 인터뷰를 잘한 것은 아니에요. 한국에 있을 때는 인사 담당자에게 혼난 적이 있을 정도로 잘 못했었어요. 이번 글을 통해 인터뷰의 본질을 알고 나면 어떤 태도로 인터뷰에 임해야 할지 알 수 있을 거예요.

그렇다면 인터뷰의 목적을 생각해봅시다.

- 내가 훌륭한 인재라는 것을 입증하여 합격을 얻어내기
- 인터뷰어와 즐겁게 대화하며 서로 유익한 시간을 보내기

어떤 것이 인터뷰의 목적일까요? 바로 후자입니다. 특히 IT나 서비

스업 분야에서선 훨씬 중요한 접근법입니다. 결국 사람이 주가 되는 일을 하기 때문이에요. 그렇지만 제조업에서조차도 인터뷰는 결코 '기업' 대 '지원자'가 전부는 아닙니다. 인터뷰를 통해 대리, 과장 직함의 실무자가 함께 일하고 싶은 사람을 뽑는 거죠. 실무자가 인터뷰어로 나와 있다면, 그는 지금 2가지 입장을 대변할 거예요. 회사의 입장과 실무자의 입장. 이 두 입장은 항상 이해관계가 일치하지 않습니다.

하지만 그렇더라도 결국 인터뷰어는 '함께 일하고 싶은 사람', '내 마음에 드는 사람'을 위주로 사람을 뽑을 확률이 큽니다. 이처럼 인터뷰는 내 포부를 연설하는 자리가 아니라, 인터뷰어와의 진솔한 대화를 나누는 자리가 돼야 합니다. 그렇다면 좋은 인터뷰 시간을 보내기 위해서는 어떻게 해야 할까요.

첫째, 내가 누군지에 대한 스토리가 명확해야 합니다. 인생 스토리란 결국 선택입니다. 우리는 매 순간 선택을 하고 그 결과 오늘날의 우리가 됩니다. 더 나아가 선택을 좌우했던 원칙과 원리가 우리의 미래도 만듭니다. 다양한 선택을 꿰뚫는 자기만의 관점이나 철학을 잘 전달한다면 인터뷰어 입장에서 구직자가 어떤 사람인지 파악하기 쉬울 거예요.

또한 설득력 있는 이직의 이유도 필요합니다. 제게는 주로 '배움'이었어요. 이 회사에서 배울 게 없다면 이직을 생각해요. 저는 넘치는 에너지로 역동적이고 책임 있게 일하고, 주로 짧은 시간 안에 성과를 냅니다. 만약 회사가 업무를 세분화해서 같은 일만 시키며 오래 근무할 것을 기대하면 저와 좋은 궁합이 아닌 거죠. 이때 사회 초년생이 주의해야 할 점은 회사에 단순히 배우러왔다고 하면 안 된다는 겁니다. 세상 물정 모른다는 평가를 받을 수도 있어요. 이직의 사유가 배움이 되려면 '과거에 했던 일에서 우수한 성과를 냈지만, 난 더 배우고 싶다'라는 자세가 중요해요.

둘째, 인터뷰어에 대한 호기심이 가득해야 합니다. 싱가포르에서는 인터뷰를 하기 전에 인터뷰어의 정보를 미리 줍니다. 담당자가 정해지면 링크드인에서 검색해 그 사람의 정보를 파악합니다.

2년 전 세계 3대 신용평가기관 중 하나와 면접을 본 적이 있어요. 영국인과 2차 면접을 보게 되었는데 링크드인에서 찾아보니 그의 대학 전공이 러시아어였습니다. 그런데 제가 카자흐스탄으로 교환학생을 다녀와서 러시아어를 조금 할 줄 알거든요. 인터뷰할 때 만나자마자 그에게 러시아어로 인사를 했어요. 이후 러시아어를 전공한 걸 프로필에서 봤다고 말하면서 이야기를 풀어나갔어요.

인터뷰 때 초반에 선수를 치는 게 주도권을 가지고 올 수 있어서 좋아요. 분위기가 화기애애하면 덜 긴장되니까요. 사실 인터뷰어도 인터뷰를 들어올 때 완전히 준비가 안 된 경우가 있어요. '이 사람에 대한 정보는 이력서 한 장밖에 없는데 어떻게 우리와 합이 잘 맞는지 알 수 있을까?'가 고민이 될 거예요.

이런 상황에서 인터뷰이가 공통점을 찾아서 적극적으로 질문을 해오면, 금방 마음이 풀어져서 즐거운 분위기가 생기죠. 2년 전에 인터뷰를 했던 영국인은 지금까지 연락하고 만나는 친구가 되었습니다.

셋째, 열린 마음으로 잘 듣는 것입니다. 커뮤니케이션을 잘한다는 건 잘 듣는 거예요. 인터뷰를 볼 때 100퍼센트 준비하고 가지 않았으면 좋겠어요. 묻는 말에 대답을 안 하고 준비한 말만 하게 될 수 있으니까요. 답이 얼마나 멋지든 동문서답은 이 사람과 일하기 싫어지는 가장 큰 이유입니다. 말을 잘 안 듣고 있다는 사인이거든요. 인터뷰어가 던지는 질문에 집중하고 과거 경험을 기반으로 대답하면 됩니다. 언제든 대답을 보충할 수는 있어요.

넷째, 인터뷰어에게 질문을 잘해야 합니다. 업계 특성에 따라, 그리고 회사 분위기에 따라 인터뷰 방식은 많이 달라집니다. 역사와 규모가 있는 회사에서는 비즈니스 질문을 주로 하고 신생 회사에서는 인터뷰어에 대한 질문을 잘하면 화기애애한 분위기로 만들 수 있습니다.

가장 최근에 본 인터뷰는 P&G 브랜딩 포지션과 빅데이터 관련 IT 기업의 세일즈 포지션이었어요. 이 두 회사의 인터뷰 스타일은 정반대였어요. P&G는 전통적이고 규모 있는 제조 회사였고, 빅데이터 IT 기업은 빠르게 성장하는 신생 회사였거든요.

P&G 인터뷰어는 후보자 이력서 외에 역량 체크리스트를 가지고 들어왔습니다. 별도의 종이에 데이터 분석 경험이 있는지, 문제해결 역량이 있는지 등을 체크하지요.

또, 인터뷰 프로세스가 정형적이에요. '팀을 이끌어서 성취한 경험을 예를 들어 말해주세요'라는 식의 어디선가 들어본 질문입니다. 그리고 P&G의 인터뷰는 순발력 테스트를 하는 것이 아니기 때문에 미리 질문을 주고 관련 경험들을 작성한 후 인터뷰 전에 보내달라고 합니다. 각 질문들은 P&G가 원하는 성격, 자질 등을 살펴볼 수 있도록 디자인되어 있어요. 그 질문들은 아래와 같아요.

- 프로젝트를 이끌었던 경험에 대해 예를 들어 설명해주세요.

- 어려운 문제가 발생했을 때 어떻게 해결했는지 설명해주세요.

- 프로젝트를 성공적으로 이끌었던 새로운 아이디어에 대해 설명해주세요.

- 프로젝트에서 다양한 사람들과 일했던 경험을 설명해주세요.

- 목표 달성을 위해 새로운 것을 배웠던 경험을 설명해주세요.

- 한정된 자원하에 큰 성과를 냈던 경험을 예를 들어 설명해주세요.

P&G 인터뷰 중 가장 재밌었던 질문은 "중국과 한국의 미용실 숫자를 계산해서 말해줄래요?"였습니다. 이런 질문을 게스티메이션[5]이라고 하는데 분석적 역량을 중요하게 생각하는 회사에서 많이 하는 질문이에요. 숫자를 계산하기 위해 "한국과 중국의 인구를 몇 명이라고 가정하면 되지요?" 등 정보성 질문을 인터뷰어에게 할 수 있습니다. 논리력을 테스트하는 것이기 때문에 궁금한 질문은 다 물어봐도 괜찮습니다. 저는 이렇게 대답을 했습니다

5 **게스티메이션** guestimation 어떤 문제에 대해 기초적인 지식과 논리적 추론만으로 짧은 시간 안에 대략적인 근사치를 추정하는 방법.

"중국에서 미용실이 정상적으로 운영되려면 한 달에 순수익 2,000달러 이상을 벌어야 한다고 가정합니다. 이때 운영비는 1,000달러가 나간다고 예상할 수 있습니다. 그러면 적어도 한 달에 3,000달러 이상을 벌어야 합니다. 연간 36,000달러(3,000×12)가 돼야 운영하는 의미가 있죠.

중국 인구 13억 명을 단순 계산으로 남자 7억 명, 여자 6억 명으로 가정합시다. 남자는 대부분 한 달에 한 번 평균 3달러를 써서 머리를 자르고 여성은 세 달에 한 번 20달러짜리 파마 염색을 합니다. 그러면 중국 남자 한 명은 1년 기준 36달러(3×12), 중국 여자 한 명은 1년에 80달러(20×4)를 쓰게 됩니다. 이 금액에 각 성별의 인구를 곱합니다.

최종적으로 전체 중국 남자는 1년에 252억 달러(700,000,000×36)를 지출하고, 전체 중국 여자들은 480억 달러(600,000,000×80)를 씁니다. 이를 더하면 중국인들이 1년 동안 미용에 쓰는 총 비용을 알 수 있습니다.

여기에 처음에 산출했던 중국 미용실의 1년 최소 수입 36,000달러를 나누면 중국에는 최대 203만 개의 미용실이 있을 수 있습니다. 실제 숫자는 이보다 훨씬 작을 것입니다. 왜냐면 대도시에서 미용실을 운영하려면 훨씬 더 많은 수익이 필요하기 때문입니다."

마케팅 직군에서는 게스티메이션 인터뷰가 종종 진행되기 때문에 미리 몇 가지 예상 질문을 생각해서 훈련을 해두는 게 중요합니다. 이렇게 인터뷰어가 모든 질문을 하면 드디어 인터뷰이에게 질문할 수 있는 기회를 줍니다. 큰 회사에서는 사적인 질문보다는 회사에서 내가 하게 될 직무에 대한 질문을 하는 것이 좋은 점수를 얻을 수 있는 방법입니다.

빅데이터 회사에서 제가 인터뷰 본 포지션은 호주·뉴질랜드 지역 세일즈 담당자였어요. 원래 세일즈는 해당 국가 사람을 뽑는 게 일반적인데도 한국인인 저를 뽑고 싶어 했다는 사실이 제겐 꽤 고무적이었습니다. 이 IT 회사 면접을 볼 때 저는 인터뷰어에게 '당신은 이 회사의 어떤 점을 좋아해요?', '당신의 최종 목표는 뭔가요?' 등 인터뷰어에 대한 질문을 많이 했어요.

물론, 눈치를 잘 봐가면서 해야 해요. 방어적으로 반응하는 사람들도 있거든요. 인터뷰어의 스타일을 파악하고 질문해야 합니다. 인터뷰어도 저와 대화하면서 스스로에 대해서 다시 한번 생각해보는 시간이었다고 굉장히 좋아했어요.

인터뷰어에 대한 관심과 공감으로 내 편을 만들면 그 사람은 내가 채용 과정을 끝까지 잘 통과할 수 있도록 회사 안팎에서 응원해줍니다. 이렇게 되면 나중에 연봉 협상에서도 유리한 입장이 될 수 있어요. 사실 연봉 협상은 첫 인터뷰부터 시작되고 인터뷰가 끝날 때쯤에는 80퍼센트 정도 닫혀 있다고 보면 됩니다. HR에서는 항상 이 포지션에 얼마만큼의 연봉을 줄 수 있는지 현업 부서에 예산 책정을 하거든요. 현업에서 이 사람이 꼭 필요하다고 하면 주도권은 여러분에게 있는 겁니다.

다음 기회로 향하는 디딤돌

모든 인터뷰가 끝나고 회사가 여러분을 고용하겠다는 마음이 들면 '오퍼 레터offer letter'를 줍니다. 오퍼 레터는 계약서와는 달라요. 고용 계약서를 쓰기 전 회사의 각종 복지 혜택과 최종 확정 연봉 등이 적혀 있는 서류죠. 여기까지 오면 일단 어디라도 합격만 했으면 좋겠다는 마음이 점차 가라앉고 이런 마음이 들기 시작합니다.

- 내가 좋아하는 직무가 아니면 어쩌죠?
- 체계적인 회사가 아닌 것 같아요.
- 연봉이 생각했던 것보다 너무 적어요.

저도 싱가포르에서 헤드헌팅 회사로 4개월 만에 취직이 결정됐을 때 많이 고민했어요. 글로벌 마케터가 되기 위해 싱가포르로 온 건데 헤드헌팅 회사라니. 당시 갓 대학을 졸업한 거나 마찬가지인 제가 헤드헌팅을 하는 건 어려울 것 같다며 극구 만류한 업계 선배도 있었어요. 헤드헌터가 되면 HR이

가슴을 설레게 하는 싱가포르의 야경

아닌 분야로 이직하기 어렵다고요. 제가 처음 헤드헌팅 회사에서 받은 월급은 2,500 SGD였어요. 한국 돈으로는 210만 원 정도입니다. 이게 어떤 수준이냐면, 싱가포르에서 한 가정에서 2,500 SGD 이하를 벌면 빈곤층으로 분류되어 보조를 받습니다. 싱가포르 빈곤층은 집이라도 있죠. 저는 저 돈에서 월세까지 내고 살았던 겁니다. 하지만 지금 생각해보면 힘든 상황에서도 그때만큼 희망과 의지로 가득 차 있던 적이 없었어요.

작은 기회라도 주어지면 그걸 잡고 다음 기회를 향한 디딤돌stepping stone로 삼았습니다. 당신의 첫 월급이 여러분의 미래를 결정하지는 않아요. 물론 첫 월급부터 많이 받으면 좋겠지만 이후 자신을 입증하고 충분히 가치를 올릴 기회가 많아요.

시작은 절반이 아닙니다. 시작은 시작일 뿐입니다. 시작을 하고 나면 다양한 사람과 도움을 주고받으며 커리어 패스의 점들을 이어나가는 거예요. 커리어 패스는 차근차근 계획대로 쌓이지도 않습니다. 말 그대로 열심히 하다 보니 다음 점이 보이는 식으로 나아가죠.

첫 직장이 중요하지만 무작정 기다리기보다 손안에 있는 기회를 시작으로 계속 이야기를 써나가면 됩니다. 너무 오래 첫 문장의 영감을 기다리는 실수를 하지는 마세요.

계획과 준비에는 함정이 있습니다. 모두가 충분히 계획하고 준비해서 하라고 하는데, 시작도 못 하고 포기해버리면 아무 소용없습니다. 어차피 우리는 오래 일할 것이고 시행착오는 빨리 겪는 것이 좋아요.

10년 경력 이직, 사우디 아람코 엔지니어와의 인터뷰

'그 많던 사람들은 다 어디로 갔을까?'

큰 회사에 다니다 보면 문득 궁금한 생각이 들어요. 위로 갈수록 줄어드는 포지션을 보면서 회사에 충성한다고 더 많은 월급과 책임을 자동으로 주는 게 아님을 깨닫게 됩니다.

10년 이상 경력자들은 어떻게 커리어 관리를 해야 할까요? 삼성중공업에서 9년 동안 근무하다 사우디 아람코로 이직한 스탠리 님의 사례가 도움이 될 것 같습니다. 스탠리 님은 현재 석유 회사의 갑 중의 갑, 사우디아라비아의 국영 회사인 아람코에 오프쇼어 프로젝트 엔지니어로 활약하고 있습니다. 정말 어려운 환경과 상황이었음에도 오랜 기간 동안 준비해서 해외 취업을 한 스탠리 님의 사례가 큰 영감이 될 것입니다.

❶ 어떤 마음으로 해외 취업을 결심했나요?

저는 삼성중공업에 9년 넘게 다녔습니다. 그때 내린 결론은 제게 의지와 용기가 있더라도 학벌 때문에 더 이상 안 되겠다는 거예요. 가방끈이 짧다는 이유만으로 고과나 진급 등 모든 게 안 되더라고요. 고졸이었던 저는 힘들었습니다. 그래서 회사를 다니며 야간 대학을 졸업했습니다.

삼성중공업을 다니면서 회사를 나와야겠다고 결정적으로 느낀 사건이 있습니다. 배 건조 공사가 끝나고 엔지니어링사인 사이펨 말레이시아 측과 공사 진행비를 가지고 논쟁할 때였어요. 그때 3년 동안 이 일에 매진해온 저는 논리적인 이유와 법조항을 근거로 50억의 손실을 막았습니다. 그런데 보상은커녕 회사에 복귀하니 부서가 바뀌어져 있더라고요.

삼성에 다니는 동안 부서가 열 번 바뀌었습니다. 삼성은 조직 변동이 많습니다. 그때는 부서가 아예 바뀌어 있었어요. 부서가 바뀌고 생소한 업무를 시킬 거면 사전에 미리 연락을 줘야 할 거 아닙니까. 복귀를 했는데 책상이 없었습니다. 제게 주어진 업무는 하루 열두 시간 동안 앉아서 엑셀 작업을 하는 것이었습니다. 성과를 보여줄 수 있는 업무가 아니었어요. 불만이 있어도 대기업, 특히 제조업은 '까라면 까야' 합니다. 절대 반대할 수 없는 분위기예요. 그래서 그만두게 되었습니다.

대기업에서 돈 50억을 절감한 것은 조직에서 잘해서 성공한 거라고 생각합니다. 외국에서는 업무 결과에 따른 보상과 벌이 있지만 여긴 그렇지 않아요.

외국에서는 각각 업무가 칼같이 나눠져 있잖아요. 업무가 잘 나눠져 있으니 어디서 성과가 났는지가 잘 나타나죠. 한국은 조직별로 나눠 놓잖아요. 수장이 제일 혜택을 보는 구조입니다. 외국은 개인주의인데 한국은 꼭 더불어 잘살아야 합니다. 공동체주의라고 하죠. 그런데 알고 보니 공동체도 아니고 수장이 다 가져가는 구조였던 겁니다.

❷ 어떤 방법으로 경력직 해외 취업을 준비했나요?

우선은 인맥이죠. 회사를 나와서 일하다 보니까 같은 업종에서 일했던 사람들에게 연락이 오더라고요. 같이 일해보자고. 삼성에서 나온 다음에 조선 사업을 새로 시작한 3M에서 2년간 일했습니다.

그러면서 처음으로 해외 취업을 생각했고 마침 싱가포르에서 오퍼를 받았어요. 그런데 그 오퍼는 생각보다 아주 좋은 조건이 아니었어요. 버는 대로 가족들 생활비로 들어가서 고민을 하고 있는데, 그때 아람코의 리크루팅 업무를 맡은 헤드헌팅 에이전시에서 연락이 왔어요. 헤드헌팅 에이전시 지사장을 3년 정도 알고 있었거든요. 그 사람이 사우디 아람코의 공식 헤드헌팅 에이전시를 따고 연락을 해왔습니다. 다음 달에 아람코 초청으로 가서 리크루팅 페어를 하는데, 그때 연락을 다시 준다고 하더라고요. 처음에 공지된 포지션은 저와 관련된 자리는 하나도 없었어요. 그리고 나서 한 달 후에 보니 딱 제가 원하는 포지션이 있더라고요.

이력서를 지원한 뒤 별 기대 안 하고 마음 놓고 있었어요. 그런데 어느 날 이력서가 뽑혔다고 연락이 온 겁니다. 헤드헌팅 지사장이 내 이력서에 별 5개를 표시하면서 추천했다고 합니다. 이 바닥은 사람 비즈니스거든요.

이후 인터뷰가 잡혔는데 너무 재밌었어요. 인터뷰어를 보니 오프쇼어 경험이 하나도 없어요. 그래서 이 업무에 대해서 신나게 이야기해줬습니다. 인터뷰어도 재밌어서 계속 얘기해달라고 요청할 정도였습니다. 결과는 당연히 합격이었습니다.

❸ 부양 가족에 대한 부담은 있었나요?

아니요. 없었습니다. 자주 가족들에게 해외에 살 수도 있으니 마음의 준비를 하라고 했습니다. 아이한테는 영어 공부 열심히 하라고 항상 말했고요. 제가 이직을 많이 했잖아요. 안정성보다는 더 큰 목표를 향해 달렸습니다.

한국에서 계속 회사를 다녔으면 벌써 희망퇴직당했을 겁니다. 여기에서도 어떻게 될지는 모르지만 삼성에서 20년 일하고 비참하게 버려지는 건 아니잖아요. 내가 그만두고 나오는 거지. 지금도 한국 회사 있는 분들이 현실을 모르는 게, 회사에서 시키는 대로 일만 했다고 억울해하거든요. 제일 바보 같은 말입니다. 무인자동차가 나오고 있는 시대인데 30년 전에 했던 제조 방법을 똑같이 되풀이하고 있는 거 아닌가요? 삼성, 대우, 현대 조선소는 제조 기술만 진화했을 뿐 30년 전과 같이 선주한테 오더 받아서 제작하고 있습니다. 기술은 성장하지 않았어요.

우리나라 대기업은 사람 뽑으면 당장 결과가 나와야 해요. 외국에서 좋은 기술을 가져온 경력 사원은 이 문화를 견딜 수 없어 합니다. 제조업 특유의 업무 강도를 못 견디고 그만두는 겁니다.

❹ 해외에서 일하고 있는 지금 어떤 게 달라졌는지요?

아람코에서는 일하는 이상의 돈을 받습니다. 자유롭지 않고, 술도 안 되고, 돼지고기도 못 먹는 환경이지만 모든 걸 상쇄할 만큼의 돈을 줍니다.

워크&라이프 밸런스도 훌륭합니다. 돈이 있으면 쉬는 날이 없어서 못 쉬고, 쉬는 날이 많으면 돈이 없어서 못 쉬는 게 한국입니다. 아람코 직원들은 주말에 태국 갔다 오고 휴가 때마다 해외 여행을 다닙니다. 사우디에서는 돈이 없어서 못 쓰는 게 아니라, 쓸 데가 없어서 못 쓰는 거예요. 휴가는 워킹데이로 42일이고 추가 근무는 없습니다. 정유 공장은 무조건 고정이고 저는 해양이니 오버타임이 있지만 그만큼 돈을 벌 수 있어서 괜찮습니다.

❺ 외국에서 근무하고 싶은 사람들에게 조언을 한다면?

한국에서 안정적인 직장을 버리고 미국으로 갔다고 생각해봐요. 아주 고생을 하면서 세금까지 내다 보면 1년에 1,000만 원 모으기 어렵습니다. 대부분의 사람이 캐나다, 미국, 호주로 이민을 가고 싶어 합니다. 그쪽에서 받아줄 생각도 없는데 꿈만 꿉니다. 우리 경쟁자는 필리핀, 인도 사람인 게 현실입니다. 사실 일하려면 두바이, 앙골라, 사우디 등으로 가야하는데, "거기 가서 어떻게 살아요?"라고 하면 해줄 말이 없습니다.

이민을 위해 단기적으로는 희생해야 합니다. 그 과정을 안 거치고 결과만 달라고 하는 사람이 많아요. 만약 그래픽 디자이너가 싱가포르에서 일하려고 해요. 실력도 아직 입증이 안 되었고, 어느 정도 시간이 있어야 월급도 더 많이 받는 건데 막상 앞에 놓인 힘든 것만 봅니다. 희생을 감수하고 장기적으로 노력해야 합니다.

앨리스의 언니가 말했다.

"이제 그만 일어나! 앨리스. 무슨 잠을 이렇게 오래 자는 거니?"

"아! 정말 이상한 꿈이야."

앨리스는 언니에게 꿈 이야기를 기억나는 대로 이야기했다.

언니는 앨리스에게 입맞추며 말했다.

"정말 이상한 꿈이구나. 이제 차를 마시러 가야지. 시간이 늦었어. 뛰어!"

앨리스는 일어나 달리며 생각했다.

'정말 이상한 꿈이었어.'

하지만 언니는 앨리스가 일어난 뒤에도 턱을 괴고

지는 해를 바라보며 그 자리에 앉아 있었다.

그리고 귀여운 동생 앨리스와 앨리스의 이상한 나라 이야기를

생각하다 자신도 모르게 꿈속으로 빠져들었다.

언니는 눈을 감고 앉아서 자신이 이상한 나라에 와 있는 게 아닌가 생각했다.

그러나 그녀는 눈만 뜨면 모든 것이 지루한 현실로 돌아간다는 것을

알고 있었다.

바스락거리는 풀잎 소리는 바람이 내는 소리이고

웅덩이가 일렁이는 것은 갈대가 흔들리기 때문이고

달그락거리는 찻잔 소리는 양 떼의 방울 소리일 테고

여왕이 외치는 소리는 양치기 소년의 목소리일 것이다.

마지막으로 앨리스의 언니는 성숙한 숙녀로 자란 앨리스를 상상했다.

아마 그녀는 순수함과 천진함, 그리고 사랑스러움을 그대로 간직하리라.

어린아이들에게 자신이 경험한 이상한 나라 이야기를 들려주며

아이들의 눈을 더 빛나게 할 것이다.

또한 어린 시절의 행복한 여름날을 회상하며

아이들의 즐거움도 슬픔도 함께 나눌 것이다.

누구도 당신의 삶이 잘못됐다고
말하게 하지 마세요

"앨리스는 최종 목표가 뭐야?"

대학 시절, 뛰어난 학교를 나와 커리어를 쌓아가던 지인이 제게 갑자기 물어봤어요. 취업 준비하면서 많이 고민했던 질문이라 조심스럽게 대답했습니다.

"다양한 경험을 하는 삶을 살고 싶어요."

그가 말했어요.

"그건 목표라고 할 수 없어. 다양한 경험의 정의가 뭔데? 식당에서 일하는 것도 경험이고, 회사에서 일하는 것도 경험이겠지. 그런데 아이비리그 MBA 출신의 경험과 평범한 앨리스의 경험이 같을까? 아이비리그에서는 국가의 미래를 좌지우지하는 사람들과 큰 미래를 말할 수 있다고. 앨리스도 나중에 느끼겠지만 삶은 각도기처럼 진행될 거야. 어릴 때 주변을 돌아보면 다 비슷해 보였지? 그런데 여러 차이로 나중에 두 사람이 처한 상황이 달라지는 걸 봤을 거야. 지금 주변 친구들을 보면 서로 비슷한 것 같지? 시간이 지날수록 각도기의 양 끝점이 서로 멀어지듯 작은 차이가 전혀 다른 결과를 만들어낼 거야. 지금 정신 바짝 차려야 해."

이런 조언을 듣고 한국의 대기업에서 첫 커리어를 시작했어요. 지금

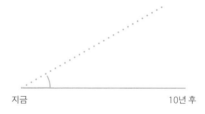

지금   10년 후

커리어를 쌓지 않으면 뒤처져서 나중에 좋은 경험들을 놓치게 될까 봐 초조했습니다. 하지만 결국 맥도날드에서 일해도 좋으니 해외에서 살고 싶다는 마음으로 싱가포르로 건너왔죠.

그런데 삶이란 게 그가 말했던 대로 각도기처럼 진행되지 않더라고요. 아이비리그가 아닌 평범한 사회 초년생이라도 우연히 좋은 사람들을 만나 나라의 미래를 이야기할 기회가 생깁니다. 동일 집단에서만 네트워킹을 한 사람들은 그 조직을 벗어났을 때 얼마나 많은 행운이 기다리고 있는지 알지 못합니다.

남의 방법을 아는 것은 '중요하지' 않아요

타인의 충고에 흔들리기보다 스스로의 직관을 믿고 행동하세요. 자신만의 경험을 통해 성장할 수 있습니다. 모든 조언과 이론을 이기는 것이 행동과 경험이기 때문이에요. 관념적이고 이론적인 설명을 100번 듣는 것보다 튼튼하게 나만의 노하우를 기르는 것이 만족스러운 인생을 사는 방법입니다.

제 글에서 모자란 부분이 많을 거예요. 어떤 사람은 이 책이 주는 정보가 충분하지 않다고 말할 수도 있습니다. 사실 '남의 방법을 아는 것'은 중요하지 않다고 생각합니다. '나만의 방법'을 깨우치는 과정이 중요합니다. 그래서 어려워요.

말을 잘하는 10가지 방법, 직장에서 승진하는 5가지 비밀 등은 의미없어요. 내 것이 안 될 게 분명해요. 오로지 내 경험에서 진정한 나만의 것이 나옵니다. 그래서 이 책의 구성은 제가 만났던 사람들에 대한 이야기가 앞에 나오고 마지막 6장에서 실전적인 방법들을 알려주고 있는 거예요. 방법만 제시하는 책은 의미가 없어요.

흔히 딱 맞는 장소right place에서 정확한 타이밍right timing이었기 때문에 성공한다고 해요. 물론 성공에서 운이 작용하는 부분은 크지만 성공 레시피를 알고 나면 이를 반복할 수 있습니다.

- 나 자신을 잘 이해하기
- 세상에 대한 나만의 관점을 가지기
- 남과는 다른 선택을 하기
- 커뮤니케이션 역량을 갖추기

제가 생각했던 성공 레시피는 목차에도 녹아 있어요. 이 4가지에 집중하면 어디서든 잘살 수 있고 그걸 반복해서 해낼 수 있어요. 방법을 아는 것은 크게 중요하지 않아요. 생각이 너무 많으면 몸이 잘 안 움직이거든요.

살면서 우리가 한 경험들은 스스로를 많이 바꿔요. 사람이 바뀌지 않는다면 다양한 경험을 충분히 하지 않았기 때문일 거예요. 다양한 경험들은 우리를 다음 장면으로 넘어가게 합니다.

저는 언젠가 이 책을 썼을 때와는 또 다른 사람이 될 거예요. 어제의 저와 오늘의 저는 같지 않죠. 이 책에 나왔던 많은 이야기는 잊어버려도 괜찮습니다. 읽으면서 느꼈던 두근거림을 기억하고 모험할 준비가 되었다면 그것으로 충분합니다. 저 때문에 괜히 어깨에 힘이 들어가고 열심히 살아야 할 것 같고 진지해지지는 않으셨죠? 그게 중요해요. 가벼워지세요, 행동할 수 있도록. 세상에 대한 자기만의 관점을 갖고, 지금과는 좀 다른 선택을 하며 소통하는 거예요.

우리는 모두 두려움을 안고 살아갑니다. 어떤 사람은 '남들처럼 살지 못할까 봐' 두려워해요. 반면 어떤 사람은 '남들처럼 살까 봐' 두려워합니다. 어떤 결정을 하시겠어요? 결국 모든 두려움은 내 삶을 온전히 살아내지 못할지도 모른다는 데서 오는 것이죠. 그래서 저는 정말 두려워해야 할 것은 내가 나의 삶을 살지 못하는 것이라고 생각해요.

한국을 떠나는 것이 그토록 어려웠던 이유
***

다시 각도기 얘기로 가볼게요. 제게 두려움과 초조함을 불러 일으켰던 그 각도기. 아마 저뿐만 아니라 많은 사람에게 두려움을 주는 얘기일 거예요. 저는 각도기를 보는 관점을 바꿔야 한다고 생각해요. 90도 각도기가 아니고 360도 각도기라면 어떨까요?

90도 각도기는 위아래가 있어요. 그런데 360도 각도기는 그저 사방

으로 뻗어나갈 뿐이에요. 어디가 위고 어디가 아래일까요? 이것이 다양성이 갖는 힘이라고 생각합니다. 더 행복한 사회가 되려면 절대적인 성공 척도가 없다는 걸 이해해야 합니다. 재산의 규모나 지위로 서로를 판단한다면 진짜 삶이 주는 선물을 모르고 사는 거예요. 남들처럼 살지 못할까 봐 두려워만 하다가 끝나는 삶 말이에요. 내가 살기 위해 다른 사람을 밟고 올라서야 하는 원시사회를 벗어나지 못하겠죠. 그런 환경에서는 사람들이 자신의 삶을 온전히 살기가 힘듭니다.

제대로 정비된 사회보장제도는 다양한 삶을 지켜주는 버팀목입니다. 이를 공고히 만들기 위해 우리는 더욱 노력해야겠지요. 구성원이 생존을 걱정하지 않는 사회가 될 때까지요.

2014년 아일랜드에 있는 남자친구 형의 여자친구 롤리가 암 진단을 받았습니다. 비슷한 시기에 저희 할머니도 암에 걸리셨어요. 할머니의 병은 안정적인 중산층의 재정을 뒤흔들기에 충분했습니다. 반면 롤리는 아일랜드 거주 스페인인이었는데도 정부에서 모든 수술비를 지원해줘 온전히 치료에 집중할 수 있었습니다.

알고 보니 유럽에서는 암, 알츠하이머 같은 큰 병은 정부에서 지원을 많이 해준다고 합니다. 그 대신 감기처럼 얕은 병은 지원이 상대적으로 적고요. 생사를 가르는 큰 병이 개인에게 경제적으로 타격을 주는 일을 막기 위해서라고 합니다.

이제야 이해가 됐습니다. 왜 제가 한국으로 떠나오는 것이 이토록 어려웠는지요. 싱가포르에서도 맨몸으로 온 유럽인들을 많이 만났는데, 그들은 저만큼 사생결단으로 오지 않았어요.

왜 한국에서는 유독 다른 길을 가는 것이 어려울까요? 아직도 일차적 생존 문제를 전적으로 개인에게 맡겨놓고 있기 때문입니다. 한국 수준으로 경제가 발전했으면 국민들의 소득이 제대로 분배되는지를 걱정해야 합니다. 단순히 경제 발전이 더딘 것만 두려워하면 안 돼요.

사회는 이상향을 향해 나아가죠. 제가 그리는 '이상 사회'란 이런 모습입니다. 사랑하는 사람이 큰 병에 걸렸을 때 치료비부터 걱정하지 않아도 되는 사회, 직장을 잃었을 때 모든 게 끝나지 않는 사회. 우리나라도 가능해요. 다양한 경험을 하고 무한한 가능성에 대해 배워야 해요. 뭔가를 원하게 되면 관심이 생깁니다. 관심이 생기면 행동하게 되죠. 행동하는 사람이 많아지면 사회가 바뀝니다. 그게 민주주의예요.

진짜 사고를 하고 목소리를 내는 사람이 많아지는 것. 무엇보다 그것이 가장 중요합니다. 아무것도 두려워하지 않고 살 수 있을 때까지 멋지게 살아남길 바랍니다.

평생 먹고살 수 있는 나만의 필드를 찾아서

당신의 이직을 바랍니다

초판 1쇄 2017년 4월 20일
초판 2쇄 2017년 7월 3일

지은이　　｜　앨리스 전

발행인　　｜　이상언
제작총괄　｜　이정아
책임편집　｜　정아영
디자인총괄｜　이선정
디자인　　｜　김진혜
조판　　　｜　김미연

발행처　　｜　중앙일보플러스(주)
주소　　　｜　(04517) 서울시 중구 통일로 92 에이스타워 4층
등록　　　｜　2008년 1월 25일 제2014-000178호
판매　　　｜　1588-0950
제작　　　｜　(02) 6416-3927
홈페이지　｜　www.joongangbooks.co.kr
페이스북　｜　www.facebook.com/hellojbooks

© 앨리스 전, 2017

ISBN 978-89-278-0856-5 03810

중앙북스는 중앙일보플러스(주)의 단행본 출판 브랜드입니다.